文豪怪奇コレクション

猟奇と妖美の江戸川乱歩

東雅夫 編

双葉文庫

文豪怪奇コレクション

目次

猟奇と妖美の江戸川乱歩

本文の表記は新字・新仮名とし、難読語には振り仮名を付した。

また代名詞・副詞・接続詞の漢字表記や送り仮名の不統一については原文を尊重し、振り仮名を補うのみとした。底本には光文社文庫版『江戸川乱歩全集』（平成十六～十七年）を使用し、必要に応じて他の版本を参照した。

文豪怪奇コレクション

猟奇と妖美の江戸川乱歩

火星の運河

又あすこへ来たなという、寒い様な魅力が私を戦《おのの》かせた。にぶ色の暗《やみ》が私の全世界を覆いつくしていた。恐らくは音も匂《におい》も、触覚さえもが私の身体《からだ》から蒸発して了《しま》って、煉羊羹《ねりようかん》の濃《こま》やかに澱《よど》んだ色彩ばかりが、私のまわりを包んでいた。

頭の上には夕立雲の様に、まっくらに層をなした木の葉が、音もなく鎮《しずま》り返って、そこからは巨大な黒褐色の樹幹が、滝をなして地上に降り注ぎ、観兵式の兵列の様に、目も遥《はるか》に四方にうち続いて、末は奥知れぬ暗の中に消えていた。

幾層の木の葉の暗のその上には、どの様なうららかな日が照っているか、或《あるい》は、どの様な冷い風が吹きすさんでいるか、私には少しも分らなかった。ただ分っていることは、私が今、果てしも知らぬ大森林の下闇を、行方《ゆくえ》定めず歩き続けている、その単調な事実だけであった。歩いても歩いても、幾抱えの大木の幹を、次から次へと、迎え見送るばかりで景色は少しも変らなかった。足の下には、この森が出来て以来、幾百年の落葉が、湿気の充《み》ちたクッションを為《な》して、歩くたびに、ジクジクと、音を立てているに相違なかった。

聴覚のない薄暗《うすやみ》の世界は、この世からあらゆる生物が死滅したことを感じさせた。或は又、不気味にも、森全体がめしいたる魑魅魍魎《ちみもうりょう》に充《み》ち満ちているが如《ごと》くにも、思われないではなかった。くちなわの様な山蛭《やまびる》が、まっくらな天井から、雨垂れを為《な》して、私の襟《えり》くびに注いでいるのが想像された。私の眼界には一物の動くものとてなかったけれど、背後には、くらげの如きあやしの生きものが、ウヨウヨと身をすり合せて、声なき笑いを合唱しているのかも知れなかった。

でも、暗闇と、暗闇の中に住むものとが、私を怖《こわ》がらせたのは云うまでもないけれど、それらにもまして、いつもながらこの森の無限が、奥底の知れぬ恐怖を以《もっ》て、私に迫った。それは、生れ出たばかりの嬰児《えいじ》が、広々とした空間に畏怖《いふ》して、手足をちぢめ、恐れ戦くが如き感じであった。

私は「母さん、怖いよう」と、叫びそうになるのを、やっとこらえながら、一刻も早く、暗の世界を逃れ出そうと、あがいた。

併《しか》し、あがけばあがく程、森の下闇は、益々《ますます》暗さをまして行った。何年の間、或は何十年の間、私はそこを歩き続けたことであろう！　そこには時というものがなかった。日暮れも夜明けもなかった。歩き始めたのが昨日であったか、何十年の昔であったか、それさえ曖昧《あいまい》な感じであった。

私は、ふと未来永劫《みらいえいごう》この森の中に、大きな大きな円を描いて歩きつづけているのではないかと疑い始めた。外界の何物よりも私自身の歩幅《ほはば》の不確実が恐しかった。私は嘗《か》つて、右足と左足との歩きぐせにたった一吋《インチ》の相違があった為に、沙漠《さばく》の中を円を描いて歩き続けた旅人の話を聞いていた。沙漠には雲がはれて、日も出よう、星もまたたこう。併し、暗闇の森の中には、いつまで待っても、何の目印も現れては呉《く》れないのだ。世にためしなき恐れであった。私はその時の、心《しん》の髄《ずい》からの戦きを、何と形容すればよいのであろう。

私は生れてから、この同じ恐れを、幾度《いくたび》と知れず味《あじわ》った。併し、一度《たび》ごとに、いい知れぬ恐怖の念は、そして、それに伴うあるとしもなき懐《なつか》しさは、共に増しこそすれ、決して減じはしなかった。その様に度々のことながら、どの場合にも、不思議なことには、いつどこから森に入って、いつ又どこから森を抜け出すことが出来たのやら、少しも記憶していなかった。一度ずつ、全く新たなる恐怖が私の魂を圧し縮めた。巨大なる死の薄暗を、豆つぶの様な私という人間が、息を切り汗を流して、いつまでも、いつまでも歩いていた。

ふと気がつくと、私の周囲には異様な薄明《うすあかり》が漂い初めていた。それは例えば、幕に映った幻灯の光の様に、この世の外《ほか》の明るさではあったけれど、でも、歩くに随《したが》って闇はしりえに退いて行った。「ナンダ、これが森の出口だったのか」私はそれをどうして忘れていたのであろう。そして、まるで永久にそこにとじ込められた人の様に、おじ恐れていたのであろう。

私は水中を駈けるに似た抵抗を感じながら、でも次第に光りの方へ近づいて行った。近づくに従って、森の切れ目が現れ、懐しき大空が見え初《はじ》めた。併し、あの空の色は、あれが私達の空であったのだろうか。そして、その向うに見えるものは（?）アア、私はやっぱりまだ森を出ることが出来ないのだった。

森の果てとばかり思い込んでいた所は、その実《じつ》森の真中《まんなか》であったのだ。

そこには、直径一町《いっちょう》ばかりの丸い沼があった。沼のまわりは、少しの余地も残さず、直《ただ》ちに森が囲んでいた。そのどちらの方角を見渡しても、末はあやめも知れぬ闇となり、今《いま》迄《まで》私の歩いて来たのより浅い森はない様に見えた。

度々森をさ迷いながら、私は斯様《かよう》な沼のあることを少しも知らなかった。それ故《ゆえ》、パッと森を出離れて、沼の岸に立った時、そこの景色の美しさに、私はめまいを感じた。万花《まんか》鏡《きょう》を一転して、ふと幻怪な花を発見した感じである。併し、そこには万花鏡の様な華《はなや》かな色彩がある訳《わけ》ではなく、空も森も水も、空はこの世のものならぬいぶし銀、森は黒ずんだ緑と茶、そして水は、それらの単調な色どりを映しているに過ぎないのだ。それにも拘《かかわ》らず、この美しさは何物の業《わざ》であろう。銀鼠《ぎんねず》の空の色か、巨大な蜘蛛《くも》が今獲《え》ものをめがけて飛びかかろうとしている様な、奇怪なる樹木達の枝ぶりか、固体の様におし黙って、無限の底に空を映した沼の景色か、それもそうだ。併しもっと外《ほか》にある。えたいの知れぬものがある。

音もなく、匂いもなく、肌触りさえない世界の故か。そして、それらの聴覚、嗅覚、触覚が、たった一つの視覚に集められている為《ため》か、それもそうだ。併しもっと外にある。空も森も水も、何者かを待ち望んで、ハチ切れ相《そう》に見えるではないか。彼等の貪婪《どんらん》極りなき欲情が、いぶきとなってふき出しているのではないか。併しそれが、何故《なぜ》なればかくも私の心をそそるのか。

私は何気なく、眼を外界から私自身の、いぶかしくも裸の身体《からだ》に移した。そして、そこに、男のではなくて、豊満なる乙女《おとめ》の肉体を見出した時、私が男であったことをうち忘れて、さも当然の様にほほえんだ。ああこの肉体だ（！）私は余りの嬉しさに、心臓が喉《のど》の辺まで飛び上るのを感じた。

私の肉体は、（それは不思議にも私の恋人のそれと、そっくり生《いき》うつしなのだが）何とまあすばらしい美しさであったろう。ぬれ髪《かつら》の如く、豊《ゆたか》にたくましき黒髪、アラビヤ馬に似て、精悍《せいかん》にはり切った五体、蛇の腹の様につややかに、青白き皮膚の色、この肉体を以《もっ》て、私は幾人の男子を征服して来たか。私という女王の前に、彼等がどの様な有様でひれ俯《ふ》したか。

今こそ、何もかも明白になった。私は不思議な沼の美しさを、漸《ようや》く悟ることが出来たのだ。

「オオ、お前達はどんなに私を待ちこがれていたことであろう。幾千年、幾万年、お前たち、空も森も水も、ただこの一刹那《いっせつな》の為に生き永《なが》らえていたのではないか。お待ち遠さま(!)さあ、今、私はお前達の烈《はげ》しい願《ねがい》をかなえて上げるのだよ」

この景色の美しさは、それ自身完全なものではなかった。何かの背景としてそうであったのだ。そして今、この私が、世にもすばらしい俳優として彼等の前に現れたのだ。

闇の森に囲まれた底なし沼の、深く濃《こまや》かな灰色の世界に、私の雪白《せっぱく》の肌《はだえ》が、如何《いか》に調和よく、如何に輝かしく見えたことであろう。何という大芝居だ。何という奥底知れぬ美しさだ。

私は一歩沼の中に足を踏み入れた。そして、黒い水の中央に、同じ黒さで浮んでいる、一つの岩をめがけて、静《しずか》に泳ぎ初めた。水は冷たくも暖かくもなかった。油の様にトロリとして、手と足を動かすにつれてその部分丈《だ》け波立つけれど、音もしなければ、抵抗も感じない。私は胸のあたりに、二筋三筋の静《しずか》な波紋《はもん》を描いて、丁度《ちょうど》真白な水鳥が、風なき水面をすべる様に、音もなく進んで行った。やがて、中心に達すると、黒くヌルヌルした岩の上に這《は》い上《あが》る。その様《さま》は、例えば夕凪《ゆうなぎ》の海に踊る人魚の様《よう》にも見えたであろうか。

今、私はその岩の上にスックと立上った。オオ、何という美しさだ。私は顔を空ざまにして、あらん限りの肺臓の力を以《もっ》て、花火の様な一声《ひとこえ》を上げた。胸と喉の筋肉が無限の様に伸びて、一点の様にちぢんだ。

それから、極端な筋肉の運動が始められた。それがまあ、どんなにすばらしいものであったか。青大将《あおだいしょう》が真二つにちぎられてのたうち廻《まわ》るのだ。尺取虫《しゃくとりむし》と芋虫とみみずの断末魔《だんまつま》だ。無限の快楽に、或《あるい》は無限の痛苦にもがくけだものだ。

踊り疲れると、私は喉をうるおす為に、黒い水中に飛び込んだ。そして、胃の腑《ふ》の受け容《い》れるだけ、水銀の様に重い水を飲んだ。

そうして踊り狂いながらも、私は何か物足らなかった。私ばかりでなく周囲の背景達も、不思議に緊張をゆるめなかった。彼等はこの上に、まだ何事を待ち望んでいるのであろう。

「そうだ、紅《くれない》の一いろだ」

私はハッとそこに気がついた。このすばらしい画面には、たった一つ、紅の色が欠けている。若《も》しそれを得ることが出来たならば、蛇の目が生きるのだ。奥底知れぬ灰色と、光り輝く雪の肌と、そして紅の一点、そこで、何物にもまして美しい蛇の目が生きるのだ。

したが、私はどこにその絵の具を求めよう。この森の果てから果てを探したとて、一輪の椿《つばき》さえ咲いてはいないのだ。立並ぶ彼の蜘蛛の木の外《ほか》に木はないのだ。

「待ち給《たま》え、それ、そこに、すばらしい絵の具があるではないか。心臓というシボリ出し、こんな鮮かな紅を、どこの絵の具屋が売っている」

私は薄く鋭い爪を以て、全身に、縦横無尽《じゆうおうむじん》のかき傷を拵《こしら》えた、豊なる乳房、ふくよかな腹部、肉つきのよい肩、はり切った太股《ふともも》、そして美しい顔にさえも。傷口からしたたる血のりが川を為《な》して、私の身体は真赤なほりものに覆われた。血潮の網シャツを着た様だ。

それが沼の水面に映っている。火星の運河（！）私の身体は丁度あの気味悪い火星の運河だ。そこには水の代りに赤い血のりが流れている。

そして、私は又狂暴なる舞踊を初めた。キリキリ廻れば、紅白だんだら染めの独楽《こま》だ。のたうち廻れば、今度こそ断末魔《だんまつま》の長虫《ながむし》だ。ある時は胸と足をうしろに引いて、極度に腰を張り、ムクムクと上って来る太股の筋肉のかたまりを、出来る限り上の方へ引きつけて見たり、ある時は岩の上に仰臥《ぎようが》して、肩と足とで弓の様にそり返り、尺取虫が這《は》う様に、その辺を歩き廻ったり、ある時は、股《もも》をひろげその間に首をはさんで、芋虫の様にゴロゴロと転《ころが》って見たり、又は切られたみみずをまねて、岩の上をピンピンとはね廻って、腕と云わず肩と云わず、腹と云わず腰と云わず、所きらわず、力を入れたり抜いたりして、私はありとあらゆる曲線表情を演じた。命の限り、このすばらしい大芝居《おおしばい》の、はれの役目を勤めたのだ。

「あなた、あなた、あなた」

遠くの方で誰かが呼んでいる。その声が一《ひと》こと毎《ごと》に近くなる。地震の様に身体がゆれる。

「あなた。何をうなされていらっしゃるの」

ボンヤリ目を開《あ》くと、異様に大きな恋人の顔が、私の鼻先に動いていた。

「夢を見た」

私は何気なく呟《つぶや》いて、相手の顔を眺めた。

「まあ、びっしょり、汗だわ。……………怖い夢だったの」

「怖い夢だった」

彼女の頰《ほお》は、入日時《いりひどき》の山脈の様に、くっきりと蔭《かげ》と日向《ひなた》に別《わか》れて、その分れ目を、白髪《しらが》の様な長いむく毛が、銀色に縁取《へりど》っていた。小鼻の脇に、綺麗《きれい》な脂《あぶら》の玉が光って、それを吹き出した毛穴共が、まるで洞穴《ほらあな》の様に、いとも艶《なまめか》しく息づいていた。そして、その彼女の頰は、何か巨大な天体ででもある様に、徐々《じょじょ》に徐々に、私の眼界を覆いつくして行くのだった。

（「新青年」大正十五年四月号）

鏡地獄

「珍しい話をとおっしゃるのですか、それではこんな話はどうでしょう」
ある時、五六人の者が、怖い話や、珍奇な話を、次々と語り合っていた時、友達のKが、最後にこんな風に始めた。本当にあったことか、Kの作り話なのか、其後《そのご》尋ねて見たこともないので、私には分らぬけれど、種々《いろいろ》不思議な物語を聞かされたあとだったのと、丁度《ちょうど》その日の天候が、春も終りに近い頃の、いやにドンヨリと曇った日で、空気が、まるで深い海の底の様に、重々しく淀《よど》んで、話すものも、聞くものも、何となく狂気めいた気分になっていたからでもあったのか、その話は、異様に私の心をうったのである。話というのは……………

私に一人の不幸な友達があるのです。名前は仮りに彼と申して置きましょうか、その彼にはいつの頃からか、世にも不思議な病気が取りついていたのです。ひょっとしたら、先祖に何かそんな病気の人があって、それが遺伝したのかも知れませんね。と云うのは、まんざら根のない話でもないので、一体彼のうちは、お祖父《じい》さんか、曾祖父《ひい》さんかが、切支丹《きりしたん》の邪宗《じゃしゅう》に帰依《きえ》していたことがあって、古めかしい横文字の書物や、マリヤ様の像や、基督《キリスト》さまのはりつけの絵などが、葛籠《つづら》の底にしまってあるのですが、そんなものと一緒に、伊賀越道中双六《いがごえどうちゅうすごろく》に出て来る様な、一世紀も前の望遠鏡だとか、妙な恰好《かっこう》の磁石だとか、当時ギヤマンとかビイドロとか云ったのでしょう、美しいガラスの器物だとかが、同じ葛籠にしまい込んであって、彼はまだ小さい時分からよくそれを出して貰《もら》っては遊んでいたものなのです。

考えて見ますと、彼はそんな時分から、物の姿の映る物、例えばガラスとか、レンズとか鏡とかいうものに、不思議な嗜好《しこう》を持っていた様です。それが証拠には、彼のおもちゃと云えば、幻灯器械だとか、遠眼鏡《とおめがね》だとか、虫眼鏡《むしめがね》だとか、其外《そのほか》それに類した、将門眼鏡《まさかどめがね》、万花鏡《まんかきょう》、目に当てると人物や道具などが、細長くなったり、平たくなったりする、プリズムのおもちゃだとか、そんなものばかりでした。

それから、やっぱり彼の少年時代なのですが、こんなことのあったのも覚えて居《お》ります。ある日彼の勉強部屋を訪れますと、机の上に古い桐《きり》の箱が出ていて、多分その中に入っていたのでしょう、彼は手に昔物《むかしもの》の金《かね》で出来た鏡を持って、それを日光に当てて暗い壁に影を映しているのでした。

「どうだ、面白いだろう、あれを見給《みたま》え、こんな平《たいら》な鏡が、あすこへ映ると、妙な字の形が出来るだろう」

彼にそう云われて、壁を見ますと、驚いたことには、白い丸形の中に、多少形がくずれてはいましたけれど、壽《ことぶき》という文字が、白金の様な強い光りで現れているのです。

「不思議だね、一体どうしたんだろう」

何だか神業《かみわざ》という様な気がして、子供の私には、珍しくもあり、怖くもあったのです。思わずそんな風に聞返しました。

「分るまい、種明しをしようか。種明しをして了《しま》えば、何《な》んでもないことなんだよ。さあ、ここを見給え、この鏡の裏を、ね、壽という字が浮彫りになっているだろう。これが表へすき通るのだよ」

成る程、見れば彼の云う通り、青銅《せいどう》の様な色をした鏡の裏には、立派な浮彫りがあるのです。でも、それが、どうして表面まですき通って、あの様な影を作るのでしょう。鏡の表は、どの方角からすかして見ても、滑《なめら》かな平面で、顔がでこぼこに映る訳《わけ》でもないのに、それの反射丈《だけ》が、不思議な影を作るのです。まるで魔法みたいな気がするのです。

「これはね、魔法でも何でもないのだよ」彼は私のいぶかし気な顔色を見て、説明を始めるのでした「父さんに聞いたんだがね、金の鏡という奴は、ガラスと違って、時々みがきをかけないと、曇りが来て見えなくなるんだ。この鏡なんか、随分《ずいぶん》古くから僕の家《うち》に伝わっている品で、何度となく磨《みが》きをかけている。でね、その磨きをかける度《たび》に、裏の浮彫りの所と、そうでない薄い所とでは、金の減り方が目に見えぬ程ずつ違って来るのだよ。厚い部分は手ごたえが多く、薄い部分はそれが少い訳《わけ》だからね。その目にも見えぬ、減り方の違いが、恐ろしいもので、反射させると、あんなに現れるのだ相《そう》だ。分ったかい」

その説明を聞きますと、一応は理由が分ったものの、今度は、顔を映してもでこぼこに見えない滑かな表面が、反射させると明かに凹凸《おうとつ》が現れるという、このえたいの知れぬ事実が、例えば、顕微鏡《けんびきょう》で何かを覗《のぞ》いた時に味《あじわ》う、微細なるものの不思議さ、それに似た感じで、私をゾッとさせるのでした。

この鏡のことは、余り不思議だったので、特別によく覚えているのですが、これはただ一例に過ぎないので、彼の少年時代の遊戯というものは、殆《ほとん》どその様な事柄ばかりで充《み》たされていた訳《わけ》です。妙なもので、私までが彼の感化を受けて、今でも、レンズという様なものに、人一倍の好奇心を持っているのですよ。

でも少年時代はまだ、左程《さほど》でもなかったのですが、それが中学の上級生に進んで、物理学を教わる様になりますと、御承知の通り物理学にはレンズや鏡の理論がありますね、彼はもうあれに夢中になって了《しま》って、その時分から、病気といってもいい程の、謂《い》わばレンズ狂に変って来たのです。それにつけて思い出すのは、教室で、凹面鏡《おうめんきょう》のことを教わる時間でしたが、小さな凹面鏡の見本を、生徒の間に廻《まわ》して、次々に皆の者が、自分の顔を映して見ていたのです。私はその時分ひどいニキビ面《づら》で、それが何だか性欲的な事実に関係している様な気がして、恥しくて仕様がなかったのですが、何気なく凹面鏡を覗いて見ますと、思わずアッと声を立てる程驚いたことには、私の顔の一つ一つのニキビが、まるで望遠鏡で見た月の表面の様に、恐しい大きさに拡大されて映ったのです。

小山とも見えるニキビの先端が、柘榴《ざくろ》の様にはぜて、そこからドス黒い血のりが、芝居《しばい》の殺し場の絵看板の感じで物凄《ものすご》くにじみ出しているのです。ニキビという引け目があったせいでもありましょうが、凹面鏡に映った私の顔がどんなに恐しく、不気味なものであったか、それから後《のち》というものは、凹面鏡を見ると、それが又、博覧会だとか、盛り場の見世物などには、よく並んでいるのですが、私はもう、おぞけを振《ふる》って、逃げ出す様になった程なんです。

ですが、彼の方では、その時やっぱり凹面鏡を覗いて、これは又私とあべこべで、恐しく思うよりは、非常な魅力を感じたものと見え、教室全体に響き渡る様な声で、ホウと感嘆の叫びを上げたものなんです。それが余り頓狂《とんきょう》に聞えたものですから、その時は大笑いになりましたが、さてそれからというものは、彼はもう凹面鏡で夢中なんです。大小様々《さまざま》の凹面鏡を買い込んで、針金だとかボール紙などを使い、複雑なからくり仕掛けを拵《こしら》えては、独《ひと》りほくそ笑んでいる始末でした。流石《さすが》に好きの道だけあって、彼は又人の思いもつかぬ様な、変てこな装置を考案する才能を持っていて、尤《もっと》も手品の本などを、態々《わざわざ》外国から取り寄せたりしたのですけれど、今でも不思議に堪《た》えないのは、これもある時彼の部屋を訪れて、驚かされたのですが、魔法の紙幣というからくり仕掛けでありました。

それは、二尺四方程の、四角なボール箱で、前の方に建物の入口の様な穴が開《あ》いていて、そこの所に一円札が五六枚、丁度《ちょうど》状差しの中のハガキの様に、差してあるのです。

「このお札《さつ》を取ってごらん」

その箱を私の前に持出《もちだ》して、彼は何食わぬ顔で紙幣を取れというのです。そこで、私は云われるままに、手を出して、ヒョイとその紙幣を取ろうとしたのですが、何とまあ不思議なことには、ありありと目に見えているその札が、手を持って行って見ますと、煙の様に何もないではありませんか。あんな驚いたことはありませんね。

「オヤ」

とたまげている私の顔を見て、彼はさも面白相《おもしろそう》に笑いながら、さて説明して呉《く》れた所によりますと、それは英国でしたかの物理学者が考案した、一種の手品で、種はやっぱり凹面鏡なのです。詳しい理窟《りくつ》はよくも覚えていませんけれど、本物の紙幣は箱の下へ横に置いて、その上に斜《ななめ》に凹面鏡を装置し、電灯を箱の内部に引込み、光線が紙幣に丈《だけ》当る様にすると、凹面鏡の焦点からどれ丈《だけ》の距離にある物体は、どういう角度で、どの辺にその像を結ぶという理論によって、うまく箱の穴の所へ紙幣が現れるのだそうです。普通の鏡ですと、決して本物がそこにある様には見えませんけれど、凹面鏡では、不思議にもそんな実像を結ぶというのですね。本当にもう、ありありとそこに在《あ》るのですからね。

か様《よう》にして、彼のレンズや鏡に対する異常なる嗜好《しこう》は、段々嵩《こう》じて行くばかりでしたが、やがて、中学を卒業しますと、彼は上の学校に入ろうともしないで、一つは親達も甘過ぎたのですね。息子の云《い》うことならば、大抵《たいてい》は無理を通して呉《く》れるものですから、学校を出ると、もう一《ひ》かど大人になった気で、庭の空地《くうち》に一寸《ちょっと》した実験室を新築して、その中で、例の不思議な道楽を始めたものなんです。

これまでは、学校というものがあって、いくらか時間を束縛されていたので、それ程でもなかったのが、さて、そうして朝から晩まで実験室にとじ籠《こも》ることになりますと、彼の病勢は俄《にわか》に恐るべき加速度を以《もっ》て、昂進《こうしん》し始めました。元来友達の少なかった彼ですが、卒業以来というものは、彼の世界は、狭い実験室の中に限られて了《しま》って、どこへ遊びに出るというではなく、僅《わずか》に彼の部屋を訪れるのは、彼の家の人を除くと、私ただ一人位になって了《しま》ったのでした。

それも極《ご》く時たまのことなんですが、私は彼を訪問する度《たび》に、彼の病気が段々募《つの》って行って、今では寧《むし》ろ狂気に近い状態になっているのを目撃して、私に戦慄《ひそかせんりつ》を禁じ得ないのでした。彼のこの病癖に持って来て、更《さら》にいけなかったことは、ある年の流行感冒の為《ため》に、不幸にも彼の両親が、揃ってなくなって了《しま》ったものですから、彼は今は誰に遠慮の必要もなく、その上莫大な財産を受《うけ》ついで、思うがままに、彼の妙な実験を行うことが出来る様になったのと、それに今一つは、彼も二十歳《さい》を越して、女というものに興味を抱き始め、そんな変てこな嗜好《しこう》を持つ程の彼ですから、情欲の方も、ひどく変態的で、それが持前《もちまえ》のレンズ狂と結びついて、双方が一層勢《いきおい》を増す形になって来たことでした。そしてお話というのは、その結果遂に恐しい大団円《だいだんえん》を招くことになった、ある出来事なのですが、それを申上げる前に、彼の病勢が、どの様にひどくなっていたかということを、二つ三つ、実例によって御話しして置き度《た》いと思うのです。

彼の家は山の手のある高台にあって、今云う実験室は、そこの広々とした庭園の片隅の、街々の甍《いらか》を眼下に見下す位置に建てられたのですが、そこで彼が最初始めたのは、実験室の屋根を天文台の様な形に拵《こしら》えて、そこに可也《かなり》の天体観測鏡を据《す》えつけ、星の世界に耽溺《たんでき》することでした。その時分には、彼は独学で、一通り天文学の知識を備えていた訳《わけ》なのです。が、その様なありふれた道楽で満足する彼ではありません。その一方では、度の強い望遠鏡を窓際に置いて、それを様々《さまざま》の角度にしては、眼の下に見える人家の、開け放った室内を盗見《ぬすみみ》るという、罪の深い、秘密の楽しみを味《あじわ》っているのでありました。

それが仮令板塀《たといいたべい》の中であったり、外《ほか》の家の裏側に向い合っていたりして、当人達ではどこからも見えぬ積《つも》りで、まさかそんな遠くの山の上から望遠鏡で覗かれようとは気づく筈《はず》もなく、あらゆる秘密の行いを、したい三昧《ざんまい》にふるまっている、それが彼には、まるで目の前の出来事の様に、あから様《さま》に眺められるのです。

「こればかりは、止《よ》せないよ」

彼はそう云い云いしては、その窓際の望遠鏡を覗くことを、こよなき楽しみにしていましたが、考えて見れば、随分面白いいたずらに相違ありません。私も時には覗かして貰《もら》うこともありましたけれど、偶然妙なものを、すぐ目の前に発見したりして、いっそ顔の赤らむ様なこともないではありませんでした。

その外《ほか》、例えば、サブマリン・テレスコープといいますか、潜航艇《せんこうてい》の中から海上を眺める、あの装置を拵えて、彼の部屋に居ながら、傭人達《やといにん》の、殊《こと》に若い小間使《こまづかい》などの私室を、少しも相手に悟られることなく、覗いて見たり、そうかと思うと、虫眼鏡や顕微鏡によって、微生物の生活を観察したり、それについて奇抜なのは、彼が蚤《のみ》の類を飼育していたことで、それを虫眼鏡や度の弱い顕微鏡の下で、這《は》わせて見たり、自分の血を吸う所だとか、虫同士を一つにして同性であれば喧嘩《けんか》をしたり、異性であれば仲よくしたりする有様《ありさま》を眺めたり、中にも気味の悪いのは、私は一度それを覗かされてからというもの、今まで何とも思っていなかったあの虫が、妙に恐しくなった程なのですが、蚕《かいこ》を半殺しにして置いて、そのもがき苦しむ有様を、非常に大きく拡大して見ることでした。五十倍の顕微鏡でしょうが、覗いた感じでは、一匹の蚤が眼界一杯に拡《ひろが》って、口から、足の爪、身体《からだ》に生えている小さな一本一本の毛までがハッキリと分って、妙な比喩《ひゆ》ですが、まるで猪《いのしし》の様に恐しい大きさに見えるのです。それがドス黒い血の海の中で、(僅《わず》か一滴の血潮《ちしお》がそんなに見えるのです) 背中半分をペチャンコにつぶされて、手足で空《くう》を摑《つか》んで、吻《くち》を出来る丈《だ》け伸して、断末魔《だんまつま》の物凄い形相を示しています。何かその吻から恐しい悲鳴が聞えて来る様にすら感じられるのです。

そうした細々《こまごま》したことを一々申上げていては際限がありませんから、大抵は省《はぶ》くことにしますが、実験室建築当初の、か様な道楽が月日と共に深まって行って、ある時はまた、こんなこともあったのです。ある日のこと、彼を訪ねて、何気なく実験室の扉《とびら》を開きますと、なぜかブラインドを卸《おろ》して部屋の中が薄暗くなっていましたが、その正面の壁一杯に、そうですね一間四方《いっけん》もあったでしょうか、何かモヤモヤと蠢《うごめ》いているものがあるのです。

気のせいかと思って、目をこすって見るのですが、やっぱり何だか動いている。私は戸口に佇《たたず》んだまま、息を呑んでその怪物を見つめたものです。すると、見ているに従って、霧《きり》みたいなものが段々ハッキリして来て、針を植えた様な黒い叢《くさむら》、その下にギョロギョロと光っている盥《たらい》程の目、瞳の茶色がかった虹彩《こうさい》から、白目の中の血管の川までも、丁度《ちょうど》ソフト・フォーカスの写真の様に、ぼんやりしている様でいて、妙にハッキリと見えるのです。それから棕櫚《しゅろ》の様な鼻毛の光る、洞穴《ほらあな》みたいな鼻の穴、そのままの大きさで座蒲団《ざぶとん》を二枚重ねたかと見える、いやに真赤な唇《くちびる》、その間《あいだ》からギラギラと瓦《かわら》の様な白歯《しらは》が覗いている、つまり部屋一杯の人の顔、それが生きて蠢《うごめ》いているのです。活動写真などでないことはその動きの静《しずか》なのと、正物《しょうぶつ》そのままの色艶《いろつや》とで明瞭です。不気味よりも、恐しさよりも、私は自分が気でも違ったのではあるまいかと、思わず驚きの叫び声を上げました。すると、

「驚いたかい、僕だよ、僕だよ」

と別の方角から彼の声がして、ハッと私を飛び上らせたことには、その声の通りに、壁の怪物の唇と舌が動いて、盥《たらい》の様な目が、ニヤリと笑ったのです。

「ハハハハハ……、どうだいこの趣向は」

突然部屋が明《あかる》くなって、一方の暗室から彼の姿が現れました。それと同時に壁の怪物が消え去ったのは申すまでもありません。皆さんも大方《おおかた》想像なすったでしょうが、これはつ

まり実物幻灯、――鏡とレンズと強烈な光の作用によって、実物そのままを幻灯に写す、子供のおもちゃにもありますね、あれを彼独特の工風《くふう》によって、異常に大きくする装置を作ったのです。そして、そこへ彼自身の顔を映したのです。聞いて見れば何でもないことですが、可也《かなり》驚かせるものですよ。まあ、こういったことが彼の趣味なんですね。

似た様なので、一層不思議に思われたのは、今度は別段部屋が薄暗い訳《わけ》でもなく、彼の顔も見えていて、そこへ変てこな、ゴチャゴチャと鏡を立て並べた器械を置きますと、彼の目なら目丈《だけ》が、これも又盥《たらい》程の大きさで、ポッカリと、私の目の前の空間に浮き出す仕掛けなのです。突然そいつをやられた時には、悪夢でも見ている様で、身がすくんで、殆《ほとん》ど生きた空もありませんでした。ですが、種を割って見れば、これがやっぱり、先程御話しした魔法の紙幣と同じことで、ただ沢山《たくさん》凹面鏡を使って、像を拡大したものに過ぎないのでした。でも、理窟の上では出来るものと分っていても、随分費用と時間のかかることでもあり、そんな馬鹿馬鹿しい真似《まね》をやって見た人もありませんので、謂《い》わば彼の発明と云ってもよく、続けざまにその様なものを見せられますと、何かこう、彼が恐しい魔物の様にさえ思われるのでありました。

そんなことがあってから、二三ケ月もたった時分でしたが、彼は今度は何を思ったのか、実験室を小さく区切って、上下左右を鏡の一枚板で張りつめた、俗に云う鏡の部屋を作りました。ドアも何もすっかり鏡なのです。彼はその中へ一本の蠟燭《ろうそく》を持って、たった一人で長い間《あいだ》入っているというのです。一体何の為にそんな真似《まね》をするのか誰にも分りません。が、その中で彼が見るであろう光景は大体想像することが出来ます。六方《ろっぽう》を鏡で張りつめた部屋の真中《まんなか》に立てば、そこには彼の身体《しんたい》のあらゆる部分が、鏡と鏡が反射し合う為に、無限の像となって映るものに相違ありません。彼の上下左右に、彼と同じ数限りもない人間が、ウジャウジャと殺到する感じに相違ありません。考えた丈《だ》けでもゾッとします。私は子供の時分に八幡《やわた》の藪《やぶ》知らずの見世物で、型ばかりの代物《しろもの》ではありましたが、鏡の部屋を経験したことがあるのです。その不完全極《きわ》まるものでさえ、私にはどの様に恐しく感じられたことでしょう。それを知っているものですから、一度彼から鏡の部屋へ入れと勧められた時にも、私は固く拒《こば》んで入ろうとはしませんでした。

その内《うち》に、鏡の部屋へ入るのは、彼一人丈《だ》けでないことが分って来ました。その彼の外《ほか》の人間というのは、外《ほか》でもありません。彼の御気に入りの小間使でもあり、同時に彼の唯一人の恋人でもあった所の、当時十八歳の美しい娘でした。彼は口癖《くちぐせ》の様に、

「あの子のたった一つの取柄《とりえ》は、身体中に数限りもなく、非常に深い濃《こま》やかな陰影があることだ。色艶《いろつや》も悪くはないし、肌も濃やかだし、肉附《にくづき》も海獣の様に弾力に富んではいるが、そのどれにもまして、あの女の美しさは、陰影の深さにある」

といっていた、その娘と一緒に、彼は鏡の国に遊ぶのです。締め切った実験室の中の、それを又区切った鏡の部屋の中ですから、外部から伺《うかが》うべくもありませんが、時としては一時間以上も、彼等はそこにとじ籠《こも》っているという噂《うわさ》を聞きました。無論彼が一人切りの場合も度々《たびたび》あるのですが、ある時などは、鏡の部屋へ入ったまま、余り長い間物音一つしないので、召使が心配の余りドアを叩《たた》いたといいます。すると、いきなりドアが開《あ》いて、素裸《すはだか》の彼が一人で出て来て、一言《いちごん》も物を云わないで、そのままプイと母屋《おもや》の方へ行って了《しま》ったという様な、妙な話もあるのでした。

その頃から、元々余りよくなかった彼の健康が、日一日と害《そこな》われて行く様に見えました。が、肉体が衰えるのと反比例に、彼の異様な病癖は益々《ますます》募るばかりでした。彼は莫大の費用を投じて、様々《さまざま》の形をした鏡を集め始めました。平面、凸面《とつめん》、凹面《おうめん》、波型《なみがた》、筒型と、よくもあんなに変った形のものが集ったものです。広い実験室の中は、日々《にちにち》担ぎ込まれる、変形鏡で埋《うずま》って了《しま》う程でありました。ところが、それればかりではありません。驚いたことには、彼は広い庭の中央に、ガラス工場を建て始めたのです。それは彼独特の設計のもので、特殊の製品については、日本では類のない程、立派なものでありました。技師や職工なども、選《えら》みに選んで、その為には、彼は残りの財産を全部投げ出しても惜しくない意気込みでした。

不幸にも、彼には意見を加えて呉《く》れる様な親族が一軒もなかったのです。召使達の中には見るに見兼ねて意見めいたことを云うものもありましたが、そんなことがあれば直様《すぐさま》お払い箱で、残っている者共は、ただもう法外に高い給金目当ての、さもしい連中ばかりでした。この場合、彼に取っては天にも地にも、たった一人の友人である私としては、何とか彼をなだめて、この暴挙をとめなければならなかったのですが、無論幾度《いくたび》となくそれは試みて見たのですが、いっかな狂気の彼の耳には入らず、それに事柄《ことがら》が、別段悪事というではなく、彼自身の財産を、彼が勝手に使うのであって見れば、外《ほか》にどう分別のつけ様もないのでした。私はただもう、ハラハラしながら、日々に消えて行く彼の財産と、彼の命とを、眺めている外はないのです。

そんな訳《わけ》で、私はその頃から、可也足繁《かなりあししげ》く彼の家に出入りする様になりました。せめては彼の行動を、監視なりともしていようという心持だったのです。従って、彼の実験室の中で、目まぐろしく変化する彼の魔術を見まいとしても見ない訳《わけ》には行きませんでした。それは実に驚くべき怪奇と幻想の世界でありました。彼の病癖が頂上に達すると共に、彼の不思議な天才も亦《また》、残る所なく発揮《はっき》されたのでありましょう。走馬灯《そうまとう》の様に移り変る、それが悉《ことごと》くこの世のものではない所の、怪しくも美しい光景、私はその当時の見聞を、どの様な言葉で形容すればよいのでしょう。

外部から買入れた鏡と、それで足らぬ所や、外《ほか》では仕入れることの出来ない形のものは、彼自《みず》からの工場で製造した鏡によって補い、彼の夢想は次から次へと実現されて行くのでした。ある時は彼の首ばかりが、胴ばかりが、或《あるい》は足ばかりが、実験室の空中を漂っている光景です。それは云うまでもなく、巨大な平面鏡を室《へや》一杯に斜《ななめ》に張りつめて、その一部に穴をあけ、そこから首や手足を出している、あの手品師の常套《じょうとう》手段に過ぎないのですけれど、それを行う本人が手品師ではなくて、病的に生真面目《きまじめ》な私の友達なのですから、異様の感にうたれないではいられません。ある時は部屋全体が、凹面《おうめん》鏡、凸面《とつめん》鏡、波型鏡《なみがたかがみ》、筒型鏡の洪水です。その中央で踊り狂う彼の姿は、或は巨大に或は微小に、或は長細く、或は平べったく、或は曲りくねり、或は胴ばかりが、或は首の下に首がつながり、或は一つの顔に目が四つ出来、或は唇が上下に無限に延び、或は縮み、その影が又互《たがい》に反射し、交錯して、紛然雑然、まるで狂人の幻想か、地獄の饗宴《きょうえん》です。

ある時は部屋全体が巨大なる万花鏡です。からくり仕掛けで、カタリカタリと廻る、数十尺の鏡の三角筒の中に、花屋の店を空《から》にして集めて来た、千紫万紅《せんしばんこう》が、阿片《あへん》の夢の様に、花弁《かべん》一枚の大きさが畳一畳《たたみいちじょう》にも映って、それが何千何万となく、五色《ごしき》の虹となり、極地のオーロラとなって、見る者の世界を覆《おお》いつくす。その中で、大入道《おおにゅうどう》の彼の裸体が、月の表面の様な、巨大な毛穴を見せて舞うのです。

その外《ほか》種々雑多の、それ以上であっても、決してそれ以下ではない所の、恐るべき魔術、それを見た刹那《せつな》、人間は気絶し、盲目となったであろう程の、魔界の美、私にそれを御伝えする力もありませんし、又仮令《たとえ》お話しして見た所で、どうまあ信じて頂けましょう。

そして、そんな狂乱状態が続いたあとで、遂《つい》に悲しむべき破滅がやって来たのです。私の最も親しい友達であった彼は、到頭《とうとう》本物の気違いになって了《しま》ったのです。これまでとても、彼の所業は決して正気の沙汰《さた》とは思われませんでした。併《しか》し、そんな狂態を演じながらも、彼は一日の多くの時間を、常人の如《ごと》く過《すご》しました。読書もすれば、痩《や》せさらばえた肉体を駆使《くし》して、ガラス工場の監督指揮にも従い、私と逢《あ》えば、昔ながらの彼の不可思議なる唯美《ゆいび》思想を語るのに、何のさし触りもないのでした。それが、あの様な無慚《むざん》な終末をとげようとは、どうして予想することが出来ましょう。恐らくこれは、彼の身内に巣食っていた悪魔の所業か、そうでなければ、余りにも魔界の美に耽溺《たんでき》した彼に対する神の怒りでもあったのでしょうか。

ある朝、私は彼の所からの使いのものに、慌《あわ》ただしく叩き起されたのです。

「大変です。奥様が、すぐにおいで下さいます様にとおっしゃいました」

「大変？　どうしたのだ」

「私共にも分りませんのです。兎《と》も角《かく》、大急ぎでいらしって頂けませんでしょうか」

使《つかい》の者と私とは、双方とも、もう青ざめて了《しま》って、早口にそんな問答を繰り返すと、私は取るものも取りあえず彼の邸《やしき》へと駈けつけました。場所はやっぱり実験室です。飛び込む様に中へ入ると、そこには、今では奥様と呼ばれている彼の愛した小間使を初め、数人の召使達が、あっけに取られた形で、立すくんだまま、一つの妙な物体を見つめているのでした。

その物体というのは、玉乗りの玉をもう一層大きくした様なもので、外部には一面に布が張りつめられ、それが広々と取り片づけられた実験室の中を、生あるものの様に、右に左に転《ころが》り廻っているのです。そして、もっと気味悪いのは、多分その内部からでしょう、動物のとも人間のともつかぬ笑い声の様な唸《うな》りが、シューシューと響いているのでした。

「一体どうしたというのです」

私はかの小間使を捕えて、先《ま》ずこう尋ねる外《ほか》はありませんでした。

「さっぱり分りませんの、なんだか中にいるのは旦那様ではないかと思うのですけれど、こんな大きな玉がいつの間に出来たのか、思いもかけないことですし、それに手をつけ様にも気味が悪くて、……さっきから何度も呼んで見たのですけれど、中からは妙な笑い声しか戻って来ないのですもの」

その答を聞くと私は、いきなり、玉に近づいて、声の洩《も》れて来る箇所を調べました。そして、転る玉の表面に、二つ三つの小さな、空気抜きとも見える穴を見つけるのは、訳《わけ》のないことでした。で、その穴の一つに目を当てて怖《こ》わごわ玉の内部を覗いて見たのですが、中は何か妙に目をさす様な光が、ギラギラしているばかりで、人の蠢《うごめ》く気勢と、無気味な、狂気めいた笑い声が聞えて来る外《ほか》には少しも様子が分りません。そこから二三度彼の名を呼んでも見ましたけれど、相手は人間なのか、それとも人間ではない外《ほか》の者なのか、一向《いっこう》手答えがないのです。

ところが、そうして暫《しばら》くの間《あいだ》、転る玉を眺めている内に、ふとその表面の一箇所に、妙な四角の切り食わせが出来ているのを発見しました。それがどうやら、玉の中へ入る扉らしく、押せばガタガタ音はするのですけれど、取手《とって》も何もない為に、開くことも出来ません。なおよく見れば、取手の跡らしく、金物の穴が残っています。これは、ひょっとしたら、人間が中へ入ったあとで、どうかして取手が抜け落ちて、外からも、中からも、扉が開《あ》かぬ様になったのではあるまいか。とすると、この男は一晩中玉の中にとじ籠《こ》められていたことになるのでした。では、その辺に取手が落ちてはいまいかと、あたりを見廻しますと、もう私の想像通りに違いなかったことには、部屋の一方の隅に、丸い金具が落ちていて、それを今の金物の穴にあてて見れば、寸法はきっちり合うのです。併《しか》し困ったことには、柄が折れて了《しま》っていて、今更《いまさ》ら穴に差し込んで見た所で、扉が開く筈《はず》もないのでした。

でも、それにしてもおかしいのは、中にとじこめられた人が、助けを呼びもしないで、ただゲラゲラ笑っていることでした。

「若《も》しや」

私はある事に気づいて、思わず青くなりました。もう何を考える余裕もありません、ただこの玉をぶちこわす一方です。そうして、兎《と》も角《かく》も中の人間を助け出す外《ほか》はないのです。

私はいきなり工場に駈けつけて、ハンマーを拾うと、元の部屋に引返し、玉を目がけて、烈《はげ》しい一撃を加えました。と、驚いたことには、内部は厚いガラスで出来ていたと見え、ガチャンと、恐ろしい音と共に、玉は夥《おびただ》しい破片《はへん》に、割れくずれて了《しま》いました。

そして、その中から這《は》い出して来たのは、まぎれもない、私の友達の彼だったのです。若《も》しやと思っていたのが、やっぱり左様《そう》だったのです。それにしても、人間の相好《そうごう》が、僅《わず》か一日の間《あいだ》に、あの様にも変るものでしょうか、昨日までは衰えてこそいましたけれど、どちらかと云えば、神経質に引締った顔で、一寸見《ちよつと》ると怖《こ》わい程でしたのが、今はまるで死人の相好《そうごう》の様に、顔面の凡《すべ》ての筋がたるんで了《しま》い、引《ひっ》かき廻した様に乱れた髪の毛、血走っていながら、異様に空《うつろ》な目、そして口をだらしなく開いて、ゲラゲラと笑っている姿は、二目《ふため》と見られたものではないのです。それは、あの様に彼の寵愛《ちようあい》を受けていた、かの小間使さえもが、恐れをなして、飛びのいた程でありました。

云うまでもなく、彼は発狂していたのです。併《しか》し、何が彼を発狂させたのでありましょう。玉の中にとじ込められた位で、気の狂う男とも見えません。それに第一、あの変てこな玉は、一体全体何の道具なのか、どうして彼がその中へ這入《はい》っていたのか、玉のことは、そこにいた誰もが知らぬというのですから、恐らく彼が工場に命じて秘密に拵《こしら》えさせたものでもありましょうが、彼はまあ、この玉乗りのガラス玉を、一体どうするつもりだったのでありましょうか。

部屋の中をうろうろしながら、笑い続ける彼、やっと気を取り直して、涙ながらに、その袖《そで》を捉《とら》える女、その異常な興奮の中へ、ヒョッコリ出勤して来たのは、ガラス工場の技師でした。私はその技師を捉えて彼の面喰《めんくら》うのも構わずに、矢継《やつ》ぎ早《ばや》の質問をあびせました。そして、ヘドモドしながら彼の答えた所を要約しますと、つまりこういう次第であったのです。

技師は大分《だいぶ》以前から、直径四尺に二分《ぶ》程の厚味を持った中空のガラス玉を作ることを命じられ、秘密の内《うち》に作業を急いで、それが昨夜遅くやっと出来上ったのでした。技師達は勿論《もちろん》その用途を知るべくもありませんが、玉の外側に水銀を塗って、その内側を一面の鏡にすること、内部には数ケ所に強い光の小電灯を装置し、玉の一箇所に人の出入《でいり》出来る程の扉を設《もう》けること、という様な不思議な命令に従って、その通りのものを作ったのです。出来上ると、夜中にそれを実験室に運び、小電灯のコードには、室内灯の線を連結して、それを主人に引渡したまま、帰宅したのだと申します。それ以上の事は、技師にはまるで分らないのでした。

私は技師を帰し、狂人は召使達に看護を頼んで置いて、その辺に散乱した不思議なガラス玉の破片を眺めながら、どうかして、この異様な出来事の謎を解こうと、悶《もだ》えました。長い間、ガラス玉との睨《にら》めっこでした。が、やがて、ふと気づいたのは、彼は、彼の智力の及ぶ限りの鏡《レンズ》装置を試みつくし、楽しみ尽して、最後に、このガラス玉を考案したのではないか、そして、自からその中には入《い》って、そこに映るであろう不思議な影像を眺めようと試みたのではないかということでした。

が、彼は何故《なにゆえ》発狂しなければならなかったか。いや、それよりも、彼はガラス玉の内部で何を見たか。一体全体何を見たのか。そこまで考えた私は、その刹那《せつな》、脊髄《せきずい》の中心《しん》を、氷の棒で貫かれた感じで、そして、その世の常ならぬ恐怖の為に、心の臓まで冷くなるのを覚えました。彼はガラス玉の中には入《い》って、ギラギラした小電灯の光で、彼自身の影像を一目見るなり、発狂したのか、それとも又、玉の中を逃げ出そうとして、誤って扉の取手を折り、出るにも出られず、狭い球体の中で、死の苦しみをもがきながら、遂《つい》に発狂したのか、そのいずれかではなかったでしょうか。では、何物がそれ程迄《まで》に彼を恐怖せしめたか。

それは、到底人間の想像を許さぬ所です。球体の鏡の中心には入《い》った人が、嘗《か》つて一人だってこの世にあったでしょうか。その球壁に、どの様な影が映るものか、物理学者とて、これを算出することは不可能でありましょう。それは、ひょっとしたら、我々には、夢想することも許されぬ、恐怖と戦慄《せんりつ》の人外境《じんがいきょう》ではなかったのでしょうか。世にも恐るべき悪魔の世界ではなかったのでしょうか。そこには、彼の姿が彼としては映らないで、もっと別のもの、それがどんな形相《ぎょうそう》を示したかは、想像の外《ほか》ですけれど、兎《と》も角《かく》、人間を発狂させないでは置かぬ程の、あるものが、彼の眼界、彼の宇宙を覆いつくして、映し出されたのではありますまいか。

ただ、我々にかろうじて出来ることは、球体の一部である所の、凹面鏡《おうめん》の恐怖を、球体にまで延長して見る外《ほか》にはありません。あなた方は、定めし凹面鏡の恐怖なれば、御存じでありましょう。あの自分自身を顕微鏡にかけて、覗いて見る様な、悪夢の世界、球体の鏡はその凹面鏡が果てしもなく連《つらな》って、我々の全身を包むのと同じ訳《わけ》なのです。それ丈《だ》けでも単なる凹面鏡の恐怖の、幾層倍、幾十層倍に当りますが、その様に想像したばかりで、我々はもう身の毛がよだつではありませんか。それは謂《いわ》ゆる凹面鏡によって囲まれた小宇宙なのです。我々の此《こ》の世界ではないのです。もっと別の、恐らく狂人の国に相違ないのです。

私の不幸な友達は、そうして、彼のレンズ狂、鏡気違いの、最端を極《きわ》めようとして、極めてはならぬ所を極めようとして、神の怒りにふれたのか、悪魔の誘いに敗れたのか、遂《つい》に、恐らく彼自身を亡《ほろ》ぼさねばならなかったのでありましょう。

彼はその後、狂ったままこの世を去って了《しま》いましたので、事の真相を確《たしか》むべきよすがとてもありませんが、でも、少くとも私丈《だ》けは、彼は鏡の玉の内部を冒《おか》したばっかりに、遂にその身を亡ぼしたのだという想像を、今日《こんにち》に至るまでも捨て兼ねているのでございます。

（「大衆文芸」大正十五年十月号）

押絵と旅する男

この話が私の夢か私の一時的狂気の幻《まぼろし》でなかったならば、あの押絵《おしえ》と旅をしていた男こそ狂人であったに相違《そうい》ない。だが、夢が時として、どこかこの世界と喰違《くいちが》った別の世界を、チラリと覗《のぞ》かせてくれる様《よう》に、又《また》狂人が、我々の全《まった》く感じ得ぬ物事を見たり聞いたりすると同じに、これは私が、不可思議な大気のレンズ仕掛けを通して、一刹那《いっせつな》、この世の視野の外にある、別の世界の一隅《いちぐう》を、ふと隙見《すきみ》したのであったかも知れない。

いつとも知れぬ、ある暖かい薄曇った日のことである。その時、私は態々《わざわざ》魚津へ蜃気楼《しんきろう》を見に出掛けた帰り途《みち》であった。私がこの話をすると、時々、お前は魚津なんか行《い》ったことはないじゃないかと、親しい友達に突っ込まれることがある。そう云われて見ると、私は何時《いつ》の何日に魚津へ行ったのだと、ハッキリ証拠を示すことが出来ぬ。それではやっぱり夢であったのか。だが私は嘗《かつ》て、あのように濃厚な色彩を持った夢を見たことがない。夢の中の景色《けしき》は、映画と同じに、全く色彩を伴わぬものであるのに、あの折《おり》の汽車の中の景色丈《だ》けは、それもあの毒々しい押絵の画面が中心になって、紫と臙脂《えんじ》の勝《かつ》た色彩で、まるで蛇《へび》の眼の瞳孔《どうこう》の様に、生々しく私の記憶に焼《やき》ついている。着色映画の夢というものがあるのであろうか。

私はその時、生れて初めて蜃気楼というものを見た。蛤《はまぐり》の息の中に美しい龍宮城《りゅうぐうじょう》の浮んでいる、あの古風な絵を想像していた私は、本物の蜃気楼を見て、膏汗《あぶらあせ》のにじむ様な、恐怖に近い驚きに撃たれた。

魚津の浜の松並木に豆粒の様な人間がウジャウジャと集まって、息を殺して、眼界一杯の大空と海面とを眺めていた。私はあんな静かな、唖《おし》の様にだまっている海を見たことがない。日本海は荒海と思い込んでいた私には、それもひどく意外であった。その海は、灰色で、全く小波《さざなみ》一つなく、無限の彼方《かなた》にまで打続く沼かと思われた。そして、太平洋の海の様に、水平線はなくて、海と空とは、同じ灰色に溶け合い、厚さの知れぬ靄《もや》に覆いつくされた感じであった。空だとばかり思っていた、上部の靄の中を、案外にもそこが海面であって、フワフワと幽霊の様な、大きな白帆《しらほ》が滑って行ったりした。

蜃気楼とは、乳色《ちちいろ》のフィルムの表面に墨汁《ぼくじゅう》をたらして、それが自然にジワジワとにじんで行くのを、途方《とほう》もなく巨大な映画にして、大空に映し出した様なものであった。

遥《はる》かな能登《のと》半島の森林が、喰違《くいちが》った大気の変形レンズを通して、すぐ目の前の大空に、焦点のよく合わぬ顕微鏡《けんびきょう》の下の黒い虫みたいに、曖昧《あいまい》に、しかも馬鹿馬鹿しく拡大されて、見る者の頭上におしかぶさって来るのであった。それは、妙な形の黒雲と似ていたけれど、黒雲なればその所在がハッキリ分っているに反し、蜃気楼は、不思議にも、それと見る者との距離が非常に曖昧なのだ。遠くの海上に漂う大入道《おおにゅうどう》の様でもあり、ともすれば、眼前一尺に迫る異形《いぎょう》の靄かと見え、はては、見る者の角膜《かくまく》の表面に、ポッツリと浮んだ、一点の曇りの様にさえ感じられた。この距離の曖昧さが、蜃気楼に、想像以上の不気味な気違いめいた感じを与えるのだ。

曖昧な形の、真黒な巨大な三角形が、塔の様に積重なって行ったり、またたく間にくずれたり、横に延びて長い汽車の様に走ったり、それが幾つかにくずれ、立並《たちなら》ぶ檜《ひのき》の梢《こずえ》と見えたり、じっと動かぬ様でいながら、いつとはなく、全く違った形に化けて行った。

蜃気楼の魔力が、人間を気違いにするものであったなら、恐らく私は、少くとも帰り途の汽車の中までは、その魔力を逃れることが出来なかったのであろう。二時間の余《よ》も立ち尽して、大空の妖異を眺めていた私は、その夕方魚津を立って、汽車の中に一夜を過ごすまで、全く日常と異った気持でいたことは確《たしか》である。若《も》しかしたら、それは通り魔の様に、人間の心をかすめ冒《おか》す所の、一時的狂気の類《たぐい》ででもあったであろうか。

魚津の駅から上野への汽車に乗ったのは、夕方の六時頃であった。不思議な偶然であろうか、あの辺の汽車はいつでもそうなのか、私の乗った二等車は、教会堂の様にガランとしていて、私の外《ほか》にたった一人の先客が、向うの隅《すみ》のクッションに蹲《うずくま》っているばかりであった。

汽車は淋《さび》しい海岸の、けわしい崖《がけ》や砂浜の上を、単調な機械の音を響かせて、際《はて》しもなく走っている。沼の様な海上の、靄の奥深く、黒血《くろち》の色の夕焼が、ボンヤリと感じられた。異様に大きく見える白帆が、その中を、夢の様に滑っていた。少しも風のない、むしむしする日であったから、所々開かれた汽車の窓から、進行につれて忍び込むそよ風も、幽霊《ゆうれい》の様に尻切れとんぼであった。沢山《たくさん》の短いトンネルと雪除《よ》けの柱の列が、広漠《こうばく》たる灰色の空と海とを、縞目《しまめ》に区切って通り過ぎた。

親不知《おやしらず》の断崖を通過する頃、車内の電灯と空の明るさとが同じに感じられた程、夕闇が迫って来た。丁度《ちょうど》その時分向うの隅のたった一人の同乗者が、突然立上って、クッションの上に大きな黒繻子《くろじゅす》の風呂敷《ふろしき》を広げ、窓に立てかけてあった、二尺に三尺程の、扁平《へんぺい》な荷物を、その中へ包み始めた。それが私に何とやら奇妙な感じを与えたのである。

その扁平なものは、多分額《がく》に相違ないのだが、それの表側の方を、何か特別の意味でもあるらしく、窓ガラスに向けて立てかけてあった。一度風呂敷に包んであったものを、態々《わざわざ》取出して、そんな風に外に向けて立てかけたものとしか考えられなかった。それに、彼が再び包む時にチラと見た所によると、額の表面に描かれた極彩色の絵が、妙に生々しく、何となく世の常《つね》ならず見えたことであった。

私は更《あら》めて、この変てこな荷物の持主を観察した。そして、持主その人が、荷物の異様さにもまして、一段と異様であったことに驚かされた。

彼は非常に古風な、我々の父親の若い時分の色あせた写真でしか見ることの出来ない様な、襟《えり》の狭い、肩のすぼけた、黒の背広服を着ていたが、併《しか》しそれが、背が高くて、足の長い彼に、妙にシックリと合って、甚《はなは》だ意気《いき》にさえ見えたのである。顔は細面《ほそおもて》で、両眼が少しギラギラし過ぎていた外《ほか》は、一体によく整っていて、スマートな感じであった。そして、綺麗《きれい》に分けた頭髪が、豊《ゆたか》に黒々と光っているので、一見四十前後であったが、よく注意して見ると、顔中に夥《おびただ》しい皺《しわ》があって、一飛びに六十位にも見えぬことはなかった。この黒々とした頭髪と、色白の顔面を縦横にきざんだ皺との対照が、初めてそれに気附いた時、私をハッとさせた程も、非常に不気味な感じを与えた。

彼は叮嚀《ていねい》に荷物を包み終ると、ひょいと私の方に顔を向けたが、丁度私の方でも熱心に相手の動作を眺めていた時であったから、二人の視線がガッチリとぶっつかってしまった。すると、彼は何か恥かし相《そう》に脣《くちびる》の隅を曲げて、幽《かす》かに笑って見せるのであった。私も思わず首を動かして挨拶《あいさつ》を返した。

それから、小駅を二三通過する間、私達はお互《たがい》の隅に坐ったまま、遠くから、時々視線をまじえては、気まずく外方《そっぽ》を向くことを、繰返していた。外は全く暗闇になっていた。窓ガラスに顔を押しつけて覗いて見ても、時たま沖の漁船の舷灯《げんとう》が遠く遠くポッツリと浮んでいる外《ほか》には、全く何の光りもなかった。際涯《はてし》のない暗闇の中に、私達の細長い車室丈《だ》けが、たった一つの世界の様に、いつまでもいつまでも、ガタンガタンと動いて行った。そのほの暗い車室の中に、私達二人丈《だ》けを取り残して、全世界が、あらゆる生き物が、跡《あと》方《かた》もなく消え失《う》せてしまった感じであった。

私達の二等車には、どの駅からも一人の乗客もなかったし、列車ボーイや車掌も一度も姿を見せなかった。そういう事も今になって考えて見ると、甚《はなは》だ奇怪に感じられるのである。

私は、四十歳にも六十歳にも見える、西洋の魔術師の様な風采《ふうさい》のその男が、段々怖くなって来た。怖さというものは、外《ほか》にまぎれる事柄のない場合には、無限に大きく、身体《からだ》中一杯に拡がって行くものである。私は遂《つい》には、産毛《うぶげ》の先までも怖さが満ちて、たまらなくなって、突然立上ると、向うの隅のその男の方へツカツカと歩いて行った。その男がいとわしく、恐ろしければこそ、私はその男に近づいて行ったのであった。

私は彼と向き合ったクッションへ、そっと腰をおろし、近寄れば一層異様に見える彼の皺だらけの白い顔を、私自身が妖怪ででもある様な、一種不可思議な、顚倒《てんとう》した気持で、目を細く息を殺してじっと覗き込んだものである。

男は、私が自分の席を立った時から、ずっと目で私を迎える様にしていたが、そうして私が彼の顔を覗き込むと、待ち受けていた様に、顎《あご》で傍《かたわ》らの例の扁平な荷物を指し示し、何の前置きもなく、さもそれが当然の挨拶ででもある様に、

「これでございますか」

と云った。その口調が、余り当り前であったので、私は却《かえっ》て、ギョッとした程であった。

「これが御覧になりたいのでございましょう」

私が黙っているので、彼はもう一度同じことを繰返した。

「見せて下さいますか」

私は相手の調子に引込まれて、つい変なことを云ってしまった。私は決してその荷物を見たい為に席を立った訳《わけ》ではなかったのだけれど。

「喜んで御見せ致しますよ。わたくしは、さっきから考えていたのでございますよ。あなたはきっとこれを見にお出《い》でなさるだろうとね」

男は――寧《むし》ろ老人と云った方がふさわしいのだが――そう云いながら、長い指で、器用に大風呂敷をほどいて、その額《がく》みたいなものを、今度は表を向けて、窓の所へ立てかけた

のである。

私は一目チラッと、その表面を見ると、思わず目をとじた。何故《なぜ》であったか、その理由は今でも分らないのだが、何となくそうしなければならぬ感じがして、数秒の間目をふさいでいた。再び目を開《あ》いた時、私の前に、嘗《かつ》て見たことのない様な、奇妙なものがあったと云って、私はその「奇妙」な点をハッキリと説明する言葉を持たぬのだが。

額には歌舞伎芝居《かぶきしばい》の御殿の背景みたいに、幾《いく》つもの部屋を打抜いて、極度の遠近法で、青畳《あおだたみ》と格子天井《こうしてんじょう》が遥か向うの方まで続いている様な光景が、藍《あい》を主とした泥絵具《どろえのぐ》で毒々しく塗りつけてあった。左手の前方には、墨黒々と不細工《ぶさいく》な書院風の窓が描かれ、同じ色の文机《ふづくえ》が、その傍《そば》に角度を無視した描き方で、据えてあった。それらの背景は、あの絵馬《えま》札《ふだ》の絵の独特な画風に似ていたと云えば、一番よく分るであろうか。

その背景の中に、一尺位の丈《たけ》の二人の人物が浮き出していた。浮き出していたと云うのは、その人物丈《だ》けが、押絵細工で出来ていたからである。黒天鵞絨《くろびろうど》の古風な洋服を着た白《しら》髪《が》の老人が、窮屈《きゅうくつ》そうに坐っていると、(不思議なことには、その容貌が、髪の色を除くと、額の持主の老人にそのままなばかりか、着ている洋服の仕立方までそっくりであった)緋鹿《ひが》の子《こ》の振袖《ふりそで》に、黒繻子の帯の映りのよい十七八の、水のたれる様な結綿《ゆいわた》の美少女が、何とも云えぬ嬌羞《きょうしゅう》を含んで、その老人の洋服の膝《ひざ》にしなだれかかっている、謂《い》わば芝居の濡れ場に類する画面であった。

洋服の老人と色娘の対照と、甚《はなは》だ異様であったことは云うまでもないが、だが私が「奇妙」に感じたというのはそのことではない。

背景の粗雑に引かえて、押絵の細工の精巧なことは驚くばかりであった。顔の部分は、白絹は凹凸《おうとつ》を作って、細い皺まで一つ一つ現わしてあったし、娘の髪は、本当の毛髪を一本一本植えつけて、人間の髪を結う様に結ってあり、老人の頭は、これも多分本物の白髪を、丹念に植えたものに相違なかった。洋服には正しい縫い目があり、適当な場所に粟粒《あわつぶ》程の釦《ぼたん》までつけてあるし、娘の乳のふくらみと云い、腿《もも》のあたりの艶《なま》めいた曲線と云い、こぼれた緋縮緬《ひぢりめん》、チラと見える肌の色、指には貝殻《かいがら》の様な爪が生えていた。虫眼鏡《むしめがね》で覗いて見たら、毛穴や産毛まで、ちゃんと拵《こしら》えてあるのではないかと思われた程である。

私は押絵と云えば、羽子板《はごいた》の役者の似顔の細工しか見たことがなかったが、そして、羽子板の細工にも、随分《ずいぶん》精巧なものもあるのだけれど、この押絵は、そんなものとは、まるで比較にもならぬ程、巧緻《こうち》を極めていたのである。恐らくその道の名人の手に成ったものであろうか。だが、それが私の所謂《いわゆる》「奇妙」な点ではなかった。

額全体が余程《よほど》古いものらしく、背景の泥絵具は所々はげ落《おち》ていたし、娘の緋鹿の子も、老人の天鵞絨も、見る影もなく色あせていたけれど、はげ落ち色あせたなりに、名状《めいじょう》し難《がた》き毒々しさを保ち、ギラギラと、見る者の眼底に焼《やき》つく様な生気を持っていたことも、不思議と云えば不思議であった。だが、私の「奇妙」という意味はそれでもない。

それは、若《も》し強《し》いて云うならば、押絵の人物が二つとも、生きていたことである。文楽《ぶんらく》の人形芝居で、一日の演技の内に、たった一度か二度、それもほんの一瞬間、名人の使っている人形が、ふと神の息吹《いぶき》をかけられでもした様に、本当に生きていることがあるものだが、この押絵の人物は、その生きた瞬間の人形を、命の逃げ出す隙《すき》を与えず、咄嗟《とっさ》の間に、そのまま板にはりつけたという感じで、永遠に生きながらえているかと見えたのである。

私の表情に驚きの色を見て取ったからか、老人は、いとたのもしげな口調で、殆《ほとん》ど叫ぶ様に、

「アア、あなたは分って下さるかも知れません」

と云いながら、肩から下げていた、黒革《くろかわ》のケースを、叮嚀《ていねい》に鍵《かぎ》で開いて、その中から、いとも古風な双眼鏡を取り出してそれを私の方へ差出すのであった。

「コレ、この遠眼鏡《とおめがね》で一度御覧下さいませ。イエ、そこからでは近すぎます。失礼ですが、もう少しあちらの方から。左様《さよう》丁度その辺がようございましょう」

誠に異様な頼みではあったけれど、私は限りなき好奇心のとりことなって、老人の云う

がままに、席を立って額から五六歩遠ざかった。老人は私の見易い様に、両手で額《がく》を持って、電灯にかざしてくれた。今から思うと、実に変てこな、気違いめいた光景であったに相違ないのである。

遠眼鏡と云うのは、恐らく二三十年も以前の舶来品であろうか、私達が子供の時分、よく眼鏡屋の看板で見かけた様な、異様な形のプリズム双眼鏡であったが、それが手摺《てず》れの為に、黒い覆皮《おおいがわ》がはげて、所々真鍮《しんちゅう》の生地《きじ》が現われているという、持主の洋服と同様に、如何《いか》にも古風な、物懐《ものなつ》かしい品物であった。

私は珍らしさに、暫《しばら》くその双眼鏡をひねくり廻《まわ》していたが、やがて、それを覗く為に、両手で眼の前に持って行った時である。突然、実に突然、老人が悲鳴に近い叫声《さけびごえ》を立てたので、私は、危《あやう》く眼鏡を取落《とりおと》す所であった。

「いけません。いけません。それはさかさですよ。さかさに覗いてはいけません。いけません」

老人は、真青《まつさお》になって、目をまんまるに見開いて、しきりと手を振っていた。双眼鏡を逆に覗くことが、何《な》ぜそれ程大変なのか、私は老人の異様な挙動を理解することが出来なかった。

「成程《なるほど》、成程、さかさでしたっけ」

私は双眼鏡を覗くことに気を取られていたので、この老人の不審な表情を、さして気にもとめず、眼鏡を正しい方向に持ち直すと、急いでそれを目に当てて押絵の人物を覗いたのである。

焦点が合って行くに従って、二つの円形の視野が、徐々に一つに重なり、ボンヤリとした虹の様なものが、段々ハッキリして来ると、びっくりする程大きな娘の胸から上が、それが全世界ででもある様に、私の眼界一杯に拡がった。

あんな風な物の現われ方を、私はあとにも先にも見たことがないので、読む人に分らせるのが難儀なのだが、それに近い感じを思い出して見ると、例えば、舟の上から、海にもぐった蜑《あま》の、ある瞬間の姿に似ていたとでも形容すべきであろうか。蜑《あま》の裸身《はだかみ》が、底の方にある時は、青い水の層の複雑な動揺の為に、その身体が、まるで海草の様に、不自然にクネクネと曲り、輪廓《りんかく》もぼやけて、白っぽいお化《ばけ》みたいに見えているが、それが、つうッと浮上《うきあが》って来るに従って、水の層の青さが段々薄くなり、形がハッキリして来て、ポッカリと水上に首を出すと、その瞬間、ハッと目が覚めた様に、水中の白いお化が、忽《たちま》ち人間の正体を現わすのである。丁度それと同じ感じで、押絵の娘は、双眼鏡の中で、私の前に姿を現わし、実物大の、一人の生きた娘として、蠢《うごめ》き始めたのである。

十九世紀の古風なプリズム双眼鏡の玉の向う側には、全く私達の思いも及ばぬ別世界があって、そこに結綿《ゆいわた》の色娘《いろむすめ》と、古風な洋服の白髪男とが、奇怪な生活を営んでいる。覗いては悪いものを、私は今魔法使に覗かされているのだ。といった様な形容の出来ない変てこな気持で、併《しか》し私は憑《つ》かれた様にその不可思議な世界に見入ってしまった。

娘は動いていた訳《わけ》ではないが、その全身の感じが、肉眼で見た時とは、ガラリと変って、生気に満ち、青白い顔がやや桃色に上気し、胸は脈打ち（実際私は心臓の鼓動《こどう》をさえ聞いた）肉体からは縮緬《ちりめん》の衣裳《いしょう》を通して、むしむしと、若い女の生気が蒸発して居る様に思われた。

私は一渡り、女の全身を、双眼鏡の先で、嘗《な》め廻してから、その娘がしなだれ掛っている、仕合《しあわ》せな白髪男の方へ眼鏡を転じた。

老人も、双眼鏡の世界で、生きていたことは同じであったが、見た所四十程も年の違う、若い女の肩に手を廻して、さも幸福そうな形でありながら、妙なことには、レンズ一杯の大きさに写った、彼の皺の多い顔が、その何百本の皺の底で、いぶかしく苦悶《くもん》の相を現わしているのである。それは、老人の顔がレンズの為に眼前一尺の近さに、異様に大きく迫っていたからでもあったであろうが、見つめていればいる程、ゾッと怖くなる様な、悲痛と恐怖との混り合った一種異様の表情であった。

それを見ると、私はうなされた様な気分になって、双眼鏡を覗いていることが、耐え難く感じられたので、思わず、目を離して、キョロキョロとあたりを見廻した。すると、それはやっぱり淋しい夜の汽車の中であって、押絵の額も、それをささげた老人の姿も、元のままで、窓の外は真暗《まつくら》だし、単調な車輪の響《ひびき》も、変りなく聞えていた。悪夢から醒《さ》めた気持であった。

「あなた様は、不思議相《そう》な顔をしておいでなさいますね」

老人は額を、元の窓の所へ立てかけて、席につくと、私にもその向う側へ坐る様に、手真似をしながら、私の顔を見つめて、こんなことを云った。

「私の頭が、どうかしている様です。いやに蒸《む》しますね」

私はてれ隠しみたいな挨拶をした。すると老人は、猫背《ねこぜ》になって、顔をぐっと私の方へ近寄せ、膝の上で細長い指を合図でもする様に、ヘラヘラと動かしながら、低い低い囁《ささや》き声になって、

「あれらは、生きて居《お》りましたろう」

と云った。そして、さも一大事を打開《うちあ》けるといった調子で、一層猫背になって、ギラギラした目をまん丸に見開いて、私の顔を穴のあく程見つめながら、こんなことを囁《ささや》くのであった。

「あなたは、あれらの、本当の身の上話を聞き度《た》いとはおぼしめしませんかね」

私は汽車の動揺と、車輪の響《ひびき》の為に、老人の低い、呟《つぶや》く様な声を、聞き間違えたのではないかと思った。

「身の上話とおっしゃいましたか」

「身の上話でございますよ」老人はやっぱり低い声で答えた。「殊《こと》に、一方の、白髪の老人の身の上話をでございますよ」

「若い時分からのですか」

私も、その晩は、何故《なぜ》か妙に調子はずれな物の云い方をした。

「ハイ、あれが二十五歳の時のお話でございますよ」

「是非《ぜひ》うかがいたいものですね」

私は、普通の生きた人間の身の上話をでも催促する様に、ごく何でもないことの様に、老人をうながしたのである。すると、老人は顔の皺を、さも嬉しそうにゆがめて、「アア、あなたは、やっぱり聞いて下さいますね」と云いながら、さて、次の様な世にも不思議な物語を始めたのであった。

「それはもう、一生涯の大事件ですから、よく記憶して居りますが、明治二十八年の四月の、兄があんなに（と云って彼は押絵の老人を指さした）なりましたのが、二十七日の夕方のことでございました。当時、私も兄も、まだ部屋住みで、住居《すまい》は日本橋通《にほんばしとおり》三丁目でして、親爺《おやじ》が呉服商を営んで居りましたがね。何でも浅草の十二階が出来て、間もなくのことでございましたよ。だもんですから、兄なんぞは、毎日の様にあの凌雲閣《りょううんかく》へ昇って喜んでいたものです。と申しますのが、兄は妙に異国物が好きで、新しがり屋でござんしたからね。この遠眼鏡《とおめがね》にしろ、やっぱりそれで、兄が外国船の船長の持物だったという奴を、横浜《よこはま》の支那《シナ》人町の、変てこな道具屋の店先で、めっけて来ましてね。当時にしちゃあ、随分高いお金を払ったと申して居りましたっけ」

老人は「兄が」と云うたびに、まるでそこにその人が坐ってでもいる様に、押絵の老人の方に目をやったり、指さしたりした。老人は彼の記憶にある本当の兄と、その押絵の白髪の老人とを、混同して、押絵が生きて彼の話を聞いてでもいる様な、すぐ側《そば》に第三者を意識した様な話し方をした。だが、不思議なことに、私はそれを少しもおかしいとは感じなかった。私達はその瞬間、自然の法則を超越した、我々の世界とどこかで喰違《くいちが》っている処《ところ》の、別の世界に住んでいたらしいのである。

「あなたは、十二階へ御昇りなすったことがおありですか。アア、おありなさらない。それは残念ですね。あれは一体どこの魔法使が建てましたものか、実に途方もない、変てこれんな代物《しろもの》でございましたよ。表面は伊太利《イタリー》の技師のバルトンと申すものが設計したことになっていましたがね。まあ考えて御覧なさい。その頃の浅草公園と云えば、名物が先《ま》ず蜘蛛男《くもおとこ》の見世物《みせもの》、娘剣舞《むすめけんばい》に、玉乗り、源水の独楽廻《こままわ》しに、覗きからくりなどで、せいぜい変った所が、お富士さまの作り物に、メーズと云って、八陣隠れ杉の見世物位でございましたからね。そこへあなた、ニョキニョキと、まあ飛んでもない高い煉瓦造《れんがづく》りの塔が出来ちまったんですから、驚くじゃござんせんか。高さが四十六間《けん》と申しますから、半丁の余で、八角型の頂上が、唐人《とうじん》の帽子みたいに、とんがっていて、ちょっと高台へ昇りさえすれば、東京中どこからでも、その赤いお化《ばけ》が見られたものです。

今も申す通り、明治二十八年の春、兄がこの遠眼鏡を手に入れて間もない頃でした。兄の身に妙なことが起って参りました。親爺なんぞ、兄め気でも違うのじゃないかって、ひどく心配して居りましたが、私もね、お察しでしょうが、馬鹿に兄思いでしてね、兄の変てこれんなそぶりが、心配で心配でたまらなかったものです。どんな風かと申しますと、兄はご飯もろくろくたべないで、家内《やうち》の者とも口を利《き》かず、家《うち》にいる時は一間《ま》にとじ籠《こも》って考え事ばかりしている。身体は痩せてしまい、顔は肺病やみの様に土気色《つちけいろ》で、目ばかりがギョロギョロさせている。尤《もっと》も平常《ふだん》から顔色のいい方じゃあござんせんでしたがね。それが一倍青ざめて、沈んでいるのですから、本当に気の毒な様でした。その癖《くせ》ね、そんなでいて、毎日欠かさず、まるで勤めにでも出る様に、おひるッから、日暮れ時分まで、フラフラとどっかへ出掛けるんです。どこへ行くのかって、聞いて見ても、ちっとも云いません。母親が心配して、兄のふさいでいる訳《わけ》を、手を変え品を変え尋ねても、少しも打開《うちあ》けません。そんなことが一月《ひとつき》程も続いたのですよ。あんまり心配だものだから、私はある日、兄が一体どこへ出掛るのかと、ソッとあとをつけました。そうする様に、母親が私に頼むもんですからね。兄はその日も、丁度今日の様などんよりとした、いやな日でござんしたが、おひる過《すぎ》から、その頃兄の工風《くふう》で仕立てさせた、当時としては飛び切りハイカラな、黒天鵞絨の洋服を着ましてね、この遠眼鏡を肩から下げ、ヒョロヒョロと、日本橋通りの、馬車鉄道の方へ歩いて行くのです。私は兄に気《け》どられぬ様に、ついて行った訳《わけ》ですよ。よござんすか。しますとね、兄は上野《うえの》行きの馬車鉄道を待ち合わせて、ひょいとそれに乗り込んでしまったのです。当今の電車と違って、次の車に乗ってあとをつけるという訳には行きません。何しろ車台が少《すく》のござんすからね。私は仕方がないので母親に貰《もら》ったお小遣いをふんぱつして、人力車に乗りました。人力車だって、少し威勢のいい挽子《ひきこ》なれば馬車鉄道を見失わない様に、あとをつけるなんぞ、訳なかったものでございますよ。

兄が馬車鉄道を降りると、私も人力車を降りて、又テクテクと跡をつける。そうして、行きついた所が、なんと浅草の観音様じゃございませんか。兄は仲店《なかみせ》から、お堂の前を素通りして、お堂裏の見世物小屋の間を、人波をかき分ける様にしてさっき申上げた十二階の前まで来ますと、石の門を這入《はい》って、お金を払って「凌雲閣」という額《がく》の上った入口から、塔の中へ姿を消したじゃあございませんか。まさか兄がこんな所へ、毎日毎日通《かよ》っていようとは、夢にも存じませんので、私はあきれてしまいましたよ。子供心にね、私はその時まだ二十《はたち》にもなってませんでしたので、兄はこの十二階の化物に魅入《みい》られたんじゃないかなんて、変なことを考えたものですよ。

私は十二階へは、父親につれられて、一度昇った切りで、その後行ったことがありませんので、何だか気味が悪い様に思いましたが、兄が昇って行くものですから、仕方がないので、私も、一階位おくれて、あの薄暗い石の段々を昇って行きました。窓も大きくございませんし、煉瓦《れんが》の壁が厚うございますので、穴蔵の様に冷々と致しましてね。それに日清《にっしん》戦争の当時ですから、その頃は珍らしかった、戦争の油絵が、一方の壁にずっと懸け並べてあります。まるで狼みたいな、おっそろしい顔をして、吠えながら、突貫している日本兵や、剣つき鉄砲に脇腹をえぐられ、ふき出す血のりを両手で押さえて、顔や唇を紫色にしてもがいている支那兵や、ちょんぎられた弁髪《べんぱつ》の頭が、風船玉の様に空高く飛上っている所や、何とも云えない毒々しい、血みどろの油絵が、窓からの薄暗い光線で、テラテラと光っているのでございますよ。その間を、陰気な石の段々が、蝸牛《かたつむり》の殻《から》みたいに、上へ上へと際限もなく続いて居ります。本当に変てこれんな気持ちでしたよ。

頂上は八角形の欄干《らんかんだ》丈けで、壁のない、見晴らしの廊下になっていましてね、そこへたどりつくと、俄《にわか》にパッと明るくなって、今までの薄暗い道中が長《なご》うござんしただけに、びっくりしてしまいます。雲が手の届きそうな低い所にあって、見渡すと、東京中の屋根がごみみたいに、ゴチャゴチャしていて、品川《しながわ》の御台場《おだいば》が、盆石《ぼんせき》の様に見えて居ります。目まいがしそうなのを我慢して、下を覗きますと、観音様《かんのんさま》の御堂だってずっと低い所にありますし、小屋掛けの見世物が、おもちゃの様で、歩いている人間が、頭と足ばかりに見えるのです。

頂上には、十人余りの見物が一かたまりになっておっかな相《そう》な顔をして、ボソボソ小声で囁《ささや》きながら、品川の海の方を眺めて居りましたが、兄はと見ると、それとは離れた場所に、一人ぼっちで、遠眼鏡を目に当てて、しきりと浅草の境内《けいだい》を眺め廻して居りました。それをうしろから見ますと、白っぽくどんよりどんよりとした雲ばかりの中に、兄の天鵞絨《びろうど》の洋服姿が、クッキリと浮上《うきあが》って、下の方のゴチャゴチャしたものが何も見えぬものですから、兄だということは分っていましても、何だか西洋の油絵の中の人物みたいな気持がして、神々《こうごう》しい様で、言葉をかけるのも憚《はばか》られた程でございましたっけ。

でも、母の云いつけを思い出しますと、そうもしていられませんので、私は兄のうしろに近づいて『兄さん何を見ていらっしゃいます』と声をかけたのでございます。兄はビクッとして、振向きましたが、気拙《きまず》い顔をして何も云いません。私は『兄さんの此頃《このごろ》の御様子には、御父さんもお母さんも大変心配していらっしゃいます。毎日毎日どこへ御出掛《おでかけ》なさるのかと不思議に思って居りましたら、兄さんはこんな所へ来ていらしったのでございますね。どうかその訳《わけ》を云って下さいまし。日頃仲よしの私に丈《だ》けでも打開《うちあ》けて下さいまし』と、近くに人のいないのを幸いに、その塔の上で、兄をかき口説《くど》いたものですよ。

仲々打開けませんでしたが、私が繰返し繰返し頼むものですから、兄も根負《こんま》けをしたと見えまして、とうとう一ケ月来の胸の秘密を私に話してくれました。ところが、その兄の煩悶《はんもん》の原因と申すものが、これが又誠に変てこれんな事柄だったのでございますよ。兄が申しますには、一月《ひとつき》ばかり前に、十二階へ昇りまして、この遠眼鏡で観音様の境内《けいだい》を眺めて居りました時、人込みの間に、チラッと、一人の娘の顔を見たのだ相《そう》でございます。その娘が、それはもう何とも云えない、この世のものとも思えない、美しい人で、日頃女には一向《いっこう》冷淡であった兄も、その遠眼鏡の中の娘丈《だ》けには、ゾッと寒気がした程も、すっかり心を乱されてしまったと申しますよ。

その時兄は、一目見た丈《だ》けで、びっくりして、遠眼鏡をはずしてしまったものですから、もう一度見ようと思って、同じ見当を夢中になって探した相《そう》ですが、眼鏡の先が、どうしてもその娘の顔にぶっつかりません。遠眼鏡では近くに見えても実際は遠方のことですし、沢山《たくさん》の人混みの中ですから、一度見えたからと云って、二度目に探し出せると極《き》まったものではございませんからね。

それからと申すもの、兄はこの眼鏡の中の美しい娘が忘れられず、極々《ごくごく》内気なひとでしたから、古風な恋わずらいをわずらい始めたのでございます。今のお人はお笑いなさるかも知れませんが、その頃の人間は、誠におっとりしたものでして、行きずりに一目見た女を恋して、わずらいついた男なども多かった時代でございますからね。云うまでもなく、兄はそんなご飯もろくろくたべられない様な、衰えた身体を引きずって、又その娘が観音様の境内を通りかかることもあろうかと悲しい空頼《そらだの》みから、毎日毎日、勤めの様に、十二階に昇っては、眼鏡を覗いていた訳《わけ》でございます。恋というものは、不思議なものでございますね。

兄は私に打開《うちあ》けてしまうと、又熱病やみの様に眼鏡を覗き始めましたっけが、私は兄の気持にすっかり同情致しましてね、千に一つも望みのない、無駄《むだ》な探し物ですけれど、お止《よ》しなさいと止めだてする気も起らず、余りのことに涙ぐんで、兄のうしろ姿をじっと眺めていたものですよ。するとその時……ア、私はあの怪しくも美しかった光景を、忘れることが出来ません。三十年以上も昔のことですけれど、こうして眼をふさぎますと、その夢の様な色どりが、まざまざと浮んで来る程でございます。

さっきも申しました通り、兄のうしろに立っていますと、見えるものは、空ばかりで、モヤモヤとした、むら雲の中に、兄のほっそりとした洋服姿が、絵の様に浮上《うきあが》って、むら雲の方で動いているのを、兄の身体が宙に漂うかと見誤《みあやま》るばかりでございました。がそこへ、突然、花火でも打上げた様に、白っぽい大空の中を、赤や青や紫の無数の玉が、先を争って、フワリフワリと昇って行ったのでございます。お話したのでは分りますまいが、本当に絵の様で、又何かの前兆の様で、私は何とも云えない怪しい気持になったものでした。何であろうと、急いで下を覗いて見ますと、どうかしたはずみで、風船屋が粗相《そそう》をして、ゴム風船を、一度に空へ飛ばしたものと分りましたが、その時分は、ゴム風船そのものが、今よりはずっと珍らしゅうござんしたから正体が分っても、私はまだ妙な気持がして居りましたものですよ。

妙なもので、それがきっかけになったという訳《わけ》でもありますまいが、丁度その時、兄は非常に興奮した様子で、青白い顔をぽっと赤らめ息をはずませて、私の方へやって参り、いきなり私の手をとって『さあ行こう。早く行かぬと間に合わぬ』と申して、グングン私を引張るのでございます。引張られて、塔の石段をかけ降りながら、訳《わけ》を尋ねますと、いつかの娘さんが見つかったらしいので、青畳《あおだたみ》を敷いた広い座敷に坐っていたから、これから行っても大丈夫元の所にいると申すのでございます。

兄が見当をつけた場所というのは、観音堂の裏手の、大きな松の木が目印で、そこに広い座敷があったと申すのですが、さて、二人でそこへ行って、探して見ましても、松の木はちゃんとありますけれど、その近所には、家らしい家もなく、まるで狐につままれた様な塩梅《あんばい》なのですよ。兄の気の迷いだとは思いましたが、しおれ返っている様子が、余り気の毒だものですから、気休めに、その辺の掛茶屋などを尋ね廻って見ましたけれども、そんな娘さんの影も形もありません。

探している間に、兄と分れ分れになってしまいましたが、掛茶屋を一巡して、暫《しばら》くたって元の松の木の下へ戻って参りますとね、そこには色々な露店に並んで、一軒の覗きからくり屋が、ピシャンピシャンと鞭《むち》の音を立てて、商売をして居りましたが、見ますと、その覗きの眼鏡を、兄が中腰になって、一生懸命覗いていたじゃございませんか。『兄さん何をしていらっしゃる』と云って、肩を叩きますと、ビックリして振向きましたが、その時の兄の顔を、私は今だに忘れることが出来ませんよ。何と申せばよろしいか、夢を見ている様なとでも申しますか、顔の筋がたるんでしまって、遠い所を見ている目つきになって、私に話す声さえも、変にうつろに聞えたのでございます。そして、『お前、私達が探していた娘さんはこの中にいるよ』と申すのです。

そう云われたものですから、私は急いでおあしを払って、覗きの眼鏡を覗いて見ますと、それは八百屋お七《しち》の覗きからくりでした。丁度吉祥寺《きちしようじ》の書院で、お七が吉三《きちざ》にしなだれかかっている絵が出て居りました。忘れもしません。からくり屋の夫婦者は、しわがれ声を合せて、鞭で拍子を取りながら、『膝でつっらついて、目で知らせ』と申す文句を歌っている所でした。アア、あの『膝でつっらついて、目で知らせ』という変な節廻《ふしまわ》しが、耳についている様でございます。

覗き絵の人物は押絵になって居りましたが、その道の名人の作であったのでしょうね。お七の顔の生々として綺麗《きれい》であったこと。私の目にさえ本当に生きている様に見えたのですから、兄があんなことを申したのも、全く無理はありません。兄が申しますには『仮令《たとい》この娘さんが、拵《こしら》えものの押絵だと分っても、私はどうもあきらめられない。悲しいことだがあきらめられない。たった一度でいい、私もあの吉三の様な、押絵の中の男になって、この娘さんと話がして見たい』と云って、ぼんやりと、そこに突っ立ったまま、動こうともしないのでございます。考えて見ますとその覗きからくりの絵が、光線を取る為に上の方が開《あ》けてあるので、それが斜めに十二階の頂上からも見えたものに違いありません。

その時分には、もう日が暮《く》れかけて、人足《ひとあし》もまばらになり、覗きの前にも、二三人のおかっぱの子供が、未練らしく立去り兼ねて、うろうろしているばかりでした。昼間からどんよりと曇っていたのが、日暮《ひぐれ》には、今にも一雨《ひとあめ》来そうに、雲が下って来て、一層圧《おさ》えつけられる様な、気でも狂うのじゃないかと思う様な、いやな天候になって居りました。そして、耳の底にドロドロと太鼓《たいこ》の鳴っている様な音が聞えているのですよ。その中で、兄は、じっと遠くの方を見据えて、いつまでもいつまでも、立ちつくして居りました。その間《あいだ》が、たっぷり一時間はあった様に思われます。

もうすっかり暮切《くれき》って、遠くの玉乗りの花瓦斯《はなガス》が、チロチロと美しく輝き出した時分に、兄はハッと目が醒めた様に、突然私の腕を摑《つか》んで『アア、いいことを思いついた。お前、お頼みだから、この遠眼鏡をさかさにして、大きなガラス玉の方を目に当てて、そこから私を見ておくれでないか』と、変なことを云い出しました。『何故です』って尋ねても、『まあいいから、そうしてお呉《く》れな』と申して聞かないのでございます。一体私は生れつき眼鏡類を、余り好みませんので、遠眼鏡にしろ、顕微鏡にしろ、遠い所の物が、目の前へ飛びついて来たり、小さな虫けらが、けだものみたいに大きくなる、お化《ばけ》じみた作用が薄気味悪いのですよ。で、兄の秘蔵の遠眼鏡も、余り覗いたことがなく、覗いたことが少い丈《だ》けに、余計それが魔性《ましょう》の器械に思われたものです。しかも、日が暮《くれ》て人顔もさだかに見えぬ、うすら淋しい観音堂の裏で、遠眼鏡をさかさにして、兄を覗くなんて、気違いじみてもいますれば、薄気味悪くもありましたが、兄がたって頼むものですから、仕方なく云われた通りにして覗いたのですよ。さかさに覗くのですから、二三間《げん》向うに立っている兄の姿が、二尺位に小さくなって、小さい丈《だ》けに、ハッキリと、闇の中に浮出《うきだ》して見えるのです。外《ほか》の景色は何も映らないで、小さくなった兄の洋服姿丈《だ》けが、眼鏡の真中《まんなか》に、チンと立っているのです。それが、多分兄があとじさりに歩いて行ったのでしょう。見る見る小さくなって、とうとう一尺位の、人形みたいな可愛らしい姿になってしまいました。そして、その姿が、ツーッと宙に浮いたかと見ると、アッと思う間に、闇の中へ溶け込んでしまったのでございます。

私は怖くなって、(こんなことを申すと、年甲斐《としがい》もないと思召《おぼしめし》ましょうが、その時は、本当にゾッと、怖さが身にしみたものですよ)いきなり眼鏡を離して、「兄さん」と呼んで、兄の見えなくなった方へ走り出しました。ですが、どうした訳《わけ》か、いくら探しても探しても兄の姿が見えません。時間から申しても、遠くへ行った筈《はず》はないのに、どこを尋ねても分りません。なんと、あなた、こうして私の兄は、それっきり、この世から姿を消してしまったのでございますよ……それ以来というもの、私は一層遠眼鏡という魔性の器械を恐れる様になりました。殊《こと》にも、このどこの国の船長とも分らぬ、異人《いじん》の持物であった遠眼鏡が、特別いやでして、外《ほか》の眼鏡は知らず、この眼鏡丈《だ》けは、どんなことがあっても、さかさに見てはならぬ。さかさに覗けば凶事が起ると、固く信じているのでございます。あなたがさっき、これをさかさにお持ちなすった時、私が慌《あわ》ててお止め申した訳《わけ》がお分りでございましょう。

　ところが、長い間探し疲れて、元の覗き屋の前へ戻って参った時でした。私はハタとある事に気がついたのです。と申すのは、兄は押絵の娘に恋こがれた余り、魔性の遠眼鏡の力を借りて、自分の身体を押絵の娘と同じ位の大きさに縮めて、ソッと押絵の世界へ忍び込んだのではあるまいかということでした。そこで、私はまだ店をかたづけないでいた覗き屋に頼みまして、吉祥寺の場を見せて貰《もら》いましたが、なんとあなた、案《あん》の定《じょう》、兄は押絵になって、カンテラの光りの中で、吉三の代りに、嬉し相《そう》な顔をして、お七を抱きしめていたではありませんか。

　でもね、私は悲しいとは思いませんで、そうして本望《ほんもう》を達した、兄の仕合《しあわ》せが、涙の出る程嬉しかったものですよ。私はその絵をどんなに高くてもよいから、必ず私に譲ってくれと、覗き屋に固い約束をして、(妙なことに、小姓の吉三の代りに洋服姿の兄が坐っているのを、覗き屋は少しも気がつかない様子でした)家へ飛んで帰って、一伍一什《いちぶしじゅう》を母に告げました所、父も母も、何を云うのだ。お前は気でも違ったのじゃないかと申して、何と云っても取上げてくれません。おかしいじゃありませんか。ハハハハハ」老人は、そこで、さもさも滑稽《こっけい》だと云わぬばかりに笑い出した。そして、変なことには、私も亦《また》、老人に同感して、一緒になって、ゲラゲラと笑ったのである。

「あの人たちは、人間は押絵なんぞになるものじゃないと思い込んでいたのですよ。でも押絵になった証拠には、その後《のち》兄の姿が、ふっつりと、この世から見えなくなってしまったじゃありませんか。それをも、あの人たちは、家出したのだなんぞと、まるで見当違いな当て推量をしているのですよ。おかしいですね。結局、私は何と云われても構わず、母にお金をねだって、とうとうその覗き絵を手に入れ、それを持って、箱根《はこね》から鎌倉《かまくら》の方へ旅をしました。それはね、兄に新婚旅行がさせてやりたかったからですよ。こうして汽車に乗って居《お》りますと、その時のことを思い出してなりません。やっぱり、今日《きょう》の様に、この絵を窓に立てかけて、兄や兄の恋人に、外の景色を見せてやったのですからね。兄はどんなにか仕合せでございましたろう。娘の方でも、兄のこれ程の真心を、どうしていやに思いましょう。二人は本当に新婚者の様に、恥かし相《そう》に顔を赤らめながら、お互の肌と肌とを触れ合って、さもむつまじく、尽きぬ睦言《むつごと》を語り合ったものでございますよ。

その後、父は東京の商売をたたみ、富山《とやま》近くの故郷へ引込みましたので、それにつれて、私もずっとそこに住んで居りますが、あれからもう三十年の余になりますので、久々で兄にも変った東京が見せてやり度《た》いと思いましてね、こうして兄と一緒に旅をしている訳《わけ》でございますよ。

ところが、あなた、悲しいことには、娘の方は、いくら生きているとは云え、元々人の拵《こしら》えたものですから、年をとるということがありませんけれど、兄の方は、押絵になっても、それは無理やりに形を変えたまでで、根が寿命のある人間のことですから、私達と同じ様に年をとって参ります。御覧下さいまし、二十五歳の美少年であった兄が、もうあの様に白髪になって、顔には醜い皺が寄ってしまいました。兄の身にとっては、どんなにか悲しいことでございましょう。相手の娘はいつまでも若くて美しいのに、自分ばかりが汚く老込《おいこ》んで行くのですもの。恐ろしいことです。兄は悲しげな顔をして居ります。数年以前から、いつもあんな苦し相《そう》な顔をして居ります。それを思うと、私は兄が気の毒で仕様《しよう》がないのでございますよ」

老人は暗然として押絵の中の老人を見やっていたが、やがて、ふと気がついた様に、

「アア、飛んだ長話を致しました。併《しか》し、あなたは分って下さいましたでしょうね。外《ほか》の人達の様に、私を気違いだとはおっしゃいませんでしょうね。アア、それで私も話甲斐《はなしがい》があったと申すものですよ。どれ、兄さん達もくたびれたでしょう。それに、あなた方を前に置いて、あんな話をしましたので、さぞかし恥かしがっておいででしょう。では、今やすませて上げますよ」

と云いながら、押絵の額《がく》を、ソッと黒い風呂敷に包むのであった。その刹那《せつな》、私の気のせいであったのか、押絵の人形達の顔が、少しくずれて、一寸《ちょっと》恥かし相《そう》に、唇の隅で、私

に挨拶の微笑を送った様に見えたのである。老人はそれきり黙り込んでしまった。私も黙っていた。汽車は相も変らず、ゴトンゴトンと鈍い音を立てて、闇の中を走っていた。

十分ばかりそうしていると、車輪の音がのろくなって、窓の外にチラチラと、二つ三つの灯火《あかり》が見え、汽車は、どことも知れぬ山間の小駅に停車した。駅員がたった一人、ぽっつりと、プラットフォームに立っているのが見えた。

「ではお先へ、私は一晩ここの親戚へ泊りますので」

老人は額《がく》の包みを抱《かかえ》てヒョイと立上り、そんな挨拶を残して、車の外へ出て行ったが、窓から見ていると、細長い老人の後姿《うしろすがた》は（それが何と押絵の老人そのままの姿であったか）簡略な柵の所で、駅員に符切を渡したかと見ると、そのまま、背後の闇の中へ溶け込む様に消えて行ったのである。

（「新青年」昭和四年六月号）

白昼夢

あれは、白昼の悪夢であったか、それとも現実の出来事であったか。

晩春の生暖い風が、オドロオドロと、火照《ほて》った頬に感ぜられる、蒸し暑い日の午後であった。

用事があって通ったのか、散歩のみちすがらであったのか、それさえぼんやりとして思い出せぬけれど、私は、ある場末の、見る限り何処《どこ》までも何処までも、真直《まっすぐ》に続いている、広い埃《ほこり》っぽい大通りを歩いていた。

洗いざらした単衣物《ひとえもの》の様に白茶けた商家が、黙って軒《のき》を並べていた。三尺のショーウインドウに、埃でだんだら染めにした小学生の運動シャツが下っていたり、碁盤《ごばん》の様に仕切った薄っぺらな木箱の中に、赤や黄や白や茶色などの、砂の様な種物《たねもの》を入れたのが、店一杯に並んでいたり、狭い薄暗い家中《うちじゅう》が、天井からどこから、自転車のフレームやタイヤで充満していたり、そして、それらの殺風景な家々の間に挟まって、細い格子戸の奥にすすけた御神灯の下った二階家が、そんなに両方から押しつけちゃ厭《いや》だわという恰好《かっこう》をして、ボロンボロンと猥褻《わいせつ》な三味線《しゃみせん》の音《ね》を洩《も》していたりした。

「アップク、チキリキ、アッパッパア……アッパッパア……」

お下げを埃でお化粧した女の子達が、道の真中《まんなか》に輪を作って歌っていた。アッパッパアアア……という涙ぐましい旋律が、霞んだ春の空へのんびりと蒸発して行った。

男の子等は縄飛びをして遊んでいた。長い縄の弦《つる》が、ねばり強く地を叩いては、空に上った。田舎縞の前をはだけた一人の子が、ピョイピョイと飛んでいた。その光景《ありさま》は、高度撮影機を使った活動写真の様に、如何《いか》にも悠長に見えた。

時々、重い荷馬車がゴロゴロと道路や、家々を震動させて私を追い越した。

ふと私は、行手に当って何かが起っているのを知った。十四五人の大人や子供が、道ばたに不規則な半円を描いて立止っていた。

それらの人々の顔には、皆一種の笑いが浮んでいた。喜劇を見ている人の笑いが浮んでいた。ある者は大口を開いてゲラゲラ笑っていた。

好奇心が、私をそこへ近付かせた。

近付《ちかづ》くに従って、大勢の笑顔と際立った対照を示している一つの真面目くさった顔を発見した。その青ざめた顔は、口をとがらせて、何事か熱心に弁じ立てていた。香具師《やし》の口《こう》上《じょう》にしては余りに熱心過ぎた。宗教家の辻説法にしては見物《けんぶつ》の態度が不謹慎だった。一体、これは何事が始まっているのだ。

私は知らず知らず半円の群集に混って、聴聞者の一人となっていた。

演説者は、青っぽいくすんだ色のセルに、黄色の角帯をキチンと締めた、風采《ふうさい》のよい、中高《なかだか》の見た所相当教養もありそうな四十男であった。鬘《かつら》の様に綺麗《きれい》に光らせた頭髪《かみ》の下に、中高《なかだか》の薤《らっきょう》形《がた》の青ざめた顔、細い眼、立派な口髭《くちひげ》で隈《くま》どった真赤な唇、その唇が不作法につばきを飛ばしてパクパク動いているのだ。汗をかいた高い鼻、そして、着物の裾《すそ》からは、砂埃にまみれた跣足《はだし》の足が覗いていた。

「……俺はどんなに俺の女房を愛していたか」

演説は今や高調に達しているらしく見えた。男は無量の感慨を罩《こ》めてこういったまま、暫《しば》く見物達の顔から顔を見廻していたが、やがて、自問に答える様に続けた。

「殺す程愛していたのだ！」

「……悲しい哉《かな》、あの女は浮気者だった」

ドッと見物の間に笑い声が起ったので、其次《そのつぎ》の「いつ余所《よそ》の男とくッつくかも知れなかった」という言葉は危く聞き洩す所だった。

「いや、もうとっくにくッついていたかも知れないのだ」

そこで又、前にもました高笑いが起った。

「俺は心配で心配で」彼はそういって歌舞伎役者の様に首を振って「商売も手につかなんだ。俺は毎晩寝床の中で女房に頼んだ。手を合せて頼んだ」笑声《しょうせい》「どうか誓って呉《く》れ。俺より外《ほか》の男には心を移さないと誓って呉《く》れ……併《しか》し、あの女はどうしても私の頼みを聞いては呉《く》れない。まるで商売人の様な巧みな嬌態《きょうたい》で、手練手管《てれんてくだ》で、その場その場をごまかすばかりです。だが、それが、その手練手管が、どんなに私を惹きつけたか……」

誰かが「ようよう、御馳走さまッ」と叫んだ。そして、笑声。

「みなさん」男はそんな半畳《はんじょう》などを無視して続けた。「あなた方が、若《も》し私の境遇にあったら一体どうしますか。これが殺さないでいられましょうか！」

「……あの女は耳隠しがよく似合いました。自分で上手に結《ゆ》うのです……鏡台の前に坐っていました。結い上げた所です。綺麗にお化粧した顔が私の方をふり向いて、赤い唇でニッコリ笑いました」

男はここで一つ肩を揺り上げて見えを切った。濃い眉が両方から迫って凄い表情に変った。赤い唇が気味悪くヒン曲った。

「……俺は今だと思った。この好もしい姿を永久に俺のものにして了《しま》うのは今だと思った」

「用意していた千枚通しを、あの女の匂《にお》やかな襟足《えりあし》へ、力まかせにたたき込んだ。笑顔の消えぬうちに、大きい糸切歯が唇から覗いたまんま……死んで了《しま》った」

賑かな広告の楽隊が通り過ぎた。大喇叭《おおらつぱ》が頓狂《とんきよう》な音を出した。「ここはお国を何百里、離れて遠き満洲《まんしゆう》の」子供等が節に合せて歌いながら、ゾロゾロとついて行った。

「諸君、あれは俺のことを触廻《ふれまわ》っているのだ。真柄太郎《まがらたろう》は人殺しだ、人殺しだ、そういって触廻《ふれまわ》っているのだ」

又笑い声が起った。楽隊の太鼓の音丈《だ》けが、男の演説の伴奏ででもある様に、いつまでもいつまでも聞えていた。

「……俺は女房の死骸を五つに切り離した。いいかね、胴が一つ、手が二本、足が二本、これでつまり五つだ。……惜しかったけれど仕方がない。……よく肥《ふと》ったまっ白な足だ」

「……あなた方はあの水の音を聞かなかったですか」男は俄《にわか》に声を低めて云った。首を前につき出し、目をキョロキョロさせながら、さも一大事を打開《うちあ》けるのだといわぬばかりに、

「三七二十一日の間、私の家の水道はザーザーと開けっぱなしにしてあったのですよ。五つに切った女房の死体をね、四斗樽《しとだる》の中へ入れて、冷《ひや》していたのですよ。これがね、みなさん」ここで彼の声は聞えない位に低められた。

「秘訣《ひけつ》なんだよ。秘訣なんだよ。死骸を腐らせない。……屍蠟《しろう》というものになるんだ」

「屍蠟」……ある医書の「屍蠟」の項が、私の目の前に、その著者の黴《かび》くさい絵姿と共に浮んで来た。一体全体、この男は何を云わんとしているのだ。何とも知れぬ恐怖が、私の心臓を風船玉の様に軽くした。

「……女房の脂《あぶら》ぎった白い胴体や手足が、可愛い蠟細工《ろうざいく》になって了った」

「ハハハハハ、お極《きま》りを云ってらあ。お前それを、昨日《きのう》から何度おさらいするんだい」誰かが不作法に怒鳴った。

「オイ、諸君」男の調子がいきなり大声に変った。「俺がこれ程云うのが分らんのか。君達は、俺の女房は家出をした家出をしたと信じ切っているだろう。ところがな、オイ、よく聞け、あの女はこの俺が殺したんだよ。どうだ、びっくりしたか。ワハハハハハハ」

……断切《たちき》った様に笑声がやんだかと思うと、一瞬間に元の生真面目な顔が戻って来た。男は又囁《ささや》き声で始めた。

「それでもう、女はほんとうに私のものになり切って了《しま》ったのです。ちっとも心配はいらないのです。キッスのしたい時にキッスが出来ます。抱き締めたい時には抱きしめることも出来ます。私はもう、これで本望《ほんもう》ですよ」

「……だがね、用心しないと危い。私は人殺しなんだからね。いつ巡査《おまわり》に見つかるかしれない。そこで、俺はうまいことを考えてあったのだよ。隠し場所をね。……巡査だろうが刑事だろうが、こいつにはお気がつくまい。ホラ、君、見てごらん。その死骸はちゃんと俺の店先に飾ってあるのだよ」

男の目が私を見た。私はハッとして後を振り向いた。今の今まで気のつかなかったすぐ鼻の先に、白いズックの日覆《ひおおい》……「ドラッグ」……「請合薬《うけあいぐすり》」……見覚えのある丸ゴシックの書体、そして、その奥のガラス張りの中の人体模型、その男は、何々ドラッグという商号を持った、薬屋の主人であった。

「ね、いるでしょう。もっとよく私の可愛い女を見てやって下さい」

何がそうさせたのか。私はいつの間にか日覆の中へ這入《はい》っていた。

私の目の前のガラス箱の中に女の顔があった。彼女は糸切歯をむき出してニッコリ笑っていた。いまわしい蠟細工の腫物《しゅもつ》の奥に、真実の人間の皮膚が黒ずんで見えた。作り物でない証拠には、一面にうぶ毛が生えていた。

スーッと心臓が喉《のど》の所へ飛び上った。私は倒れ相《そう》になる身体《からだ》を、危くささえて日覆からのがれ出した。そして、男に見つからない様に注意しながら、群集の側《そば》を離れた。

……ふり返って見ると、群集のうしろに一人の警官が立っていた。彼も亦《また》、他の人達と同じ様にニコニコ笑いながら、男の演説を聞いていた。

「何を笑っているのです。君は職務の手前それでいいのですか。あの男のいっていることが分りませんか。嘘だと思うならあの日覆の中へ這入《はい》って御覧なさい。東京の町の真中《まんなか》で、人間の死骸がさらしものになっているじゃありませんか」

無神経な警官の肩を叩いて、こう告げてやろうかと思った。けれど私にはそれを実行する丈《だ》けの気力がなかった。私は眩暈《めまい》を感じながらヒョロヒョロと歩き出した。

行手には、どこまでもどこまでも果しのない白い大道《だいどう》が続いていた。陽炎《かげろう》が、立並ぶ電柱を海草の様に揺《ゆす》っていた。

（「新青年」大正十四年七月号）

人間椅子

佳子《よしこ》は、毎朝、夫の登庁《とうちょう》を見送って了《しま》うと、それはいつも十時を過ぎるのだが、やっと自分のからだになって、洋館の方の、夫と共用の書斎へ、とじ籠《こも》るのが例になっていた。そこで、彼女は今、K雑誌のこの夏の増大号にのせる為の、長い創作にとりかかっているのだった。

美しい閨秀《けいしゅう》作家としての彼女は、此《こ》の頃《ごろ》では、外務省書記官である夫君の影を薄く思わせる程も、有名になっていた。彼女の所へは、毎日の様に未知の崇拝者達からの手紙が、幾通となくやって来た。

今朝《けさ》とても、彼女は、書斎の机の前に坐ると、仕事にとりかかる前に、先《ま》ず、それらの未知の人々からの手紙に、目を通さねばならなかった。

それは何《いず》れも、極《きま》り切った様に、つまらぬ文句のものばかりであったが、彼女は、女の優しい心遣《こころづか》いから、どの様な手紙であろうとも、自分に宛《あ》てられたものは、兎《と》も角《かく》も、一通りは読んで見ることにしていた。

簡単なものから先にして、二通の封書と、一葉のはがきとを見て了《しま》うと、あとにはかさ高い原稿らしい一通が残った。別段通知の手紙は貰《もら》っていないけれど、そうして、突然原稿を送って来る例は、これまでにしても、よくあることだった。それは、多くの場合、長々しく退屈極《きわま》る代物《しろもの》であったけれど、彼女は兎《と》も角《かく》も、表題丈《だけ》でも見て置こうと、封を切って、中の紙束を取出して見た。

それは、思った通り、原稿用紙を綴《と》じたものであった。が、どうしたことか、表題も署名もなく、突然「奥様」という、呼びかけの言葉で始まっているのだった。ハテナ、では、やっぱり手紙なのかしら、そう思って、何気なく二行三行と目を走らせて行く内に、彼女は、そこから、何となく異常な、妙に気味悪いものを予感した。そして、持前《もちまえ》の好奇心が、彼女をして、ぐんぐん、先を読ませて行くのであった。

奥様、

奥様の方では、少しも御存じのない男から、突然、此様《このよう》な無躾《ぶしつけ》な御手紙を、差上げます罪を、幾重《いくえ》にもお許し下さいませ。

こんなことを申上げますと、奥様は、さぞかしびっくりなさる事で御座いましょうが、私は今、あなたの前に、私の犯して来ました、世にも不思議な罪悪を、告白しようとしているのでございます。

私は数ケ月の間、全く人間界から姿を隠して、本当に、悪魔の様な生活を続けて参りました。勿論《もちろん》、広い世界に誰一人、私の所業を知るものはありません。若《も》し、何事もなければ、私は、このまま永久に、人間界に立帰ることはなかったかも知れないのでございます。ところが、近頃になりまして、私の心にある不思議な変化が起りました。そして、どうしても、この、私の因果な身の上を、懺悔《ざんげ》しないではいられなくなりました。ただ、かように申しましたばかりでは、色々御不審《ごふしん》に思召《おぼしめ》す点もございましょうが、どうか、兎《と》も角《かく》も、この手紙を終りまで御読み下さいませ。そうすれば、何故《なぜ》、私がそんな気持になったのか。又何故、この告白を、殊更《ことさら》奥様に聞いて頂かねばならぬのか、それらのことが、悉《ことごと》く明白になるでございましょう。

さて、何から書き初めたらいいのか、余りに人間離れのした、奇怪千万な事実なので、こうした、人間世界で使われる、手紙という様な方法では、妙に面《おも》はゆくて、筆の鈍るのを覚えます。でも、迷っていても仕方がございません。兎《と》も角《かく》も、事の起《おこ》りから、順を追って、書いて行くことに致しましょう。

私は生れつき、世にも醜い容貌の持主でございます。これをどうか、はっきりと、お覚えなすっていて下さいませ。そうでないと、若《も》し、あなたが、この無躾な願いを容《い》れて、私にお逢《あ》い下さいました場合、たださえ醜い私の顔が、長い月日の不健康な生活の為《ため》に、二《ふ》た目と見られぬ、ひどい姿になっているのを、何の予備知識もなしに、あなたに見られるのは、私としては、堪《た》え難《がた》いことでございます。

私という男は、何と因果な生れつきなのでありましょう。そんな醜い容貌を持ちながら、胸の中では、人知れず、世にも烈《はげ》しい情熱を、燃《も》やしていたのでございます。私は、お化《ばけ》のような顔をした、その上極《ご》く貧乏な、一職人に過ぎない私の現実を忘れて、身の程知らぬ、甘美な、贅沢《ぜいたく》な、種々様々の「夢」にあこがれていたのでございます。

私が若《も》し、もっと豊《ゆた》かな家に生れていましたなら、金銭の力によって、色々の遊戯に耽《ふ》り、醜貌《しゆうぼう》のやるせなさを、まぎらすことが出来たでもありましょう。それとも又、私に、もっと芸術的な天分が、与えられていましたなら、例えば美しい詩歌によって、此世《このよ》の味気《け》なさを、忘れることが出来たでもありましょう。併《しか》し、不幸な私は、何《いず》れの恵みにも浴することが出来ず、哀れな、一家具職人の子として、親譲りの仕事によって、其日其日《そのひ》の暮しを、立てて行く外《ほか》はないのでございました。

私の専門は、様々の椅子《いす》を作ることでありました。私の作った椅子は、どんな難しい註文主にも、きっと気に入るというので、商会でも、私には特別に目をかけて、仕事も、上《じよう》物《もの》ばかりを、廻して呉《く》れて居りました。そんな上物になりますと、凭《もた》れや肘掛《ひじか》けの彫りものに、色々むずかしい註文があったり、クッションの工合《ぐあい》、各部の寸法などに、微妙な好みがあったりして、それを作る者には、一寸素人《ちょっとしろうと》の想像出来ない様な苦心が要るのでございますが、でも、苦心をすればした丈《だ》け、出来上った時の愉快というものはありません。生意気を申す様ですけれど、その心持ちは、芸術家が立派な作品を完成した時の喜びにも、比ぶべきものではないかと存じます。

一つの椅子が出来上ると、私は先《ま》ず、自分で、それに腰かけて、坐り工合を試して見ます。そして、味気ない職人生活の内にも、その時ばかりは、何とも云えぬ得意を感じるのでございます。そこへは、どの様な高貴の方が、或《あるい》はどの様な美しい方がおかけなさることか、こんな立派な椅子を、註文なさる程のお邸《やしき》だから、そこには、きっと、この椅子にふさわしい、贅沢《ぜいたく》な部屋があるだろう。壁間《かべ》には定めし、有名な画家の油絵が懸《かか》り、天井からは、偉大な宝石の様な装飾電灯《シャンデリヤ》が、さがっているに相違ない。床には、高価な絨氈《じゅうたん》が、敷きつめてあるだろう。そして、この椅子の前のテーブルには、眼の醒める様な、西洋草花が、甘美な薫《かおり》を放って、咲き乱れていることであろう。そんな妄想に耽《ふけ》っていますと、何だかこう、自分が、その立派な部屋の主《あるじ》にでもなった様な気がして、ほんの一瞬間ではありますけれど、何とも形容の出来ない、愉快な気持になるのでございます。

私の果敢《はか》ない妄想は、猶《なお》とめどもなく増長して参ります。この私が、貧乏な、醜い、一職人に過ぎない私が、妄想の世界では、気高い貴公子になって、私の作った立派な椅子に、腰かけているのでございます。そして、その傍《かたわら》には、いつも私の夢に出て来る、美しい私の恋人が、におやかにほほえみながら、私の話に聞入って居《お》ります。そればかりではありません。私は妄想の中で、その人と手をとり合って、甘い恋の睦言《むつごと》を、囁《ささや》き交《かわ》しさえするのでございます。

ところが、いつの場合にも、私のこの、フーワリとした紫の夢は、忽《たちま》ちにして、近所のお上《かみ》さんの姦《かしま》しい話声や、ヒステリーの様に泣き叫ぶ、其辺《そのへん》の病児《びょうじ》の声に妨《さまた》げられて、私の前には、又しても、醜い現実が、あの灰色のむくろをさらけ出すのでございます。現実に立帰った私は、そこに、夢の貴公子とは似てもつかない、哀れにも醜い、自分自身の姿を見出《みいだ》します。そして、今の先、私にほほえみかけて呉《く》れた、あの美しい人は。……そんなものが、全体どこにいるのでしょう。その辺に、埃《ほこり》まみれになって遊んでいる、汚らしい子守《こもり》女でさえ、私なぞには、見向いても呉《く》れはしないのでございます。ただ一つ、私の作った椅子丈《だ》けが、今の夢の名残《なご》りの様に、そこに、ポツネンと残って居《お》ります。でも、その椅子は、やがて、いずことも知れぬ、私達のとは全く別な世界へ、運び去られて了《しま》うのではありませんか。

私は、そうして、一つ一つ椅子を仕上げる度毎《たびごと》に、いい知れぬ味気なさに襲われるのでございます。その、何とも形容の出来ない、いやあな、いやあな心持は、月日が経つに従って、段々、私には堪え切れないものになって参りました。

「こんな、うじ虫の様な生活を、続けて行く位なら、いっそのこと、死んで了《しま》った方が増しだ」私は、真面目《まじめ》に、そんなことを思います。仕事場で、コツコツと鑿《のみ》を使いながら、釘《くぎ》を打ちながら、或《あるい》は、刺戟《しげき》の強い塗料をこね廻しながら、その同じことを、執拗《しつよう》に考え続けるのでございます。「だが、待てよ、死んで了《しま》う位なら、それ程の決心が出来るなら、もっと外《ほか》に、方法がないものであろうか。例えば……」そうして、私の考えは、段々恐ろしい方へ、向いて行くのでありました。

丁度《ちょうど》その頃、私は、嘗《か》って手がけたことのない、大きな皮張りの肘掛椅子の、製作を頼まれて居《お》りました。此《この》椅子は、同じY市で外人の経営している、あるホテルへ納める品で、一体なら、その本国から取寄せる筈《はず》のを、私の雇われていた、商会が運動して、日本にも舶来品に劣らぬ椅子職人がいるからというので、やっと註文を取ったものでした。それ丈《だ》けに、私としても、寝食を忘れてその製作に従事しました。本当に魂をこめて、夢中になってやったものでございます。

さて、出来上った椅子を見ますと、私は嘗《か》って覚えない満足を感じました。それは、我《われ》乍《なが》ら、見とれる程の、見事な出来ばえであったのです。私は例によって、四脚一組になっているその椅子の一つを、日当りのよい板の間へ持出して、ゆったりと腰を下しました。何という坐り心地のよさでしょう。フックラと、硬すぎず軟かすぎぬクッションのねばり工合、態《わざ》と染色を嫌って灰色の生地のまま張りつけた、鞣革《なめしがわ》の肌触り、適度の傾斜を保って、そっと背中を支えて呉《く》れる、豊満な凭《もた》れ、デリケートな曲線を描いて、オンモリとふくれ上った、両側の肘掛け、それらの凡《すべ》てが、不思議な調和を保って、渾然《こんぜん》として「安楽《コンフオート》」という言葉を、そのまま形に現している様に見えます。

私は、そこへ深々と身を沈め、両手で、丸々とした肘掛けを愛撫《あいぶ》しながら、うっとりとしていました。すると、私の癖として、止めどもない妄想が、五色《ごしき》の虹の様に、まばゆいばかりの色彩を以《もっ》て、次から次へと湧《わ》き上って来るのです。あれを幻《まぼろし》というのでしょうか。心に思うままが、あんまりはっきりと、眼の前に浮んで来ますので、私は、若《も》しや気でも違うのではないかと、空恐ろしくなった程でございます。

そうしています内に、私の頭に、ふとすばらしい考えが浮んで参りました。悪魔の囁《ささや》きというのは、多分ああした事を指すのではありますまいか。それは、夢の様に荒唐無稽《こうとうむけい》で、非常に不気味な事柄でした。でも、その不気味さが、いいしれぬ魅力となって、私をそそのかすのでございます。

最初は、ただただ、私の丹誠《たんせい》を籠《こ》めた美しい椅子を、手離し度《た》くない、出来ることなら、その椅子と一緒に、どこまでもついて行きたい、そんな単純な願いでした。それが、うつらうつらと妄想の翼を拡げて居《お》ります内に、いつの間にやら、その日頃私の頭に醱酵《はっこう》して居りました、ある恐ろしい考えと、結びついて了《しま》ったのでございます。そして、私はまあ、何という気違いでございましょう。その奇怪極まる妄想を、実際に行《おこな》って見ようと思い立ったのでありました。

私は大急ぎで、四つの内で一番よく出来たと思う肘掛椅子を、バラバラに毀《こわ》してしまいました。そして、改めて、それを、私の妙な計画を実行するに、都合のよい様に造り直しました。

それは、極《ご》く大型のアームチェーアですから、掛ける部分は、床にすれすれまで皮で張りつめてありますし、其外《そのほか》、凭《もた》れも肘掛けも、非常に部厚に出来ていて、その内部には、人間一人が隠れていても、決して外から分らない程の、共通した、大きな空洞《うつろ》があるのです。無論、そこには、巌丈《がんじょう》な木の枠と、沢山なスプリングが取りつけてありますけれど、私はそれらに、適当な細工を施して、人間が掛ける部分に膝を入れ、凭れの中へ首と胴とを入れ、丁度椅子の形に坐れば、その中にしのんでいられる程の、余裕を作ったのでございます。

そうした細工は、お手のものですから、十分手際よく、便利に仕上げました。例えば、呼吸《いき》をしたり外部の物音を聞く為に皮の一部に、外からは少しも分らぬ様な隙間を拵《こしら》えたり、凭れの内部の、丁度頭のわきの所へ、小さな棚をつけて、何かを貯蔵出来る様にしたり、ここへ水筒と、軍隊用の堅《かた》パンとを詰め込みました。ある用途の為めに大きなゴムの袋を備えつけたり、その外《ほか》様々の考案を廻《めぐ》らして、食料さえあれば、その中に、二日三日這入《はい》りつづけていても、決して不便を感じない様にしつらえました。謂《い》わば、その椅子が、人間一人の部屋になった訳《わけ》でございます。

私はシャツ一枚になると、底に仕掛けた出入口の蓋《ふた》を開けて、椅子の中へ、すっぽりと、もぐりこみました。それは、実に変てこな気持でございました。まっ暗な、息苦しい、まるで墓場の中へ這入《はい》った様な、不思議な感じが致します。考えて見れば、墓場に相違ありません。私は、椅子の中へ這入ると同時に、丁度、隠れ簑《みの》でも着た様に、この人間世界から、消滅して了《しま》う訳《わけ》ですから。

間もなく、商会から使《つかい》のものが、四脚の肘掛椅子を受取る為に、大きな荷車を持って、やって参りました。私の内弟子《うちでし》が（私はその男と、たった二人暮しだったのです）何も知らないで、使のものと応待して居ります。車に積み込む時、一人の人夫が「こいつは馬鹿に重いぞ」と怒鳴《どな》りましたので、椅子の中の私は、思わずハッとしましたが、一体、肘掛椅子そのものが、非常に重いのですから、別段あやしまれることもなく、やがて、ガタガタという、荷車の振動が、私の身体《からだ》にまで、一種異様の感触を伝えて参りました。

非常に心配しましたけれど、結局、何事もなく、その日の午後には、もう私の這入《はい》った肘掛椅子は、ホテルの一室に、どっかりと、据えられて居《お》りました。後で分ったのですが、それは、私室ではなくて、人を待合せたり、新聞を読んだり、煙草《たばこ》をふかしたり、色々の人が頻繁《ひんぱん》に出入りする、ローンジとでもいう様な部屋でございました。

もうとっくに、御気づきでございましょうが、私の、この奇妙な行いの第一の目的は、人のいない時を見すまして、椅子の中から抜け出し、ホテルの中をうろつき廻って、盗みを働くことでありました。椅子の中に人間が隠れていようなどと、そんな馬鹿馬鹿しいことを、誰が想像致しましょう。私は、影の様に、自由自在に、部屋から部屋を、荒し廻ることが出来ます。そして、人々が、騒ぎ始める時分には、椅子の中の隠家《かくれが》へ逃げ帰って、息を潜《ひそ》めて、彼等の間抜けな捜索を、見物していればよいのです。あなたは、海岸の波打際《なみうちぎわ》などに、「やどかり」という一種の蟹《かに》のいるのを御存じでございましょう。大きな蜘蛛《くも》の様な恰好《かっこう》をしていて、人がいないと、その辺を我物顔に、のさばり歩いていますが、一寸《ちょっと》でも人の跫音《あしおと》がしますと、恐ろしい速さで、貝殻《かいがら》の中へ逃げ込みます。そして、気味の悪い、毛むくじゃらの前足を、少しばかり貝殻から覗かせて、敵の動静を伺って居《お》ります。私は丁度あの「やどかり」でございました。貝殻の代りに、椅子という隠家を持ち、海岸ではなくて、ホテルの中を、我物顔に、のさばり歩くのでございます。

さて、この私の突飛《とっぴ》な計画は、それが突飛であった丈《だ》け、人々の意表外に出《い》でて、見事に成功致しました。ホテルに着いて三日目には、もう、たんまりと一仕事済ませて居た程でございます。いざ盗みをするという時の、恐ろしくも、楽しい心持、うまく成功した時の、何とも形容し難《がた》い嬉しさ、それから、人々が私のすぐ鼻の先で、あっちへ逃げた、こっちへ逃げたと大騒ぎをやっているのを、じっと見ているおかしさ。それがまあ、どの様な不思議な魅力を持って、私を楽しませたことでございましょう。

でも、私は今、残念ながら、それを詳しくお話している暇はありません。私はそこで、そんな盗みなどよりは、十倍も二十倍も、私を喜ばせた所の、奇怪極まる快楽を発見したのでございます。そして、それについて、告白することが、実は、この手紙の本当の目的なのでございます。

お話を、前に戻して、私の椅子が、ホテルのローンジに置かれた時のことから、始めなければなりません。

椅子が着くと、一《ひと》しきり、ホテルの主人達が、その坐り工合を見廻って行きましたが、あとは、ひっそりとして、物音一つ致しません。多分部屋には、誰もいないのでしょう。

でも、到着匆々《そうそう》、椅子から出ることなど、迚《とて》も恐ろしくて出来るものではありません。私は、非常に長い間（ただそんなに感じたのかも知れませんが）少しの物音も聞き洩《もら》すまいと、全神経を耳に集めて、じっとあたりの様子を伺って居《お》りました。

そうして、暫《しばら》くしますと、多分廊下の方からでしょう、コツコツと重苦しい跫音が響いて来ました。それが、二三間《げん》向うまで近付くと、部屋に敷かれた絨氈《じゅうたん》の為に、殆《ほとん》ど聞きとれぬ程の低い音に代りましたが、間もなく、荒々しい男の鼻息が聞え、ハッと思う間に、西洋人らしい大きな身体が、私の膝の上に、ドサリと落ちてフカフカと二三度はずみました。私の太腿《ふともも》と、その男のガッシリした偉大な臀部《でんぶ》とは、薄い鞣皮《なめしがわ》一枚を隔てて、暖味《あたたかみ》を感じる程も密接しています。幅の広い彼の肩は、丁度私の胸の所へ凭れかかり、重い両手は、革を隔てて、私の手と重なり合っています。そして、男がシガーをくゆらしているのでしょう。男性的な、豊《ゆたか》な薫《かおり》が、革の隙間を通して漾《ただよ》って参ります。

奥様、仮にあなたが、私の位置にあるものとして、其場《そのば》の様子を想像してごらんなさいませ。それは、まあ何という、不思議千万な情景でございましょう。私はもう、余りの恐ろしさに、椅子の中の暗闇で、堅く堅く身を縮めて、わきの下からは、冷い汗をタラタラ流しながら、思考力もなにも失って了《しま》って、ただもう、ボンヤリしていたことでございます。

その男を手始めに、その日一日、私の膝の上には、色々な人が入り替り立替り、腰を下しました。そして、誰も、私がそこにいることを——彼等が柔いクッションだと信じ切っているものが、実は私という人間の、血の通った太腿であるということを——少しも悟らなかったのでございます。

まっ暗で、身動きも出来ない革張りの中の天地。それがまあどれ程、怪しくも魅力ある世界でございましょう。そこでは、人間というものが、日頃目で見ている、あの人間とは、全然別な不思議な生きものとして感ぜられます。彼等は声と、鼻息と、跫音と、衣《きぬ》ずれの音と、そして、幾つかの丸々とした弾力に富む肉塊《にくかい》に過ぎないのでございます。私は、彼等の一人一人を、その容貌の代りに、肌触りによって識別することが出来ます。あるものは、デブデブと肥《こ》え太って、腐った肴《さかな》の様な感触を与えます。それとは正反対に、あるものは、コチコチに痩《や》せひからびて、骸骨《がいこつ》のような感じが致します。その外《ほか》、背骨《せぼね》の曲り方、肩胛骨《けんこうこつ》の開き工合、腕の長さ、太腿の太さ、或《あるい》は尾骶骨《びていこつ》の長短など、それらの凡《すべ》ての点を綜合して見ますと、どんな似寄った背恰好の人でも、どこか違った所があります。人間というものは、容貌や指紋の外《ほか》に、こうしたからだ全体の感触によっても、完全に識別することが出来るに相違ありません。

異性についても、同じことが申されます。普通の場合は、主として容貌の美醜によって、ます。それを批判するのでありましょうが、この椅子の中の世界では、そんなものは、まるで問題外なのでございます。そこには、まる裸の肉体と、声音《こわね》と、匂《におい》とがあるばかりでございます。

奥様、余りにあからさまな私の記述に、どうか気を悪くしないで下さいまし、私はそこで、一人の女性の肉体に、（それは私の椅子に腰かけた最初の女性でありました。）烈《はげ》しい愛着を覚えたのでございます。

声によって想像すれば、それは、まだうら若い異国の乙女《おとめ》でございました。丁度その時、部屋の中には誰もいなかったのですが、彼女は、何か嬉しいことでもあった様子で、小声で、不思議な歌を歌いながら、躍《おど》る様な足どりで、そこへ這入《はい》って参りました。そして、私のひそんでいる肘掛椅子の前まで来たかと思うと、いきなり、豊満な、それでいて、非常にしなやかな肉体を、私の上へ投げつけました。しかも、彼女は何がおかしいのか、突然アハアハ笑い出し、手足をバタバタさせて、網の中の魚の様に、ピチピチとはね廻るのでございます。

それから、殆《ほとん》ど半時間ばかりも、彼女は私の膝の上で、時々歌を歌いながら、その歌に調子を合せでもする様に、クネクネと、重い身体を動かして居りました。

これは実に、私に取っては、まるで予期しなかった驚天動地《きょうてんどうち》の大事件でございました。

女は神聖なもの、いや寧《むし》ろ怖《こわ》いものとして、顔を見ることさえ遠慮していた私でございます。其《その》私が、今、身も知らぬ異国の乙女と、同じ部屋に、同じ椅子に、それどころではありません、薄い鞣皮《なめしがわ》一重を隔てて肌のぬくみを感じる程も、密接しているのでございます。それにも拘《かかわ》らず、彼女は何の不安もなく、全身の重みを私の上に委《ゆだ》ねて、見る人のない気安さに、勝手気儘《きまま》な姿体を致して居ります。私は椅子の中で、彼女を抱きしめる真似をすることも出来ます。皮のうしろから、その豊な首筋に接吻《せっぷん》することも出来ます。その外《ほか》、どんなことをしようと、自由自在なのでございます。

この驚くべき発見をしてからというものは、私は最初の目的であった盗みなどは第二として、ただもう、その不思議な感触の世界に、惑溺《わくでき》して了《しま》ったのでございます。私は考えました。これこそ、この椅子の中の世界こそ、私に与えられた、本当のすみかではないかと。私の様な醜い、そして気の弱い男は、明るい、光明の世界では、いつもひけ目を感じながら、恥かしい、みじめな生活を続けて行く外《ほか》に、能のない身体でございます。それが、一度《ひとたび》、住む世界を換えて、こうして椅子の中で、窮屈な辛抱《しんぼう》をしていさえすれば、明るい世界では、口を利くことは勿論、側《そば》へよることさえ許されなかった、美しい人に接近して、その声を聞き肌に触れることも出来るのでございます。

椅子の中の恋(!)それがまあ、どんなに不可思議な、陶酔的《とうすいてき》な魅力を持つか、実際に椅子の中へ這入《はい》って見た人でなくては、分るものではありません。それは、ただ、触覚と、聴覚と、そして僅《わずか》の嗅覚《きゅうかく》のみの恋でございます。暗闇の世界の恋でございます。決してこの世のものではありません。これこそ、悪魔の国の愛欲なのではございますまいか。考えて見れば、この世界の、人目につかぬ隅々では、どの様に異形《いぎょう》な、恐ろしい事柄が、行われているか、ほんとうに想像の外《ほか》でございます。

無論始めの予定では、盗みの目的を果しさえすれば、すぐにもホテルを逃げ出す積《つも》りでいたのですが、世にも奇怪な喜びに、夢中になった私は、逃げ出すどころか、いつまでもいつまでも、椅子の中を永住のすみかにして、その生活を続けていたのでございます。夜々《よなよな》の外出には、注意に注意を加えて、少しも物音を立てず、又人目に触れない様にしていましたので、当然、危険はありませんでしたが、それにしても、数ケ月という、長い月日を、そうして少しも見つからず、椅子の中に暮していたというのは、我ながら実に驚くべき事でございました。

殆《ほとん》ど二六時中、椅子の中の窮屈な場所で、腕を曲げ、膝を折っている為に、身体中が痺《しび》れた様になって、完全に直立することが出来ず、しまいには、料理場や化粧室への往復を、躄《いざり》の様に、這《は》って行った程でございます。私という男は、何という気違いでありましょう。それ程の苦しみを忍んでも、不思議な感触の世界を見捨てる気になれなかったのでございます。

中には、一ケ月も二ケ月も、そこを住居《すまい》のようにして、泊りつづけている人もありましたけれど、元来ホテルのことですから絶えず客の出入りがあります。随《したが》って私の奇妙な恋も、時と共に相手が変って行くのを、どうすることも出来ませんでした。そして、その数々の不思議な恋人の記憶は、普通の場合の様に、その容貌によってではなく、主として身体の恰好によって、私の心に刻みつけられているのでございます。

あるものは、仔馬《こうま》の様に精悍《せいかん》で、すらりと引き締った肉体を持ち、あるものは、蛇の様に妖艶《ようえん》で、クネクネと自在に動く肉体を持ち、あるものは、ゴム鞠《まり》の様に肥《こ》え太って、脂肪と弾力に富む肉体を持ち、又あるものは、ギリシャの彫刻の様に、ガッシリと力強く、円満に発達した肉体を持って居《お》りました。その外《ほか》、どの女の肉体にも、一人一人、それぞれの特徴があり魅力があったのでございます。

そうして、女から女へと移って行く間に、私は又、それとは別な、不思議な経験をも味《あじわ》いました。

その一つは、ある時、欧洲のある強国の大使が(日本人のボーイの噂話によって知ったのですが)其《その》偉大な体軀を、私の膝の上にのせたことでございます。それは、政治家としてよりも、世界的な詩人として、一層よく知られていた人ですが、それ丈《だ》けに、私は、その偉人の肌を知ったことが、わくわくする程も、誇らしく思われたのでございます。彼は私の上で、二三人の同国人を相手に、十分ばかり話をすると、そのまま立去《たちさ》って了《しま》いました。無論、何を云っていたのか、私にはさっぱり分りませんけれど、ジェステュアをする度に、ムクムクと動く、常人よりも暖いかと思われる肉体の、くすぐる様な感触が、私に一種名状すべからざる刺戟を、与えたのでございます。

その時、私はふとこんなことを想像しました。若《も》し！　この革のうしろから、鋭いナイフで、彼の心臓を目がけて、グサリと一突きしたなら、どんな結果を惹起《ひきおこ》すであろう。無論、それは彼に再び起《た》つことの出来ぬ致命傷を与えるに相違ない。彼の本国は素《もと》より、日本の政治界は、その為に、どんな大騒ぎを演じることであろう。新聞は、どんな激情的な記事を掲げることであろう。それは、日本と彼の本国との外交関係にも、大きな影響を与えようし、又芸術の立場から見ても、彼の死は世界の一大損失に相違ない。そんな大事件が、自分の一挙手によって、易々《やすやす》と実現出来るのだ。それを思うと、私は、不思議な得意を感じないではいられませんでした。

もう一つは、有名なある国のダンサーが来朝した時、偶然彼女がそのホテルに宿泊して、たった一度ではありましたが、私の椅子に腰かけたことでございます。その時も、私は、大使の場合と似た感銘を受けましたが、その上、彼女は私に、嘗《か》つて経験したことのない理想的な肉体美の感触を与えて呉《く》れました。私はそのあまりの美しさに卑しい考えなどは起す暇《ひま》もなく、ただもう、芸術品に対する時の様な、敬虔《けいけん》な気持で、彼女を讃美したことでございます。

その外《ほか》、私はまだ色々と、珍しい、不思議な、或《あるい》は気味悪い、数々の経験を致しましたが、それらを、ここに細叙《さいじょ》することは、この手紙の目的でありませんし、それに大分《だいぶ》長くなりましたから、急いで、肝心の点にお話を進めることに致しましょう。

さて、私がホテルへ参りましてから、何ケ月かの後、私の身の上に一つの変化が起ったのでございます。といいますのは、ホテルの経営者が、何かの都合で帰国することになり、あとを居抜きのまま、ある日本人の会社に譲り渡したのであります。すると、日本人の会社は、従来の贅沢な営業方針を改め、もっと一般向きの旅館として、有利な経営を目論《もくろ》むことになりました。その為に不用になった調度などは、ある大きな家具商に委託して、競売せしめたのでありますが、その競売目録の内に、私の椅子も加わっていたのでございます。

私は、それを知ると、一時はガッカリ致しました。そして、それを機《き》として、もう一度娑婆《しゃば》へ立帰り、新しい生活を始めようかと思った程でございます。その時分には、盗みためた金が相当の額に上っていましたから、仮令《たとい》、世の中へ出ても、以前の様に、みじめな暮しをすることはないのでした。が、又思い返して見ますと、外人のホテルを出たということは、一方に於《お》ては、大きな失望でありましたけれど、他方に於ては、一つの新しい希望を意味するものでございました。といいますのは、私は数ケ月の間も、それ程色々の異性を愛したにも拘《かかわ》らず、相手が凡《すべ》て異国人であった為に、それがどんな立派な、好もしい肉体の持主であっても、精神的に妙な物足りなさを感じない訳《わけ》には行きませんでした。やっぱり、日本人は、同じ日本人に対してでなければ、本当の恋を感じることが出来ないのではあるまいか。私は段々、そんな風に考えていたのでございます。そこへ、丁度私の椅子が競売に出たのであります。今度は、ひょっとすると、日本人に買いとられるかも知れない。そして、日本人の家庭に置かれるかも知れない。それが、私の新しい希望でございました。私は、兎《と》も角《かく》も、もう少し椅子の中の生活を続けて見ることに致しました。

道具屋の店先で、二三日の間、非常に苦しい思いをしましたが、でも、競売が始まると、仕合《しあわ》せなことには、私の椅子は早速《さっそく》買手がつきました。古くなっても、十分人目を引く程、立派な椅子だったからでございましょう。

買手はY市から程遠からぬ、大都会に住んでいた、ある官吏《かんり》でありました。道具屋の店先から、その人の邸《やしき》まで、何里かの道を、非常に震動の烈《はげ》しいトラックで運ばれた時には、私は椅子の中で死ぬ程の苦しみを嘗《な》めましたが、でも、そんなことは、買手が、私の望み通り日本人であったという喜びに比べては、物の数でもございません。

買手のお役人は、可成《かなり》立派な邸の持主で、私の椅子は、そこの洋館の、広い書斎に置かれましたが、私にとって非常に満足であったことには、その書斎は、主人よりは、寧《むし》ろ、その家の、若く美しい夫人が使用されるものだったのでございます。それ以来、約一ケ月の間、私は絶えず、夫人と共に居りました。夫人の食事と、就寝の時間を除いては、夫人のしなやかな身体は、いつも私の上に在《あ》りました。それというのが、夫人は、その間《あいだ》、書斎につめきって、ある著作に没頭していられたからでございます。

私がどんなに彼女を愛したか、それは、ここに管々《くだくだ》しく申し上げるまでもありますまい。彼女は、私の始めて接した日本人で、而《しか》も十分美しい肉体の持主でありました。私は、そこに、始めて本当の恋を感じました。それに比べては、ホテルでの、数多い経験などは、決して恋と名づくべきものではございません。その証拠には、これまで一度も、そんなことを感じなかったのに、その夫人に対して丈《だ》け私は、ただ秘密の愛撫を楽しむのみではあき足らず、どうかして、私の存在を知らせようと、色々苦心したのでも明《あきら》かでございましょう。

私は、出来るならば、夫人の方でも、椅子の中の私を意識して欲しかったのでございます。そして、虫のいい話ですが、私を愛して貰い度《た》く思ったのでございます。でも、それをどうして合図致しましょう。若《も》し、そこに人間が隠れているということを、あからさまに知らせたなら、彼女はきっと、驚きの余り、主人や召使達に、その事を告げるに相違ありません。それでは凡《すべ》てが駄目になって了《しま》うばかりか、私は、恐ろしい罪名を着て、法律上の刑罰をさえ受けなければなりません。

そこで、私は、せめて夫人に、私の椅子を、この上にも居心地よく感じさせ、それに愛着を起させようと努めました。芸術家である彼女は、きっと常人以上の、微妙な感覚を備えているに相違ありません。若《も》しも、彼女が、私の椅子に生命を感じて呉《く》れたなら、ただの物質としてではなく、一つの生きものとして愛着を覚えてくれたなら、それ丈《だ》けでも、私は十分満足なのでございます。

私は、彼女が私の上に身を投げた時には、出来る丈《だ》けフーワリと優しく受ける様に心掛けました。彼女が私の上で疲れた時分には、分らぬ程にソロソロと膝を動かして、彼女の身体の位置を換える様に致しました。そして、彼女が、うとうとと、居眠りを始める様な場合には、私は、極《ご》く極く幽《かすか》に、膝をゆすって、揺籃《ようらん》の役目を勤めたことでございます。

その心遣《こころや》りが報《むく》いられたのか、それとも、単に私の気の迷いか、近頃では、夫人は、何となく私の椅子を愛している様に思われます。彼女は、丁度嬰児《あかんぼ》が母親の懐《ふところ》に抱かれる時の様な、又は、処女《おとめ》が恋人の抱擁《ほうよう》に応じる時の様な、甘い優しさを以《もっ》て私の椅子に身を沈めます。そして、私の膝の上で、身体を動かす様子までが、さも懐《なつか》しげに見えるのでございます。

かようにして、私の情熱は、日々に烈《はげ》しく燃えて行くのでした。そして、遂《つい》には、ああ奥様、遂には、私は、身の程もわきまえぬ、大それた願いを抱く様になったのでございます。たった一目、私の恋人の顔を見て、そして、言葉を交すことが出来たなら、其《その》まま死んでもいいとまで、私は、思いつめたのでございます。

奥様、あなたは、無論、とっくに御悟《おさと》りでございましょう。その私の恋人と申しますのは、余りの失礼をお許し下さいませ。実は、あなたなのでございます。あなたの御主人が、あのY市の道具店で、私の椅子を御買取りになって以来、私はあなたに及ばぬ恋をささげていた、哀れな男でございます。

奥様、一生の御願いでございます。たった一度、私にお逢《あ》い下さる訳《わけ》には行かぬでございましょうか。そして、一言でも、この哀れな醜い男に、慰めのお言葉をおかけ下さる訳《わけ》には行かぬでございましょうか。私は決してそれ以上を望むものではありません。そんなことを望むには、余りに醜く、汚《けが》れ果てた私でございます。どうぞどうぞ、世にも不幸な男の、切なる願いを御聞き届け下さいませ。

私は昨夜《ゆうべ》、この手紙を書く為に、お邸《やしき》を抜け出しました。面と向って、奥様にこんなことをお願いするのは、非常に危険でもあり、且《か》つ私には迚《とて》も出来ないことでございます。

そして、今、あなたがこの手紙をお読みなさる時分には、私は心配の為に青い顔をして、お邸のまわりを、うろつき廻って居ります。

若《も》し、この、世にも無躾《ぶしつけ》なお願いをお聞き届け下さいますなら、どうか書斎の窓の撫子《なでしこ》の鉢植《はちうえ》に、あなたのハンカチをおかけ下さいまし、それを合図に、私は、何気なき一人の訪問者としてお邸の玄関を訪れるでございましょう。

そして、このふしぎな手紙は、ある熱烈な祈りの言葉を以《もっ》て結ばれていた。

佳子は、手紙の半程《なかほど》まで読んだ時、已《すで》に恐しい予感の為に、まっ青になって了《しま》った。

そして、無意識に立上ると、気味悪い肘掛椅子の置かれた書斎から逃げ出して、日本建ての居間の方へ来ていた。手紙の後の方は、いっそ読まないで、破り棄《す》てて了《しま》おうかと思ったけれど、どうやら気懸《きがか》りなままに、居間の小机の上で、兎《と》も角《かく》も、読みつづけた。

彼女の予感はやっぱり当っていた。

これはまあ、何という恐ろしい事実であろう。彼女が毎日腰かけていた、あの肘掛椅子の中には、見も知らぬ一人の男が、入っていたのであるか。

「オオ、気味の悪い」

彼女は、背中から冷水をあびせられた様な、悪寒《おかん》を覚えた。そして、いつまでたっても、不思議な身震いがやまなかった。

彼女は、あまりのことに、ボンヤリして了《しま》って、これをどう処置すべきか、まるで見当がつかぬのであった。椅子を調べて見る(?)どうしてどうして、そんな気味の悪いことが出来るものか。そこには仮令《たとい》、もう人間がいなくても、食物その他の、彼に附属した汚いものが、まだ残されているに相違ないのだ。

「奥様、お手紙でございます」

ハッとして、振り向くと、それは、一人の女中が、今届いたらしい封書を持《もっ》て来たのだった。

佳子は、無意識にそれを受取って、開封しようとしたが、ふと、その上書《うわがき》を見ると、彼女は、思わずその手紙を取りおとした程も、ひどい驚きに打たれた。そこには、さっきの無気味な手紙と寸分違わぬ筆癖《ふでぐせ》をもって、彼女の名宛《なあて》が書かれてあったのだ。

彼女は、長い間、それを開封しようか、しまいかと迷っていた。が、とうとう、最後にそれを破って、ビクビクしながら、中身を読んで行った。手紙はごく短いものであったけれど、そこには、彼女を、もう一度ハッとさせた様な、奇妙な文言《もんごん》が記《しる》されていた。

突然御手紙を差上げます無躾を、幾重にもお許し下さいまし。私は日頃、先生のお作を愛読しているものでございます。別封お送り致しましたのは、私の拙《つたな》い創作でございます。御一覧の上、御批評が頂けますれば、此上《このうえ》の幸《さいわい》はございません。ある理由の為に、原稿の方は、この手紙を書きます前に投函致しましたから、已《すで》に御覧済みかと拝察致します。如何《いかが》でございましたでしょうか。若《も》し、拙作《せっさく》がいくらかでも、先生に感銘を与え得たとしますれば、こんな嬉しいことはないのでございますが。

原稿には、態《わざ》と省いて置きましたが、表題は「人間椅子」とつけたい考えでございます。

では、失礼を顧《かえり》みず、お願いまで。匆々《そうそう》。

（「苦楽」大正十四年十月号）

人でなしの恋

一

門野《かどの》、御存知《ごぞんじ》でいらっしゃいましょう。十年以前になくなった先《せん》の夫なのでございます。こんなに月日がたちますと、門野と口に出していって見ましても、一向他人様《いっこうひとさま》の様《よう》で、あの出来事にしましても、何だかこう、夢ではなかったかしら、なんて思われるほどでございます。門野家へ私がお嫁入りをしましたのは、どうした御縁からでございましたかしら、申すまでもなく、お嫁入り前に、お互《たがい》に好き合っていたなんて、そんなみだらなのではなく、仲人《なこうど》が母を説《と》きつけて、母が又私に申し聞かせて、それを、おぼこ娘の私は、どう否《いな》やが申せましょう。おきまりでございますわ。畳にのの字を書きながら、ついうなずいてしまったのでございます。

でも、あの人が私の夫になる方かと思いますと、狭い町のことで、それに先方も相当の家柄なものですから、顔位は見知っていましたけれど、噂《うわさ》によれば、何となく気むずかしい方の様だがとか、あんな綺麗《きれい》な方のことだから、ええ、御承知かも知れませんが、門野というのは、それはそれは、凄《すご》い様な美男子で、いいえ、おのろけではございません。美しいといいます中《うち》にも、病身なせいもあったのでございましょう、どこやら陰気で、青白く、透き通る様な、ですから、一層水際立った殿御《とのご》ぶりだったのでございますが、それが、ただ美しい以上に、何かこう凄い感じを与えたのでございます。その様に綺麗な方のことですから、きっと外《ほか》に美しい娘さんもおありでしょうし、もしそうでないとしましても、私の様なこのお多福《たふく》が、どうまあ一生可愛がって貰《もら》えよう、などと色々取越《とりこし》苦労もしますれば、従ってお友達だとか、召使などの、その方《かた》の噂話にも聞き耳を立てるといった調子なのでございます。

そんな風にして、段々洩《も》れ聞いた所を寄せ集めて見ますと、心配をしていた、一方のみだらな噂などはこれっぱかりもない代りには、もう一つの気むずかし屋の方は、どうして一通りでないことが分って来たのでございます。いわば変人とでも申すのでございましょう。お友達なども少く、多くは内の中に引込み勝ちで、それに一番いけないのは、女ぎらいという噂すらあったのでございます。それも、遊びのおつき合いをなさらぬための、そんな噂なら別条はないのですけれど、本当の女ぎらいらしく、私との縁談にしましてからが、元々親御《おやご》さん達のお考えで、仲人に立った方は、私の方よりは、却《かえっ》て先方の御本人を説きふせるのに骨が折れたほどだと申すのでございます。尤《もっと》もそんなハッキリした噂を聞いた訳ではなく、誰かが一寸口をすべらせたのから、私が、お嫁入りの前の娘の敏感で独合点をしていたのかも知れません。いいえ、いざお嫁入りをして、あんな目にあいますまでは、本当に私の独合点に過ぎないのだと、しいてもそんな風に、こちらに都合のよい様に、気休めを考えていたことでございます。これで、いくらか、うぬぼれもあったのでございますわね。

あの時分の娘々《むすめむすめ》した気持を思い出しますと、われながら可愛らしい様《よう》でございます。一方ではそんな不安を感じながら、でも、隣町の呉服屋《ごふくや》へ衣裳《いしょう》の見立に参ったり、それを家中《うち》の手で裁縫したり、道具類だとか、細々《こまごま》した手廻《まわ》りの品々を用意したり、その中へ先方《じゅう》からは立派な結納《ゆいのう》が届く、お友達にはお祝いの言葉やら、羨望《せんぼう》の言葉やら、誰かにあえばひやかされるのがなれっこになってしまって、それが又恥かしいほど嬉《うれ》しくて、家中にみちみちた花《はな》やかな空気が、十九の娘を、もう有頂天《うちょうてん》にしてしまったのでございます。

一つは、どの様な変人であろうが、気むずかし屋さんであろうが、今申す水際立った殿御振《ぶり》に、私はすっかり魅せられていたのでもございましょう。それに又、そんな性質の方に限って、情が濃《こまや》かなのではないか、私なら私一人を守って、凡《すべ》ての愛情という愛情を私一人に注ぎつくして、可愛がって下さるのではないか、などと、私はまあなんてお人よしに出来ていたのでございましょう。そんな風に思っても見るのでございました。

初めの間は、遠い先のことの様に、指折数えていた日取りが、夢の間《ま》に近づいて、近づくに従って、甘い空想がずっと現実的な恐れに代って、いざ当日、御婚礼の行列が門前に勢揃いをいたします。その行列が又、自慢に申すのではありませんが、十幾《いく》つりの私の町にしては飛切《とびき》り立派なものでしたが、それの中にはさまって、車に乗る時の心持というものは、どなたも味わいなさることでしょうけれど、本当にもう、気が遠くなる様でございましたっけ、まるで屠所《としょ》の羊でございますわね。精神的に恐しいばかりでなく、もう身内がずきずき痛む様な、それはもう、何と申してよろしいのやら。……

二

何がどうなったのですか、兎《と》も角《かく》も夢中で御婚礼を済《すま》せて、一日二日は、夜さえ眠ったのやら眠らなかったのやら、舅姑《しゅうとしゅうとめ》がどの様な方なのか、召使達が幾人いるか、挨拶《あいさつ》もし、挨拶されていながらも、まるで頭に残っていないという有様なのでございます。するともう、里帰り、夫と車を並べて、夫の後姿《うしろすがた》を眺めながら走っていても、それが夢なのか現《うつつ》なのか、……まあ、私はこんなことばかりおしゃべりしていまして、御免下さいまし、肝心の御話がどこかへ行ってしまいますわね。

そうして、御婚礼のごたごたが一段落つきますと、案じるよりは生むが易いと申しますか、門野は噂程の変人というでもなく、却《かえっ》て世間並よりは物柔かで、私などにも、それは優しくしてくれるのでございます。私はほっと安心いたしますと、今までの苦痛に近い緊張が、すっかりほぐれてしまいまして、人生というものは、こんなにも幸福なものであったのかしら、なんて思う様になって参ったのでございます。それに舅姑御二人とも、お嫁入前に母親が心づけてくれましたことなど、まるで無駄に思われたほど、好《よ》い御方《おかた》ですし、外《ほか》には、門野は一人子だものですから、小舅《こじゅうと》などもなく、却《かえっ》て気抜けのする位、御嫁さんなんて気苦労の入《い》らぬものだと思われたのでございました。

門野の男ぶりは、いいえ、そうじゃございませんのよ。これがやっぱり、お話の内なのでございますわ。そうして一しょに暮す様になって見ますと、遠くから、垣間見《かいまみ》ていたのと違って、私にとっては、生れてはじめての、この世にたった一人の方なのですもの、それは当り前でございましょうけれど、日が経つにつれて、段々立《たち》まさって見え、その水際立った男ぶりが、類《たぐい》なきものに思われ初《はじ》めたのでございます。いいえ、お顔が綺麗だとか、そんなことばかりではありません。恋なんて何と不思議なものでございましょう、門野の世間並をはずれた所が、変人というほどではなくても、何とやら憂鬱《ゆううつ》で、しょっちゅう一途《いち ず》に物を思いつづけている様な、しんねりむっつりとした、それで、縹緻《きりょう》はと申せば、今いう透《す》き通る様な美男子なのでございますよ、それがもう、いうにいわれぬ魅力となって、十九の小娘を、さんざんに責めさいなんだのでございます。

ほんとうに世界が一変したのでございます。二《ふ》た親のもとで育てられていた十九年を現実世界にたとえますなら、御婚礼の後《のち》の、それが不幸にもたった半年ばかりの間ではありましたけれど、その間はまるで夢の世界か、お伽噺《とぎばなし》の世界に住んでいる気持でございました。大げさに申しますれば、浦島太郎《うらしまたろう》が乙姫様《おとひめさま》の御寵愛《ごちようあい》を受けたという龍宮《りゆうぐう》世界、あれでございますわ。今から考えますと、その時分の私は、本当に浦島太郎の様に幸福だったのでございますわ。世間では、お嫁入りはつらいものとなっていますのに、私のはまるで正反対ですわね。いいえ、そう申すよりは、そのつらい所まで行かぬ内に、あの恐ろしい破綻《はたん》が参ったという方が当たっているのかも知れませんけれど。

その半年の間を、どの様にして暮しましたことやら、ただもう楽《たのし》かったと申す外《ほか》に、こまごましたことなど忘れても居《お》りますし、それに、このお話には大して関係のないことですから、おのろけめいた思出話《おもいでばなし》は止しにいたしましょうけれど、門野が私を可愛がってくれましたことは、それはもう、世間のどの様な女房思いの御亭主でも、とても真似《まね》も出来ないほどでございました。無論私は、それをただただ有難いことに思って、いわば陶酔してしまって、何の疑いを抱く余裕もなかったのでございますが、この門野が私を可愛がり過ぎたということには、あとになって考えますと、実に恐しい意味があったのでございます。といって、何も可愛がり過ぎたのが破綻の元だと申す訳《わけ》ではありません、あの人は、真心をこめて、私を可愛がろうと努力していたに過ぎないのでございます。それが決して、だましてやろうという様な心持ではなかったのですから、あの人が努力すればするほど、私はそれを真《ま》に受けて、真《しん》から手頼《たよ》って行く、身も心も投げ出してすがりついて行く、という訳《わけ》でございました。ではなぜ、あの人がそんな努力をしましたか、尤《もっと》もこれらのことは、ずっとずっと後《あと》になって、やっと気づいたのではありますけれど、それには、実に恐ろしい理由があったのでございます。

三

「変だな」と気がついたのは、御婚礼から丁度《ちょうど》半年ほどたった時分でございました。今から思えば、あの時、門野の力が、私を可愛がろうとする努力が、いたましくも尽きはててしまったものに相違ありません。その隙《すき》に乗じて、もう一つの魅力が、グングンとあの人を、そちらの方へひっぱり出したのでございましょう。

男の愛というものが、どの様なものであるか、小娘の私が知ろう筈《はず》はありません。門野の様な愛し方こそ、すべての男の、いいえ、どの男にも勝《まさ》った愛し方に相違ないと、長い間信じ切っていたのでございます。ところが、これほど信じ切っていた私でも、やがて、少しずつ少しずつ、門野の愛に何とやら偽《いつわ》りの分子を含むことを、感づき初《はじ》めないではいられませんでした。…………そのエクスタシイは形の上に過ぎなくて、心では、何か遥《はるか》なものを追っている、妙に冷い空虚を感じたのでございます。私を眺める愛撫のまなざしの奥には、もう一つの冷い目が、遠くの方を凝視しているのでございます。愛の言葉を囁《ささや》いてくれます、あの人の声音《こわね》すら、何とやらうつろで、機械仕掛の声の様にも思われるのでございます。でも、まさか、その愛情が最初から総《すべ》て偽りであったなどとは、当時の私には思いも及ばぬことでした。これはきっと、あの人の愛が私から離れて、どこかの人に移りはじめたしるしではあるまいか、そんな風に疑《うたぐ》って見るのが、やっとだったのでございます。

疑いというものの癖《くせ》として、一度そうしてきざしが現れますと、丁度夕立雲が広がる時の様な、恐しい早さでもって、相手の一挙一動、どんな微細な点までも、それが私の心一杯に、深い深い疑惑の雲となって、群《むら》がり立つのでございます。あの時の御言葉の裏にはきっとこういう意味を含んでいたに相違ない。いつやらの御不在は、あれは一体どこへいらしったのであろう。こんなこともあった、あんなこともあったと、疑い出しますと際限がなく、よく申す、足の下の地面が、突然なくなって、そこへ大きな真暗な空洞が開《ひら》けて、はて知れぬ地獄へ吸い込まれて行く感じなのでございます。

ところが、それほどの疑惑にも拘《かかわ》らず、私は何一つ、疑い以上の、ハッキリしたものを摑《つか》むことは出来ないのでございました。門野が家《うち》をあけると申しましても、極《ご》く僅《わずか》の間で、それが大抵《たいてい》は行先《ゆきさき》が知れているのですし、日記帳だとか手紙類、写真までも、こっそり調べて見ましても、あの人の心持を確め得る様な跡は、少しも見つかりはしないのでございます。ひょっとしたら、娘心のあさはかにも、根もないことを疑って、無駄な苦労を求めているのではないかしら、幾度か、そんな風に反省して見ましても、一度根を張った疑惑は、どう解こうすべもなく、ともすれば、私の存在をさえ忘れ果てた形で、ぼんやりと一つ所を見つめて、物思いに耽《ふけ》っているあの人の姿を見るにつけ、やっぱり何かあるに相違ない、きっときっと、それに極《きま》っている。では、もしや、あれではないのかしら。といいますのは、門野は先から申します様に、非常に憂鬱なたちだものですから、自然引込思案《ひっこみじあん》で、一間《ま》にとじ籠《こも》って本を読んでいる様な時間が多く、それも、書斎では気が散っていけないと申し、裏に建っていました土蔵の二階へ上《あが》って、幸いそこに先祖から伝わった古い書物が沢山《たくさん》積んでありましたので、薄暗い所で、夜などは昔ながらの雪洞《ぼんぼり》をともして、一人ぼっちで書見《しょけん》をするのが、あの人の、もっと若い時分からの、一つの楽《たの》しみになっていたのでございます。それが、私が参ってから半年ばかりというものは、忘れた様に、土蔵のそばへ足ぶみもしなくなっていたのが、ついその頃になって、又しても、繁々《しげしげ》と土蔵へ入る様になって参ったのでございます。この事柄に何か意味がありはしないか。私はふとそこへ気がついたのでございました。

四

土蔵の二階で書見をするというのは少し風変りと申せ、別段とがむべきことでもなく、何の怪しい訳《わけ》もない、と一応はそう思うのですけれど、又考え直せば、私としましては、出来るだけ気を配って、門野の一挙一動を監視もし、あの人の持物なども検《しら》べましたのに、何の変った所もなく、それで、一方ではあの抜けがらの愛情、うつろの目、そして時には私の存在をすら忘れたかと見える物思いでございましょう。もう蔵《くら》の二階を疑いでもする外《ほか》には、何のてだても残っていないのでございます。それに妙なのは、あの人が蔵へ行きますのが、極《きま》って夜更《よふ》けなことで、時には隣に寝ていますのが、窺《うかが》う様にして、こっそりと床《とこ》の中を抜け出して、御小用《おこよう》にでもいらっしったのかと思っていますと、そのまま長い間帰っていらっしゃらない。縁側《えんがわ》に出て見れば、土蔵の窓から、ぼんやりとあかりがついているのでございます。何となく凄い様な、いうにいわれない感じに打たれることが屢々《しばしば》なのでございます。土蔵だけは、お嫁入りの当時、一巡《ひとまわり》中を見せて貰いましたのと時候の変り目に一二度入ったばかりで、たとえ、そこへ門野がとじ籠《こも》っていましても、まさか、蔵の中に私をうとうとしくする原因がひそんでいようとも考えられませんので、別段、あとをつけて見たこともなく、従って蔵の二階だけが、これまで、私の監視を脱《のが》れていたのでございますが、それをすら、今は疑いの目を以《もっ》て見なければならなくなったのでございます。

お嫁入りをしましたのが春の半《なかば》、夫に疑いを抱き始めましたのがその秋の丁度名月時分でございました。今でも不思議に覚えていますのは、門野が縁側に向うむきに蹲《うずくま》って、青白い月光に洗われながら、長い間じっと物思いに耽《ふけ》っていた、あのうしろ姿、それを見て、どういう訳《わけ》か、妙に胸を打たれましたのが、あの疑惑のきっかけになったのでございます。それから、やがてその疑いが深まって行き、遂《つい》には、あさましくも、門野のあとをつけて、土蔵の中へ入るまでになったのが、その秋の終りのことでございました。

何というはかない縁《えにし》でありましょう。あの様にも私を有頂天にさせた、夫の深い愛情が（先にも申す通り、それは決して本当の愛情ではなかったのですけれど）たった半年の間にさめてしまって、私は今度は玉手箱をあけた浦島太郎の様に、生れて初めての陶酔境から、ハッと眼覚めると、そこには恐しい疑惑と嫉妬《しっと》の、無限《むげん》地獄が口を開いて待っていたのでございます。

でも最初は、土蔵の中が怪しいなどとハッキリ考えていた訳《わけ》ではなく、疑惑に責められるまま、たった一人の時の夫の姿を垣間見て、出来るならば迷いを晴らしたい、どうかそこに私を安心させる様なものがあってくれます様にと祈りながら、一方ではその様な泥坊《どろぼう》じみた行いが恐しく、といって一度思い立ったことを、今更中止するのは、どうにも心残りなままに、ある晩のこと、袷《あわせ》一枚ではもう肌寒い位で、この頃まで庭に鳴きしきっていました、秋の虫共も、いつか声をひそめ、それに丁度闇夜で、庭下駄《にわげた》で土蔵への道々、空をながめますと、星は綺麗でしたけれど、それが非常に遠く感じられ、不思議と物淋《ものさび》しい晩のことでありましたが、私はとうとう、土蔵へ忍びこんで、そこの二階にいる筈《はず》の夫の隙見《すきみ》を企《くわだ》てたのでございます。

もう母屋《おもや》では、御両親をはじめ召使達も、とっくに床《とこ》についておりました。田舎《いなか》町の広い屋敷のことでございますから、まだ十時頃というのに、しんと静まり返って、蔵まで参りますのに、真っ暗なしげみを通るのが、こわい様でございました。その道が又、御天気でもじめじめした様な地面で、しげみの中には、大きな蝦蟇《がま》が住んでいて、グルルル……グルルル……といやな鳴き声さえ立てるのでございましょう。それをやっと辛抱《しんぼう》して、蔵の中へたどりついても、そこも同じ様に真っ暗で、樟脳《しょうのう》のほのかな薫《かお》りに混って、冷《つめた》い、かび臭い蔵特有の一種の匂いが、ゾーッと身を包むのでございます。もし心の中に嫉妬の火が燃えていなかったら、十九の小娘に、どうまああの様な真似《まね》が出来ましょう。本当に恋ほど恐しいものはございませんわね。

闇の中を手探りで、二階への階段まで近づき、そっと上を覗いて見ますと、暗いのも道理、梯子段《はしごだん》を上《のぼ》った所の落し戸が、ピッタリ締《しま》っているのでございます。私は息を殺して、一段一段と音のせぬ様に注意しながら、やっとのことで梯子の上まで昇り、ソッと落し戸を押し試みて見ましたが、門野の用心深いことには、上から締りをして、開かぬ様になっているではございませんか。ただ御本を読むのなら、何も錠まで卸《おろ》さなくてもと、そんな一寸《ちょっと》したことまでが、気懸《きがか》りの種になるのでございます。

どうしようかしら。ここを叩《たた》いて開けて頂こうかしら。いやいや、この夜更けに、そんなことをしたなら、はしたない心の内を見すかされ、猶更疎《なおさらうと》んじられはしないかしら。でも、この様な、蛇の生殺しの様な状態が、いつまでも続くのだったら、とても私には耐えられない。一《いっ》そ思い切って、ここを開けて頂いて、母屋から離れた蔵の中を幸いに、今夜こそ、日頃の疑いを夫の前にさらけ出して、あの人の本当の心持を聞いて見ようかしら。などと、とつおいつ思い惑って、落し戸の下に佇《たたず》んでいました時、丁度その時、実に恐ろしいことが起こったのでございます。

五

その晩、どうして私が蔵の中へなど参ったのでございましょう。夜更けに蔵の二階で、何事のあろう筈《はず》もないことは、常識で考えても分りそうなものですのに、ほんとうに馬鹿馬鹿しい様な、疑心暗鬼《ぎしんあんき》から、ついそこへ参ったというのは、理窟《りくつ》では説明の出来ない、何かの感応があったのでございましょうか。俗にいう虫の知らせでもあったのでございましょうか。この世には、時々常識では判断のつかない様な、意外なことが起るものでございます。その時、私は蔵の二階から、ひそひそ話《ばなし》の声を、それも男女二人の話声《はなしごえ》を、洩れ聞いたのでございました。男の声はいうまでもなく門野のでしたが、相手の女は一体全体何者でございましょうか。

まさかまさかと思っていました、私の疑いが、余りに明かな事実となって現れたのを見ますと、世慣れぬ小娘の私は、ただもうハッとして、腹立たしいよりは恐ろしく、恐ろしさと、身も世もあらぬ悲しさに、ワッと泣き出したいのを、僅《わずか》にくいしめて、瘧《おこり》の様に身を戦《おのの》かせながら、でも、そんなでいて、やっぱり上の話声に聞き耳を立てないではいられなかったのでございます。

「この様な逢瀬を続けていては、あたし、あなたの奥様にすみませんわね」

細々《ほそぼそ》とした女の声は、それが余りに低いために、殆《ほとん》ど聞き取れぬほどでありましたが、聞えぬ所は想像で補って、やっと意味を取ることが出来たのでございます。声の調子で察しますと、女は私よりは三つ四つ年かさで、しかし私の様にこんな太っちょうではなく、ほっそりとした、丁度泉鏡花さんの小説に出て来る様な、夢の様に美しい方に違いないのでございます。

「私もそれを思わぬではないが」と、門野の声がいうのでございます「いつもいって聞かせる通り私はもう出来るだけのことをして、あの京子《きょうこ》を愛しようと努めたのだけれど、悲しいことには、それがやっぱり駄目《だめ》なのだ。若い時から馴染《なじみ》を重ねたお前のことが、どう思い返しても、思い返しても、私にはあきらめ兼ねるのだ。京子にはお詫《わび》のしようもないほど済まぬことだけれど、済まない済まないと思いながら、やっぱり、私はこうして、夜毎《よごと》にお前の顔を見ないではいられぬのだ。どうか私の切ない心の内を察しておくれ」

門野の声ははっきりと、妙に切口上《きりこうじょう》に、せりふめいて、私の心に食い入る様に響いて来るのでございます。

「嬉しうございます。あなたの様な美しい方に、あの御立派な奥様をさし置いて、それほどに思って頂くとは、私はまあ、何という果報者《かほうもの》でしょう。嬉しうございますわ」

そして、極度に鋭敏になった私の耳は、女が門野の膝《ひざ》にでももたれたらしい気勢《けはい》を感じるのでございます。それから何かいまわしい衣ずれの音や、口づけの音までも。

まあ御想像なすっても下さいませ。私のその時の心持がどの様でございましたか。もし今の年でしたら、何の構うことがあるものですか、いきなり、戸を叩き破ってでも、二人のそばへ駈込《かけこ》んで、恨みつらみのありたけを、並べもしたでしょうけれど、何を申すにも、まだ小娘の当時では、とてもその様な勇気が出るものではございません。込み上げて来る悲しさを、袂《たもと》の端で、じっと押えて、おろおろと、その場を立去《たちさ》りも得《え》せず、死ぬる思いを続けたことでございます。

やがて、ハッと気がつきますと、ハタハタと、板《いた》の間《ま》を歩く音がして、誰かが落し戸の方へ近づいて参るのでございます。今ここで顔を合わせては、私にしましても、又先方にしましても、あんまり恥かしいことですから、私は急いで梯子段を下《おり》ると、蔵の外へ出て、その辺の暗闇へ、そっと身をひそめ、一つには、そうして女奴《め》の顔をよく見覚えてやりましょうと、恨みに燃える目をみはったのでございます。ガタガタと、落し戸を開く音がして、パッと明りがさし、雪洞を片手に、それでも足音を忍ばせて下りて来ましたのは、まごう方《かた》なき私の夫、そのあとに続く奴めと、いきまいて待てど暮せど、もうあの人は、蔵の大戸をガラガラと締めて、私の隠れている前を通り過ぎ、庭下駄の音が遠ざかっていったのに、女は下りて来る気勢《けはい》もないのでございます。

蔵のことゆえ一方口で、窓はあっても、皆金網で張りつめてありますので、外《ほか》に出口はない筈《はず》。それが、こんなに待っても、戸の開く気勢《けはい》も見えぬのは、余りといえば不思議なことでございます。第一、門野が、そんな大切な女を一人あとに残して、立去《たちさ》る訳《わけ》もありません。これはもしや、長い間の企《たく》らみで、蔵のどこかに、秘密な抜け穴でも拵《こしら》えてあるのではなかろうか。そう思えば、真っ暗な穴の中を、恋に狂った女が、男にあいたさ一心《いっしん》で、怖《こ》わさも忘れ、ゴソゴソと匍《は》っている景色が幻の様に目に浮かび、その幽《かす》かな物音さえも聞える様で、私は俄《にわか》に、そんな闇の中に一人でいるのが怖《こ》わくなったのでございます。また夫が私のいないのを不審に思ってはと、それも気がかりなものですから、兎《と》も角《かく》も、その晩は、それだけで、母屋の方へ引返《ひきかえ》すことにいたしました。

六

それ以来、私は幾度闇夜の蔵へ忍んで参ったことでございましょう。そして、そこで、夫達の様々の睦言《むつごと》を立聞《たちぎ》きしては、どの様に、身も世もあらぬ思いをいたしたことでございましょう。その度毎《たびごと》に、どうかして相手の女を見てやりましょうと、色々に苦心をしたのですけれど、いつも最初の晩の通り、蔵から出て来るのは夫の門野だけで、女の姿なぞはチラリとも見えはしないのでございます。ある時はマッチを用意して行きまして、夫が立去《たちさ》るのを見すまし、ソッと蔵の二階へ上《あが》って、マッチの光でその辺を探し廻ったこともありましたが、どこへ隠れる暇《いとま》もないのに、女の姿はもう影もささぬのでございます。又ある時は、夫の隙を窺って、昼間、蔵の中へ忍び込み、隅から隅を覗き廻って、もしや抜け道でもありはしないか、又ひょっとして、窓の金網でも破れてはしないかと、様々に検《しら》べて見たのですけれど、蔵の中には、鼠《ねずみ》一匹逃げ出す隙間も見当たらぬのでございました。

何という不思議でございましょう。それを確めますと、私はもう、悲しさ口惜《くや》しさよりも、いうにいわれぬ不気味さに、思わずゾッとしないではいられませんでした。そうしてその翌晩になれば、どこから忍んで参るのか、やっぱり、いつもの艶《なま》めかしい囁《ささや》き声が、夫との睦言を繰返《くりかえ》し、又幽霊の様に、いずことも知れず消え去ってしまうのでございます。もしや何かの生霊《いきりょう》が、門野に魅入《みい》っているのではないでしょうか。生来憂鬱で、どことなく普通の人と違った所のある、蛇を思わせる様な門野には（それ故《ゆえ》に又、私はあれほども、あの人に魅せられていたのかも知れません）そうした、生霊という様な、異形《いぎょう》のものが、魅入り易いのではありますまいか。などと考えますと、はては、門野自身が、何かこう魔《ま》性《しょう》のものにさえ見え出して、何とも形容の出来ない、変な気持になって参るのでございます。一《いっ》そのこと、里へ帰って、一伍一什《いちぶしじゅう》を話そうか、それとも、門野の親御さま達に、このことをお知らせしようか、私は余りの怖わさ不気味さに幾度《いくたび》かそれを決心しかけたのですけれど、でも、まるで雲を摑《つか》む様な、怪談めいた事柄を、うかつにいい出しては頭から笑われそうで、却《かえっ》て恥をかく様なことがあってはならぬと、娘心にもヤッと堪《こら》えて、一日二日と、その決心を延ばしていたのでございます。考えて見ますと、その時分から、私は随分きかん坊でもあったのでございますわね。

そして、ある晩のことでございました。私はふと妙なことに気づいたのでございます。それは、蔵の二階で、門野達のいつもの逢瀬が済みまして、門野がいざ二階を下りるという時に、パタンと軽く、何かの蓋《ふた》のしまる音がして、それから、カチカチと錠前でも卸《おろ》すらしい気勢《けはい》がしたのでございます。よく考えて見れば、この物音は、ごく幽《かす》かではありましたが、いつの晩にも必ず聞いた様に思われるのでございます。蔵の二階でそのような音を立てるものは、そこに幾つも並んでいます長持《ながもち》の外《ほか》にはありません。さては相手の女は長持の中に隠れているのではないかしら。生きた人間なれば、食事も摂《と》らなければならず、第一、息苦しい長持の中に、そんな長い間忍んでいられよう道理はない筈《はず》ですけれど、なぜか、私には、それがもう間違いのない事実の様に思われて来るのでございます。そこへ気がつきますと、もうじっとしてはいられません。どうかして、長持の鍵を盗み出して、長持の蓋《ふた》をあけて、相手の女奴を見てやらないでは気が済まぬのでございます。なあに、いざとなったら、くいついてでも、ひっ掻いてでも、あんな女に負けてなるものか、もうその女が長持の中に隠れているときまりでもした様に、私は歯ぎしりを噛んで、夜のあけるのを待ったものでございます。

その翌日、門野の手文庫から鍵を盗み出すことは、案外易々《やすやす》と成功いたしました。その時分には、私はもうまるで夢中ではありましたけれど、それでも、十九の小娘にしましては、身に余る大仕事でございました。それまでとても、眠られぬ夜が続き、さぞかし顔色も青ざめ、身体《からだ》も痩《や》せ細っていたことでありましょう。幸い御両親とは離れた部屋に起《お》き伏《ふし》していましたのと、夫の門野は、あの人自身のことで夢中になっていましたのとで、その半月ばかりの間を、怪しまれもせず過ごすことが出来たのでございます。さて、鍵を持って、昼間でも薄暗い、冷たい土の匂いのする、土蔵の中へ忍び込んだ時の気持、それがまあ、どんなでございましたか。よくまああの様な真似が出来たものだと、今思えば、一《いっ》そ不思議な気もするのでございます。

ところが鍵を盗み出す前でしたか、それとも蔵の二階へ上《あが》りながらでありましたか、千々《ちぢ》に乱れる心の中《うち》で、わたしはふと滑稽なことを考えたものでございます。どうでもよいことではありますけれど、ついでに申上げて置きましょうか。それは、先日からのあの話声は、もしや門野が独《ひと》りで、声色《こわいろ》を使っていたのではないかという疑いでございました。まるで落し話の様な想像ではありますが、例えば小説を書きますためとか、お芝居を演じますためとかに、人に聞えない蔵の二階で、そっとせりふのやり取りを稽古《けいこ》していらしったのではあるまいか、そして、長持の中には女なぞではなくて、ひょっとしたら、芝居の衣裳《いしょう》でも隠してあるのではないか、という途方もない疑いでございました。ほほほほほほ、私はもうのぼせ上っていたのでございますわね。意識が混乱して、ふとその様な、我身に都合のよい妄想が、浮かび上るほど、それほど私の頭は乱れ切っていたのでございます。なぜと申して、あの睦言《むつごと》の意味を考えましても、その様な馬鹿馬鹿しい声色を使う人が、どこの世界にあるものでございますか。

七

門野家は町でも知られた旧家だものですから、蔵の二階には、先祖以来の様々の古めかしい品々が、まるで骨董屋《こっとうや》の店先の様に並んでいるのでございます。三方の壁には今申す丹塗《にぬ》りの長持が、ズラリと並び、一方の隅には、昔風の縦に長い本箱が、五つ六つ、その上には、本箱に入り切らぬ黄表紙、青表紙が、虫の食った背中を見せて、ほこりまみれに積み重ねてあります。棚の上には、古びた軸物の箱だとか、大きな紋のついた両掛け、葛籠《つづら》の類、古めかしい陶器類、それらに混って、異様に目を惹《ひ》きますのは、鉄漿《おはぐろ》の道具だという、巨大なお椀《わん》の様な塗物《ぬりもの》、塗り盥《だらい》、それには皆、年数がたって赤くなってはいますけれど、一々金紋《きんもん》が蒔絵《まきえ》になっているのでございます。それから一番不気味なのは、階段を上《あが》ったすぐの所に、まるで生きた人間の様に鎧櫃《よろいびつ》の上に腰かけている、二つの飾り具足《ぐそく》、一つは黒糸縅《くろいとおどし》のいかめしいので、もう一つはあれが緋縅《ひおどし》と申すのでしょうか、黒ずんで、所々糸が切れてはいましたけれど、それが昔は、火の様に燃えて、さぞかし立派なものだったのでございましょう。兜《かぶと》もちゃんと頂いて、それに鼻から下を覆う、あの恐ろしい鉄の面までも揃っているのでございます。昼でも薄暗い蔵の中で、それをじっと見ていますと、今にも籠手《こて》、脛当《すねあて》が動き出して、丁度頭の上に懸けてある、大身《おおみ》の槍《やり》を取るかとも思われ、いきなりキャッと叫んで、逃げ出したい気持さえいたすのでございます。

小さな窓から、金網を越して、淡い秋の光がさしてはいますけれど、その窓があまりに小さいため、蔵の中は、隅の方になると、夜の様に暗く、そこに蒔絵だとか、金具だとかいうものだけが、魑魅魍魎《ちみもうりょう》の目の様に、怪しく、鈍く、光っているのでございます。その中で、あの生霊の妄想を思い出してでもしようものなら、女の身で、どうまあ辛抱が出来ましょう。その怖《こ》わさ恐ろしさを、やっと堪《こら》えて、兎《と》も角《かく》も、長持を開くことが出来ましたのは、やっぱり、恋という曲者《くせもの》の強い力でございましょうね。

まさかそんなことがと思いながら、でも何となく薄気味悪くて、一つ一つ長持の蓋《ふた》を開く時には、からだ中から冷いものがにじみ出し、ハッと息も止まる思いでございました。ところが、その蓋を持上げて、まるで棺桶《かんおけ》の中でも覗く気で、思い切って、グッと首を入れて見ますと、予期していました通り、或《あるい》は予期に反して、どれもこれも古めかしい衣類だとか、夜具、美しい文庫類などが入っているばかりで、何の疑わしいものも出ては来ないのでございます。でも、あの極《きま》った様に聞えて来た、蓋のしまる音、錠前のおりる音は、一体何を意味するのでありましょう。おかしい、おかしいと思いながら、ふと目にとまったのは、最後に開いた長持の中に、幾つかの白木の箱がつみ重なっていて、その表に、床《ゆか》しいお家流で「お雛様《ひなさま》」だとか「五人囃子《ばやし》」だとか「三人上戸《じょうご》」だとか、書き記《しる》してある、雛人形の箱でございました。私は、どこにも怪しいものがいないことを確めて、いくらか安心していたのでもありましょう、その際ながら、女らしい好奇心から、ふとそれらの箱を開けて見る気になりました。

一つ一つ外に取り出して、これがお雛様、これが左近《さこん》の桜、右近《うこん》の橘《たちばな》と、見て行くに従って、そこに、樟脳《しょうのう》の匂いと一緒に、何とも古めかしく、物懐しい気持が漂って、昔物のきめの濃《こま》やかな人形の肌が、いつとなく、私を夢の国へ誘って行くのでございました。私はそうして、暫《しばら》くの間は、雛人形で夢中になっていましたが、やがてふと気がつきますと、長持の一方の側《がわ》に、外《ほか》のとは違って、三尺以上もある様な長方形の白木の箱が、さも貴重品といった感じで、置かれてあるのでございます。その表には、同じくお家流で「拝領《はいりょう》」と記されてあります。何であろうと、そっと取り出して、それを開いて中の物を一目見ますと、ハッと何かの気に打たれて、私は思わず顔をそむけたのでございます。そして、その瞬間に霊感というのは、ああした場合を申すのでございましょうね、数日来の疑いが、もう、すっかり解けてしまったのでございます。

八

それほど私を驚かせたものが、ただ一個の人形に過ぎなかったと申せば、あなたはきっと「なあんだ」とお笑いなさるかも知れません。ですが、それは、あなたが、まだ本当の人形というものを、昔の人形師の名人が精根《せいこん》を尽くして、拵《こしら》え上げた芸術品を、御存知ないからでございます。あなたはもしや、博物館の片隅なぞで、ふと古めかしい人形に出あって、その余りの生々《なまなま》しさに、何とも知れぬ戦慄《せんりつ》をお感じなすったことはないでしょうか。それが若《も》し女児《おなご》人形や稚児《ちご》人形であった時には、それの持つ、この世の外《ほか》の夢の様な魅力に、びっくりなすったことはないでしょうか。あなたは御みやげ人形といわれるものの、不思議な凄味《すごみ》を御存知でいらっしゃいましょうか。或《あるい》は又、往昔衆道《おうせきしゆうどう》の盛んでございました時分、好き者達が、馴染の色若衆《いろわかしゆう》の似顔人形を刻ませて、日夜愛撫したという、あの奇態《きたい》な事実を御存知でいらっしゃいましょうか。いいえ、その様な遠いことを申さずとも、例えば、文楽《ぶんらく》の浄瑠璃《じようるり》人形にまつわる不思議な伝説、近代の名人安本亀八《やすもとかめはち》の生人形《いきにんぎよう》などを御承知でございましたなら、私がその時、ただ一個の人形を見て、あの様に驚いた心持を、十分御察し下さることが出来ると存じます。

私が長持の中で見つけました人形は後《のち》になって、門野のお父さまに、そっと御尋ねして知ったのでございますが、殿様から拝領の品とかで、安政《あんせい》の頃の名人形師立木と申す人の作と申すことでございます。俗に京人形と呼ばれておりますけれど、実は浮世《うきよ》人形とやらいうものなそうで、身《み》の丈《たけ》三尺余り、十歳ばかりの小児の大きさで、手足も完全に出来、頭には昔風の島田《しまだ》を結《ゆ》い、昔染の大柄友染《ゆうぜん》が着せてあるのでございます。これも後に伺ったのですけれど、それが立木という人形師の作風なのだそうで、そんな昔の出来にも拘《かかわ》らず、その女児人形は、不思議と近代的な顔をしているのでございます。真ッ赤に充血して何かを求めている様な、厚味のある唇、唇の両脇で二段になった豊頬、物いいたげにパッチリ開いた二重瞼《ふたえまぶた》、その上に大様《おおよう》に頬笑《ほほえ》んでいる濃い眉《まゆ》、そして何よりも不思議なのは、羽二重《はぶたえ》で紅綿《べにわた》を包んだ様に、ほんのりと色づいている、微妙な耳の魅力でございました。その花《はな》やかな、情欲的な顔が、時代のために幾分色があせて、唇の外《ほか》は妙に青ざめ、手垢《てあか》がついたものか、滑《なめら》かな肌がヌメヌメと汗ばんで、それゆえに、一層悩ましく、艶《なまめ》かしく見えるのでございます。

薄暗く、樟脳臭い、土蔵の中で、その人形を見ました時には、ふっくらと恰好よくふくらんだ乳のあたりが、呼吸をして、今にも唇がほころびそうで、その余りの生々しさに私はハッと身震《みぶるい》を感じたほどでありました。

まあ何ということでございましょう、私の夫は、命のない、冷たい人形を恋していたのでございます。この人形の不思議な魅力を見ましては、もう、その外に謎の解き様はありません。人嫌いな夫の性質、蔵の中の睦言《むつごと》、長持の蓋《ふた》のしまる音、姿を見せぬ相手の女、色々の点を考え合せて、その女と申すのは、実はこの人形であったと解釈する外《ほか》はないのでございます。

これは後になって、二三の方から伺ったことを、寄せ集めて、想像しているのでございますが、門野は生れながらに夢見勝ちな、不思議な性癖を持っていて、人間の女を恋する前に、ふとしたことから、長持の中の人形を発見して、それの持つ強い魅力に魂を奪われてしまったのでございましょう。あの人は、ずっと最初から、蔵の中で本なぞ読んではいなかったのでございます。ある方から伺いますと、人間が人形とか仏像とかに恋したためしは、昔から決して少くはないと申します。不幸にも私の夫がそうした男で、更に不幸なことには、その夫の家に偶然稀代《きだい》の名作人形が保存されていたのでございます。

人でなしの恋、この世の外《ほか》の恋でございます。その様な恋をするものは、一方では、生きた人間では味わうことの出来ない、悪夢の様な、或《あるい》は又お伽噺《とぎばなし》の様な、不思議な歓楽に魂をしびらせながら、しかし又一方では、絶え間なき罪の苛責《かしゃく》に責められて、どうかしてその地獄を逃れたいと、あせりもがくのでございます。門野が、私を娶《めと》ったのも、無我夢中に私を愛しようと努めたのも、皆そのはかない苦悶《くもん》の跡に過ぎぬのではございませんか。そう思えば、あの睦言の「京子に済まぬ云々《うんぬん》」という、言葉の意味も解けて来るのでございます。夫が人形のために女の声色を使っていたことも、疑う余地はありません。ああ、私は、何という月日の下《もと》に生れた女でございましょう。

九

さて、私の懺悔《ざんげ》話と申しますのは、実はこれからあとの、恐ろしい出来事についてでございます。長々とつまらないおしゃべりをしました上に「まだ続きがあるのか」と、さぞうんざりなさいましょうが、いいえ、御心配には及びません。その要点と申しますのは、ほんの僅《わず》かな時間で、すっかりお話出来ることなのでございますから。

びっくりなすってはいけません。その恐ろしい出来事と申しますのは、実はこの私が人殺しの罪を犯したお話でございます。その様な大罪人が、どうして処罰をも受けないで安《あん》穏《のん》に暮しているかと申しますと、その人殺しは私自身直接に手を下した訳《わけ》でなく、いわば間接の罪なものですから、たとえあの時私がすべてを自白していましても、罪を受けるほどのことはなかったのでございます。とはいえ、法律上の罪はなくとも、私は明《あきら》かにあの人を死に導いた下手人《げしゅにん》でございます。それを、娘心のあさはかにも、一時の恐れにとりのぼせて、つい白状しないで過ごしましたことは、返す返すも申訳《もうしわけ》なく、それ以来ずっと今《こん》日《にち》まで、私は一夜としてやすらかに眠ったことはありません。今こうして懺悔話をいたしますのも、亡き夫への、せめてもの罪亡《つみほろ》ぼしでございます。

しかし、その当時の私は、恋に目がくらんでいたのでございましょう。私の恋敵《こいがたき》が、相手もあろうに生きた人間ではなくて、いかに名作とはいえ、冷い一個の人形だと分りますと、そんな無生《むしょう》の泥人形に見返られたかと、もう口惜しくて口惜しくて、口惜しいよりは畜生道《ちくしょうどう》の夫の心が浅間《あさま》しく、もしこの様な人形がなかったなら、こんなことにもなるまいと、はては立木という人形師さえうらめしく思われるのでございます。エエ、ままよこの人形奴《め》の、艶《なま》かしい這面《しゃつつら》を、叩きのめし、手足を引《ひっ》ちぎってしまったなら、門野とてまさか相手のない恋も出来はすまい。そう思うと、もう一ときも猶予《ゆうよ》がならず、その晩、念のために、もう一度夫と人形との逢瀬を確めた上、翌早朝、蔵の二階へ駈上《かけあが》って、とうとう人形を滅茶滅茶《めちゃめちゃ》に引ちぎり目も鼻も口も分らぬ様に叩きつぶしてしまったのでございます。こうして置いて、夫のそぶりを注意すれば、まさかそんな筈《はず》はないのですけれど私の想像が間違っていたかどうかも分る訳《わけ》なのでございます。

そうして丁度人間の轢死人《れきしにん》の様に、人形の首、胴、手足とばらばらになって、昨日《きのう》に変る醜いむくろをさらしているのを見ますと、私はやっと胸をさすることが出来たのでございます。

十

その夜、何も知らぬ門野は、又しても私の寐息《ねいき》を窺いながら、雪洞《ぼんぼり》をつけて、縁外《えんそと》の闇へと消えました。申すまでもなく人形との逢瀬を急ぐのでございます。私は眠ったふりをしながら、そっとその後姿を見送って、一応は小気味のよい様な、しかし又何となく悲しい様な、不思議な感情を味わったことでございます。

人形の死骸を発見した時、あの人はどの様な態度を示すでしょう。異常な恋の恥かしさに、そっと人形のむくろを取り片づけて、そ知らぬふりをしているか、それとも、下手人《げしゅにん》を探し出して、怒《おこ》りつけるか、怒《いか》りのまま叩かれようと、怒鳴《どな》られようと、もしそうであったなら、私はどんなに嬉しかろう。門野が怒《おこ》るからには、あの人は人形と恋なぞしていなかったしるしなのですもの。私はもう気もそぞろに、じっと耳をすまして、土蔵の中の気勢《けはい》を窺ったのでございます。

そうして、どれほど待ったことでしょう。待っても待っても、夫は帰って来ないのでございます。壊《こわ》れた人形を見た上は、蔵の中に何の用事もない筈《はず》のあの人が、もういつもほどの時間もたったのになぜ帰って来ないのでしょう。もしかしたら、相手はやっぱり人形ではなくて、生きた人間だったのでありましょうか。それを思うと気が気でなく、私はもう辛抱がしきれなくて、床《とこ》から起き上りますと、もう一つの雪洞を用意して、闇のしげみを蔵の方へと走るのでございました。

蔵の梯子段《はしごだん》を駈上《かけあ》りながら、見れば例の落し戸は、いつになく開いたまま、それでも上には雪洞がともっていると見え、赤茶けた光りが、階段の下までも、ぼんやり照しております。ある予感にハッと胸を躍《おど》らせて、一飛びに階上へ飛上って、「旦那様」と叫びながら、雪洞のあかりにすかして見ますと、ああ私の不吉な予感は適中《てきちゅう》したのでございました。そこには夫のと、人形のと、二つのむくろが折り重なって、板《いた》の間《ま》は血潮《ちしお》の海、二人のそばに家重代《いえじゅうだい》の名刀が、血を啜《すす》ってころがっているのでございます。人間と土くれとの情死、それが滑稽に見えるどころか、何とも知れぬ厳粛《げんしゅく》なものが、サーッと私の胸を引しめて、声も出ず涙も出ず、ただもう茫然《ぼうぜん》と、そこに立ちつくす外《ほか》はないのでございました。

見れば、私に叩きひしがれて、半《なかば》残った人形の唇から、さも人形自身が血を吐いたかの様に、血潮の飛沫《しぶき》が一しずく、その首を抱いた夫の腕の上へタラリと垂れて、そして人形は、断末魔《だんまつま》の不気味な笑いを笑っているのでございました。

（「サンデー毎日」大正十五年十月）

踊る一寸法師

「オイ、緑《ろく》さん、何をぼんやりしてるんだな。ここへ来て、お前も一杯御相伴《おしょうばん》にあずかんねえ」

肉襦袢《にくじゅばん》の上に、紫繻子《むらさきじゅす》に金糸でふち取りをした猿股《さるまた》をはいた男が、鏡を抜いた酒樽《さかだる》の前に立ちはだかって、妙に優しい声で云った。

その調子が、何となく意味あり気《げ》だったので、酒に気をとられていた、一座の男女が一斉《いっせい》に緑さんの方を見た。

舞台の隅《すみ》の、丸太の柱によりかかって、遠くの方から同僚達の酒宴の様子を眺めていた一寸法師の緑さんは、そう云われると、いつもの通り、さもさも好人物らしく、大きな口を曲げて、ニヤニヤと笑った。

「おらあ、酒は駄目《だめ》なんだよ」

それを聞くと、少し酔の廻《まわ》った軽業師《かるわざし》達は、面白そうに声を出して笑った。男達の塩辛《しおから》声《ごえ》と、肥《ふと》った女共の甲高《かんだか》い声とが、広いテント張りの中に反響した。

「お前の下戸《げこ》は云わなくったって分ってるよ。だが、今日は特別じゃねえか。大当りのお祝いだ。何ぼ不具者だって、そうつき合いを悪くするものじゃねえ」

紫繻子の猿股が、もう一度優しく繰返《くりかえ》した。色の黒い、唇《くちびる》の厚い、四十恰好《かっこう》の巌乗《がんじょう》な男だ。

「おらあ、酒は駄目なんだよ」

やっぱりニヤニヤ笑いながら、一寸法師が答えた。十一二歳の子供の胴体に、三十男の顔をくっつけた様な怪物だ。頭の鉢《はち》が福助《ふくすけ》の様に開いて、らっきょう型の顔には、蜘蛛《くも》が足を拡《ひろ》げた様な、深い皺《しわ》と、キョロリとした大きな眼と、丸い鼻と、笑う時には耳までさけるのではないかと思われる大きな口と、そして、鼻の下の薄黒い無精髯《ぶしょうひげ》とが、不調和についていた。青白い顔に唇だけが妙に真赤だった。

「緑さん、私のお酌《しゃく》なら、受けて呉《く》れるわね」

美人玉乗りのお花《はな》が、酒の為《ため》に赤くほてった顔に、微笑を浮べて、さも自信ありげに口を入れた。村中の評判になった、このお花の名前は、私も覚えていた。

一寸法師は、お花に正面から見つめられて、一寸《ちょっと》たじろいだ。彼の顔には一刹那《いっせつな》不思議な表情が現れた。あれが怪物の羞恥《しゅうち》であろうか。併《しか》し、暫《しばら》くもじもじしたあとで、彼はやっぱり同じことを繰返した。

「おらあ、酒は駄目なんだよ」

顔は相変らず笑っていたが、それは咽喉《のど》にひっかかった様な、低い声だった。

「そう云わないで、まあ一杯やんなよ」

紫繻子の猿股は、ノコノコと歩いて行って、一寸法師の手を取った。

「さあ、こうしたら、もう逃がしっこないぞ」

彼は、そう云って、グングンその手を引っぱった。

巧みな道化《どうけ》役者にも似合わない、豆蔵《まめぞう》の緑さんは、十八の娘の様に、併《しか》し不気味な嬌羞《きょうしゅう》を示して、そこの柱につかまったまま動こうともしない。

「止《よ》せったら、止せったら」

それを無理に紫繻子が引張るので、その度《たび》に、つかまっている柱が撓《しな》って、テント張りの小屋全体が、大風の様にゆれ、アセチリン瓦斯《ガス》の釣《つり》ランプが、鞦韆《ぶらんこ》の様に動いた。

私は何となく気味が悪かった。執拗《しつよう》に丸太の柱につかまっている一寸法師と、それを又依怙地《いこじ》に引きはなそうとしている紫繻子、その光景に一種不気味な前兆が感じられた。

「花ちゃん、豆蔵のことなぞどうだっていいから、サア、一つお歌いよ。ねえ。お囃《はや》しさん」

気がつくと、私のすぐ側《そば》で、八字髭《はちじひげ》をはやして、その癖《くせ》妙ににやけた口を利《き》く、手品使いの男が、しきりとお花に勧めていた。新米《しんまい》らしいお囃しのおばさんは、これもやっぱり酔っぱらっていて、猥褻《わいせつ》に笑いながら、調子を合せた。

「お花さん、歌うといいわ。騒ぎましょうよ。今晩は一つ、思いきり騒ぎましょうよ」

「よし、俺《おれ》が騒ぎ道具を持って来よう」

若い軽業師が、彼も肉襦袢一枚だ、いきなり立上って、まだ争っている一寸法師と紫繻子の側《そば》を通り越して、丸太を組合せて作った二階の楽屋へ走って行った。

その楽器の来るのも待たないで、八字髭の手品使いは、酒樽のふちを叩きながら、胴間《どうま》声《ごえ》をはり上げて、三曲万歳《さんきょくまんざい》を歌い出した。玉乗娘《たまのりむすめ》の二三が、ふざけた声で、それに和《あわ》した。そういう場合、いつも槍玉《やりだま》に上るのは一寸法師の緑さんだった。下品な調子で彼を読込んだ万歳節《ぶし》が、次から次へと歌われた。

てんでんに話し合ったり、ふざけ合ったりしていた連中が、段々その歌の調子に引き入れられて、遂《つい》には全員の合唱となった。気がつかぬ間《ま》に、さっきの若い軽業師が持って来たのであろう、三味線《しゃみせん》、鼓《つづみ》、鉦《かね》、拍子木《ひょうしぎ》などの伴奏が入っていた。耳を聾《ろう》せんばかりの、不思議なる一大交響楽が、テントをゆるがした。歌詞の句切り句切りには、恐しい怒号と拍手が起《おこ》った。男も女も、酔が廻るにつれて、漸次《ぜんじ》狂的にはしゃぎ廻った。

その中《うち》で、一寸法師と紫繻子は、まだ争いつづけていた。緑さんはもう丸太を離れて、エヘエヘ笑いながら、小猿の様に逃げ廻っていた。そうなると彼はなかなか敏捷《びんしょう》だった。大男の紫繻子は、低能の一寸法師に馬鹿にされて、少々癇癪《かんしゃく》を起していた。

「この豆蔵奴《め》、今に、吠面《ほえづら》かくな」

彼はそんな威嚇《いかく》の言葉を怒鳴《どな》りながら追っかけた。

「御免よ、御免よ」

三十面《づら》の一寸法師は、小学生の様に、真剣に逃げ廻っていた。彼は、紫繻子にとっつかまって、酒樽の中へ首を押しつけられるのが、どんなにか恐しかったのであろう。

その光景は、不思議にも私にカルメンの殺し場を思出《おもいだ》させた、闘牛場から聞えて来る、狂暴な音楽と喊声《かんせい》につれて、追いつ追われつしている、ホセとカルメン、どうした訳《わけ》か、多分服装のせいであったろう、私はそれを聯想《れんそう》した。一寸法師は真赤な道化役の衣裳《いしょう》をつけていた。それを、肉襦袢の紫繻子が追っかけるのだ。三味線と鉦と鼓と拍子木が、そして、やけくそな三曲万歳が、それを囃し立てるのだ。

「サア、とっつかまえたぞ、こん畜生《ちくしょう》」

遂に紫繻子が喊声《かんせい》を上げた。可哀相《かわいそう》な緑さんは、彼の巌乗な両手の中で、青くなってふるえていた。

「どいた、どいた」

彼はもがく一寸法師を頭の上にさし上げて、こちらへやって来た。皆は歌うのを止《や》めて、その方を見た。

アッと思う間《ま》に、二人の荒々しい鼻息が聞えた。真逆様につり下げられた一寸法師の頭が、ザブッと酒樽の中に漬《つか》った。緑さんの短い両手が、空《くう》に藻《も》がいた。パチャパチャと酒のしぶきが飛び散った。

紅白段《だん》だら染《ぞめ》の肉襦袢や、肉色の肉襦袢や、或《あるい》は半裸体の男女が、互に手を組み膝《ひざ》を合せて、ゲラゲラ笑いながら見物していた。誰もこの残酷な遊戯を止《と》めようとはしなかった。

存分酒を飲まされた一寸法師は、やがて、そこへ横様《よこざま》に抛《ほう》り出された。彼は丸くなって、百日咳《ひゃくにちぜき》の様に咳入《せきい》った。口から鼻から耳から、黄色い液体がほとばしった。彼のこの苦《く》悶《もん》を囃《はや》す様に、又しても三曲万歳の合唱が始った。聞くに耐えぬ罵詈讒謗《ばりざんぼう》が繰返された。

一しきり咳入った後《のち》は、ぐったりと死骸《しがい》の様に横《よこた》わっている一寸法師の上を、肉襦袢のお花が、踊り廻った。肉つきのいい彼女の足が、屢々《しばしば》彼の頭の上を跨《また》いだ。

拍手と喊声《かんせい》と、拍子木の音とが、耳を聾《ろう》するばかりに続けられた。最早《もはや》そこには、一人として正気な者はいなかった。誰も彼も狂者の様に怒鳴った。お花は、早調子の万歳節に合せて、狂暴なジプシー踊りを踊りつづけた。

一寸法師の緑さんは、やっと目を開《あ》くことが出来た。不気味な顔が、猩々《しょうじょう》の様に真赤になっていた。彼は肩息《かたいき》をしながら、ヒョロヒョロと立上ろうとした。と、丁度《ちょうど》その時、踊り疲れた玉乗女の大きなお尻が、彼の目の前に漂って来た。そして、故意か偶然か、彼女は一寸法師の顔の上へ尻餅をついて了《しま》った。

仰向《あおむ》きにおしつぶされた緑さんは、苦し相《そう》なうめき声を立てて、お花のお尻の下で藻《も》がいた。酔っぱらったお花は、緑さんの顔の上で馬乗りの真似《まね》をした。三味線の調子に合せて、「ハイ、ハイ」とかけ声をしながら、平手でピシャピシャと緑さんの頰を叩いた。一同の口から馬鹿笑いが破裂した。けたたましい拍手が起った。だが、その時緑さんは、大きな肉塊の下じきになって、息も出来ず、半死半生の苦《くる》しみをなめていたのだ。

暫《しば》くしてやっと許された一寸法師は、やっぱりニヤニヤと、愚《おろか》な笑いを浮べて、半身を起した。そして、常談《じょうだん》の様な調子で、

「ひでえなあ」

とつぶやいたばかりだった。

「オー、鞠《まり》投げをやろうじゃねえか」

突然、鉄棒《かなぼう》の巧みな青年が立上って叫んだ。皆が「鞠投げ」の意味を熟知している様子だった。

「よかろう」

一人の軽業師が答えた。

「よせよ、よせよ、あんまり可哀相だよ」

八字髭の手品使いが、見兼ねた様に口を入れた。彼丈《だ》けは、綿《めん》ネルの背広を着て、赤いネクタイを結んでいた。

「サア、鞠投げだ、鞠投げだ」

手品使いの言葉なんか耳にもかけず、彼《か》の青年は一寸法師の方へ近いて行った。

「オイ、緑さん始めるぜ」

そういうが早いか、青年は不具者を引っぱり起して、その眉間《みけん》を平手でグンとついた。一寸法師は、つかれた勢《いきおい》で、さも鞠の様にクルクル廻りながら、後《うしろ》の方へよろけて行った。すると、そこにもう一人の青年がいて、これを受けとめ、不具者の肩を摑《つか》んで自分の方へ向けると、又グンと額《ひたい》をついた。可哀相な緑さんは、再びグルグル廻りながら前の青年の所へ戻って来た。それから、この不思議な、残忍なキャッチボールが、いつまでもくり返された。

いつの間《ま》にか、合唱は出雲拳《いずもけん》の節に変っていた。拍子木と三味線が、やけに鳴らされた。フラフラになった不具者は、執念深い微笑を以《もっ》て、彼の不思議な役目を続けていた。

「もうそんな下らない真似はよせ。これからみんなで芸づくしをやろうじゃないか」

不具者の虐待に飽きた誰かが叫んだ。

無意味な怒号と狂気の様な拍手が、それに答えた。

「持ち芸じゃ駄目だぞ。みんな、隠し芸を出すのだ。いいか」

紫繻子の猿股が、命令的に怒鳴った。

「まず、皮切りは緑さんからだ」

誰かが意地悪くそれに和した。ドッと拍手が起った。疲れ切って、そこに倒れていた緑さんは、この乱暴な提議をも、底知れぬ笑顔で受けた。彼の不気味な顔は泣くべき時にも、笑った。

「それならいいことがあるわ」真赤に酔っぱらった美人玉乗りのお花が、フラフラと立上って叫んだ。

「豆ちゃん。お前。髭さんの大魔術をやるといいわ。一寸《すん》だめし五分《ぶ》だめし、美人の獄門《ごくもん》てえのを、ね、いいだろ。おやりよ」

「エヘヘヘヘ」不具者は、お花の顔を見つめて笑った。無理に飲まされた酒で、彼の目は妙にドロンとしていた。

「ね、豆ちゃんは、あたいに惚《ほ》れてるんだね。だから、あたいのいいつけなら、何《な》んだって聞くだろ。あたいがあの箱の中へ這入《はい》ってあげるわ。それでもいやかい」

「ヨウヨウ、一寸法師の色男！」

又しても、破れる様な拍手と、笑声《しょうせい》。

豆蔵とお花、美人獄門の大魔術、この不思議な取合せが、酔っぱらい共を喜ばせた。大勢が乱れた足どりで、大魔術の道具立てを始めた。舞台の正面と左右に黒い幕がおろされた。床には黒い敷物《しきもの》がしかれた。そして、その前に、棺桶《かんおけ》の様な木箱と、一箇のテーブルが持出された。

「サア、始まり始まり」

三味線と鉦と拍子木が、お極《きま》りの前奏曲を始めた。その囃《はや》しに送り出されて、お花と、彼女に引立てられた不具者とが、正面に現れた。お花はピッタリ身についた肉色のシャツ一枚だった。緑さんはダブダブの赤い道化服をつけていた。そして、彼の方は、相も変らず、大きな口でニヤリニヤリと笑っていた。

「口上《こうじょう》を云うんだよ、口上を」

誰かが怒鳴った。

「困るな、困っちまうな」

一寸法師は、ぶつぶつそんなことをつぶやきながら、それでも、何だか喋《しゃべ》り始めた。

「エー、ここもと御覧に供《きょう》しまするは、神変不思議の大魔術、美人の獄門とござりまして、これなる少女をかたえの箱の中へ入れ、十四本の日本刀をもちまして、一寸だめし、五分だめし、四方八方より田楽刺《でんがくざ》しと致すのでござります。エーと、が、それのみにては御《お》慰《なぐさ》みが薄い様にござります。か様《よう》に斬りさいなみましたる少女の首を、ザックリ、切断致し、これなるテーブルの上に、晒《さら》し首《くび》とござあい。ハッ」

「あざやかあざやか」「そっくりだ」賞讃とも揶揄《からかい》ともつかぬ呼声が、やけくそな拍手に混って聞えた。

白痴の様に見える一寸法師だけれど、流石《さすが》に商売柄、舞台の口上はうまいものだ。いつも八字髭の手品使いがやるのと、口調から文句から、寸分違わない。

やがて、美人玉乗りのお花は、あでやかに一揖《いちゆう》して、しなやかな身体《からだ》を、その棺桶様の箱の中へ隠した。一寸法師はそれに蓋《ふた》をして、大きな錠前を卸《おろ》した。

一束の日本刀がそこに投げ出されてあった。緑さんは、一本、一本、それを拾い、一度ずつ床につき立てて、偽物でないことを示した上、箱の前後左右に開《あ》けられた小さな孔《あな》へ、つき通して行った。一刀毎《ごと》に、箱の中から物凄い悲鳴が――毎日見物《けんぶつ》達を戦慄《せんりつ》させたあの悲鳴が――聞えて来た。

「キャー、助けて、助けて、助けて、アレー、こん畜生、こん畜生、こいつは本当に私を殺す気だよ。アレー、助けて、助けて、助けて……」

「ワハハハハハ」「あざやかあざやか」「そっくりだ」見物達は大喜びで、てんでんに怒鳴ったり、手をたたいたりした。

一本、二本、三本、刀の数は段々増して行った。

「今こそ思い知ったか、このすべた奴《め》」一寸法師は芝居がかりで始めた。「よくもよくもこの俺を馬鹿にしたな。不具者の一念が分ったか、分ったか、分ったか」

「アレー、アレー、助けて、助けて、助けて――」

そして、田楽刺しにされた箱が、生あるものの様に、ガタガタと動いた。

見物達は、この真に迫った演出に夢中になった。百雷の様な拍手が続いた。

そして、遂に十四本目の一刀がつきさされた。お花の悲鳴は、さも瀕死《ひんし》の怪我人《けがにん》の様なうめき声に変って行った。最早《もはや》文句をなさぬヒーヒーという音であった。やがて、それも絶え入《い》る様に消えて了《しま》うと、今迄《まで》動いていた箱がピッタリと静止した。

一寸法師はゼイゼイと肩で呼吸をしながら、その箱を見つめていた。彼の額は、水に漬った様に、汗でぬれていた。彼はいつまでもいつまでも、そうしたまま動かなかった。

見物達も妙に黙り込んだ。死んだ様な沈黙を破るものは、酒の為に烈《はげ》しくなった、皆の息づかいばかりだった。

暫《しばら》くすると、緑さんは、そろりそろりと、用意のダンビラを拾い上げた。それは青龍《せいりゅう》刀《とう》の様にギザギザのついた、幅の広い刀だった。彼はそれを、も一度床につき立てて、切れ味を示したのち、さて、錠前を脱《はず》して、箱の蓋《ふた》を開けた。そして、その中へ件《くだん》の青龍刀を突込むと、さも本当に人間の首を切る様な、ゴリゴリという音をさせた。

それから、切って了《しま》った見得《みえ》で、ダンビラを投げ出すと、何物かを袖《そで》で隠して、かたえのテーブルの所まで行き、ドサッという音を立てて、それを卓上に置いた。

彼が袖をのけると、お花の青ざめた生首が現れた。切り口の所からは真赤な生々しい血潮《ちしお》が流れ出していた。それが紅《べに》のとき汁だなどとは、誰にも考えられなかった。

氷の様に冷いものが私の背中を伝《つたわ》って、スーッと頭のてっぺんまで駈け上った。私は、そのテーブルの下には二枚の鏡が直角にはりつめてあって、その背後に、床下の抜け道をくぐって来た、お花の胴体があることを知っていた。こんなものは大して珍しい手品ではなかった。それにも拘《かかわ》らず、私のこの恐しい予感はどうしたものであろう。それは、いつもの柔和な手品使と違って、あの不具者の、不気味な容貌の為であろうか。

まっ黒な背景の中に、緋《ひ》の衣《ころも》の様な、真赤な道化服を着た一寸法師が、大の字に立ちはだかっていた。その足許《あしもと》には血糊のついたダンビラが転っていた。彼は見物達の方を向いて、声のない、顔一杯の笑いを笑っていた。……だが、あの幽《かすか》な物音は一体何であろう。それは若《も》しや、真白にむき出した、不具者の歯と歯がカチ合う音ではないだろうか。

見物達は、依然として鳴りをひそめていた。そして、お互が、まるで恐いものでも見る様に、お互の顔をぬすみ見ていた。やがて、例の紫繻子がヌックと立上った。そして、テーブル目がけて、ツカツカと二三歩進んだ。流石《さすが》にじっとしていられなかったのだ。

「ホホホホホホホ」

突然晴々《はればれ》しい女の笑声が起った。

「豆ちゃん味をやるわね。ホホホホホホホ」

それは云うまでもなくお花の声であった。彼女の青ざめた首が、テーブルの上で笑ったのだった。

その首を、一寸法師はいきなり又、袖で隠した。そして、ツカツカと黒幕のうしろへ這《は》入《い》って行った。跡には、からくり仕掛けのテーブルだけが残っていた。

見物人達は、余りに見事《みごと》な不具者の演戯《えんぎ》に、暫《しばら》くはため息をつくばかりだった。当の手品使いさえもが、目をみはって、声を呑んでいた。が、やがて、ワーッというときの声が、小屋をゆすった。

「胴上げだ、胴上げだ」

誰かが、そう叫ぶと、彼等は一団になって、黒幕のうしろへ突進した。泥酔者達は、その拍子《ひょうし》に足をとられて、バタバタと、折重って倒れた。その内のある者は、起上って、又ヒョロヒョロと走った。空になった酒樽のまわりには、已《すで》に寐入《ねい》って了《しま》った者共が、魚河岸《うおがし》の鮪《まぐろ》の様に取残されていた。

「オーイ、緑さーん」

黒幕のうしろから、誰かの呼び声が聞えて来た。

「緑さん、隠れなくってもいいよ。出ろよ」

又誰かが叫んだ。

「お花姉さあん」

女の声が呼んだ。

返事は聞えなかった。

私は云い難《がた》き恐怖に戦《おのの》いた。さっきのは、あれは本物のお花の笑声だったのか。若《も》しや、奥底の知れぬ不具者が、床の仕掛けをふさいで真実彼女を刺し殺し、獄門に晒《さら》したのではないか。そして、あの声は、あれは死人の声ではなかったのか、愚なる軽業師共は、彼《か》の八人芸と称する魔術を知らないのであろうか。口をつぐんだまま、腹中で発音して死物《しぶつ》に物を云わせる、あの八人芸という不思議な術を。それを、あの怪物が習い覚えていなかったと、どうして断定出来るであろう。

ふと気がつくと、テントの中に薄い煙が充《み》ち充ちていた。軽業師達の煙草《たばこ》の煙にしては、少し変だった。ハッとした私は、いきなり見物席の隅の方へ飛んで行った。

案《あん》の定《じょう》、テントの裾《すそ》を、赤黒い火焔《ほのお》が、メラメラと嘗《な》めていた。火は已《すで》にテントの四周《まわり》を取りまいている様子だった。

私は、やっとのことで燃える帆布《ほぬの》をくぐって、外の広っぱへ出た。広々とした草原《くさはら》には、白い月光が、隈《くま》もなく降りそそいでいた。私は足にまかせて近くの人家へと走った。

振り返ると、テントは最早《もは》や三分の一まで、燃え上っていた。無論、丸太の足場や、見物席の板にも火が移っていた。

「ワハハハハハハハハ」

何がおかしいのか、その火焔の中で、酔いしれた軽業師達が狂気の様に笑う声が、遥《はるか》に聞えて来た。

何者であろう、テントの近くの丘の上で、子供の様な人影が、月を背にして踊っていた。彼は西瓜《すいか》に似た丸いものを、提灯《ちょうちん》の様にぶら下げて、踊り狂っていた。

私は、余りの恐しさに、そこへ立《たち》すくんで、不思議な黒影を見つめた。

男は、さげていた丸いものを、両手で彼の口の所へ持って行った。そして、地《じ》だんだを踏みながら、その西瓜の様なものに食いついた。彼はそれを、離《はな》しては喰いつき、離しては喰いつき、さも楽しげに踊りつづけた。

水の様な月光が、変化踊《へんげおどり》の影法師を、真黒に浮き上らせていた。男の手にある丸い物から、そして彼自身の唇から、濃厚な、黒い液体が、ボトリボトリと垂れているのさえ、はっきりと見分けられた。

（「新青年」大正十五年一月号）

目羅博士の不思議な犯罪

一

私は探偵小説の筋《すじ》を考える為《ため》に、方々《ほうぼう》をぶらつくことがあるが、東京を離れない場合は、大抵《たいてい》行先が極《きま》っている。浅草《あさくさ》公園、花やしき、上野《うえの》の博物館、同じく動物園、隅田川《すみだがわ》の乗合蒸汽、両国《りょうごく》の国技館。（あの丸屋根が往年のパノラマ館を連想《れんそう》させ、私をひきつける）今もその国技館の「お化け大会」という奴を見て帰った所だ。久しぶりで「八幡《やわた》の藪《やぶ》不知《しらず》」をくぐって、子供の時分の懐しい思出《おもいで》に耽《ふけ》ることが出来た。

ところで、お話は、やっぱりその、原稿の催促《さいそく》がきびしくて、家にいたたまらず、一週間ばかり東京市内をぶらついていた時、ある日、上野の動物園で、ふと妙な人物に出合ったことから始まるのだ。

もう夕方で、閉館時間が迫って来て、見物達は大抵帰ってしまい、館内はひっそり閑《かん》と静まり返っていた。

芝居や寄席などでもそうだが、最後の幕はろくろく見もしないで、下足場《げそくば》の混雑ばかり気にしている江戸っ子気質はどうも私の気風に合わぬ。

動物園でもその通りだ。東京の人は、なぜか帰りいそぎをする。まだ門が閉った訳《わけ》でもないのに、場内はガランとして、人気《ひとけ》もない有様だ。

私は猿の檻《おり》の前に、ぼんやり佇《たたず》んで、つい今しがたまで雑沓《ざっとう》していた、園内の異様な静けさを楽しんでいた。

猿共も、からかって呉《く》れる対手《あいて》がなくなった為か、ひっそりと、淋しそうにしている。

あたりが余りに静かだったので、暫《しばら》くして、ふと、うしろに人の気配を感じた時には、何かしらゾッとした程だ。

それは髪を長く延ばした、青白い顔の青年で、折目のつかぬ服を着た、所謂《いわゆる》「ルンペン」という感じの人物であったが、顔付の割には快活に、檻の中の猿にからかったりし始めた。

よく動物園に来るものと見えて、猿をからかうのが手に入《い》ったものだ。餌《えさ》を一つやるにも、思う存分芸当をやらせて、散々《さんざん》楽しんでから、やっと投げ与えるという風で、非常に面白いものだから、私はニヤニヤ笑いながら、いつまでもそれを見物していた。

「猿ってやつは、どうして、相手の真似《まね》をしたがるのでしょうね」

男が、ふと私に話しかけた。彼はその時、蜜柑《みかん》の皮を上に投げては受取り、投げては受取りしていた。檻の中の一匹の猿も、彼と全く同じやり方で、蜜柑の皮を投げたり受取ったりしていた。

私が笑って見せると、男は又云った。

「真似って云うことは、考えて見ると怖《こわ》いですね。神様が、猿にああいう本能をお与えなすったことがですよ」

私は、この男、哲学者ルンペンだなと思った。

「猿が真似するのはおかしいけど、人間が真似するのはおかしくありませんね。神様は人間にも、猿と同じ本能を、いくらかお与えなすった。それは考えて見ると怖いですよ。あなた、山の中で大猿に出会った旅人の話をご存じですか」

男は話ずきと見えて、段々口数が多くなる。私は、人見知りをする質《たち》で、他人から話しかけられるのは余り好きでないが、この男には、妙な興味を感じた。青白い顔とモジャモジャした髪の毛が、私をひきつけたのかも知れない。或《あるい》は、彼の哲学者風な話方《はなしかた》が気に入ったのかも知れない。

「知りません。大猿がどうかしたのですか」

私は進んで相手の話を聞こうとした。

「人里離れた深山《しんざん》でね、一人旅の男が、大猿に出会ったのです。そして、脇《わき》ざしを猿に取られてしまったのですよ。猿はそれを抜いて、面白半分に振り廻《まわ》してかかって来る。旅人は町人なので、一本とられてしまったら、もう刀はないものだから、命さえ危《あやう》くなったのです」

夕暮の猿の檻の前で、青白い男が妙な話を始めたという、一種の情景が私を喜ばせた。私は「フンフン」と合槌《あいづち》をうった。

「取戻そうとするけれど、相手は木昇りの上手な猿のことだから、手のつけ様がないのです。だが、旅の男は、なかなか頓智《とんち》のある人で、うまい方法を考えついた。彼は、その辺に落ちていた木の枝を拾って、それを刀になぞらえ、色々な恰好《かっこう》をして見せた。猿の方では、神様から人真似の本能を授《さず》けられている悲しさに、旅人の仕草《しぐさ》を一々《いちいち》真似始めたのです、そして、とうとう、自殺をしてしまったのです。なぜって、旅人が、猿の興《きょう》に乗って来たところを見すまし、木の枝でしきりと自分の頸部《けいぶ》をなぐって見せたからです。猿はそれを真似て抜身《ぬきみ》で自分の頸《くび》をなぐったから、たまりません。血を出して、血が出てもまだ我《わ》と我が頸をなぐりながら、絶命してしまったのです。旅人は刀を取返した上に、大猿一匹お土産《みやげ》が出来たというお話ですよ。ハハハ……」

男は話し終って笑ったが、妙に陰気な笑声《わらいごえ》であった。

「ハハハ……、まさか」

私が笑うと、男はふと真面目になって、

「イイエ、本当です。猿って奴《やつ》は、そういう悲しい恐ろしい宿命を持っているのです。ためして見ましょうか」

男は云いながら、その辺に落ちていた木切れを、一匹の猿に投げ与え、自分はついていたステッキで、頸を切る真似をして見せた。

するとどうだ。この男よっぽど猿を扱い慣れていたと見え、猿奴《め》は木切れを拾って、いきなり自分の頸をキュウキュウこすり始めたではないか。

「ホラね、もしあの木切れが、本当の刀だったらどうです。あの小猿、とっくにお陀仏《だぶつ》ですよ」

広い園内はガランとして、人っ子一人いなかった。茂った樹々の下陰には、もう夜の闇が、陰気な隈《くま》を作っていた。私は何となく身内《みうち》がゾクゾクして来た。私の前に立《たっ》ている青白い青年が、普通の人間でなくて、魔法使《まほうつかい》かなんかの様に思われて来た。

「真似というものの恐ろしさがお分りですか。人間だって同じですよ。人間だって、真似をしないではいられぬ、悲しい恐ろしい宿命を持って生れているのですよ。タルドという社会学者は、人間生活を『模倣』の二字でかたづけようとした程ではありませんか」

今はもう一々覚えていないけれど、青年はそれから、「模倣」の恐怖について色々と説を吐いた。彼は又、鏡というものに、異常な恐れを抱《いだ》いていた。

「鏡をじっと見つめていると、怖《こわ》くなりやしませんか。僕はあんな怖いものはないと思いますよ。なぜ怖いか。鏡の向側《むこうがわ》に、もう一人の自分がいて、猿の様に人真似をするからです」

そんなことを云ったのも、覚えている。

動物園の閉門の時間が来て、係りの人に追いたてられて、私達はそこを出たが、出てからも別れてしまわず、もう暮れきった上野の森を、話《はな》しながら、肩を並べて歩いた。

「僕知っているんです。あなた江戸川《えどがわ》さんでしょう。探偵小説の」

暗い木《こ》の下道《したみち》を歩いていて、突然そう云われた時に、私は又してもギョッとした。相手がえたいの知れぬ、恐ろしい男に見えて来た。と同時に、彼に対する興味も一段と加わって来た。

「愛読しているんです。近頃のは正直に云うと面白くないけれど、以前のは、珍らしかったせいか、非常に愛読したものですよ」

男はズケズケ物を云った。それも好もしかった。

「アア、月が出ましたね」

青年の言葉は、ともすれば急激な飛躍をした。ふと、こいつ気違いではないかと、思われる位であった。

「今日は十四日でしたかしら。殆《ほとん》ど満月ですね。降り注ぐ様な月光というのは、これでしょうね。月の光て、なんて変なものでしょう。月光が妖術を使うという言葉を、どっかで読みましたが、本当ですね。同じ景色が、昼間とはまるで違って見えるではありませんか。あなたの顔だって、そうですよ。さい前《ぜん》、猿の檻の前に立っていらしったあなたとは、すっかり別の人に見えますよ」

そう云って、ジロジロ顔を眺められると、私も変な気持になって、相手の顔の、隈になった両眼が、黒ずんだ唇《くちびる》が、何かしら妙な怖いものに見え出したものだ。

「月と云えば、鏡に縁がありますね。水月《すいげつ》という言葉や、『月が鏡となればよい』という文句が出来て来たのは、月と鏡と、どこか共通点がある証拠ですよ。ごらんなさい、この景色を」

彼が指さす眼下には、いぶし銀の様にかすんだ、昼間の二倍の広さに見える不忍池《しのばずのいけ》が拡がっていた。

「昼間の景色が本当のもので、今月光に照らされているのは、其《その》昼間の景色が鏡に写っている、鏡の中の影だとは思いませんか」

青年は、彼自身も又、鏡の中の影の様に、薄ぼんやりした姿で、ほの白い顔で、云った。

「あなたは、小説の筋を探していらっしゃるのではありませんか。僕一つ、あなたにふさわしい筋を持っているのですが、僕自身の経験した事実談ですが、お話ししましょうか。聞いて下さいますか」

事実私は小説の筋を探していた。しかし、そんなことは別にしても、この妙な男の経験談が聞いて見たい様に思われた。今までの話し振りから想像しても、それは決して、ありふれた、退屈な物語ではなさそうに感じられた。

「聞きましょう。どこかで、ご飯でもつき合って下さいませんか。静かな部屋で、ゆっくり聞かせて下さい」

私が云うと、彼はかぶりを振って、

「ご馳走《ちそう》を辞退するのではありません。僕は遠慮なんかしません。併《しか》し、僕のお話は、明るい電灯には不似合です。あなたさえお構いなければ、ここで、ここのベンチに腰かけて、妖術使いの月光をあびながら、巨大な鏡に映った不忍池を眺めながら、お話ししましょう。そんなに長い話ではないのです」

私は青年の好みが気に入った。そこで、あの池を見はらす高台の、林の中の捨て石に、彼と並んで腰をおろし、青年の異様な物語を聞くことにした。

二

「ドイルの小説に『恐怖の谷』というのがありましたね」

青年は唐突《とうとつ》に始めた。

「あれは、どっかの嶮《けわ》しい山と山が作っている峡谷のことでしょう。だが、恐怖の谷は何も自然の峡谷ばかりではありませんよ。この東京の真中《まんなか》の、丸《まる》の内《うち》にだって恐ろしい谷間があるのです。

高いビルディングとビルディングとの間にはさまっている、細い道路。そこは自然の峡谷よりも、ずっと嶮しく、ずっと陰気です。文明の作った幽谷《ゆうこく》です。科学の作った谷底です。その谷底の道路から見た、両側の六階七階の殺風景なコンクリート建築は、自然の断崖の様に、青葉もなく、季節季節の花もなく、目に面白いでこぼこもなく、文字通り斧《おの》でたち割った、巨大な鼠色《ねずみいろ》の裂目《さけめ》に過ぎません。見上《みあげ》る空は帯の様に細いのです。日も月も、一日の間にホンの数分間しか、まともには照らないのです。その底からは昼間でも星が見える位です。不思議な冷い風が、絶えず吹きまくっています。

そういう峡谷の一つに、大地震以前まで、僕は住んでいたのです。建物の正面は丸の内のS通りに面していました。正面は明るくて立派なのです。併《しか》し、一度背面に廻ったら、別のビルディングと背中合わせで、お互《たがい》に殺風景な、コンクリート丸出しの、窓のある断崖が、たった二間巾《けんはば》程の通路を挟んで、向き合っています。都会の幽谷というのは、つまりその部分なのです。

ビルディングの部屋部屋は、たまには住宅兼用の人もありましたが、大抵は昼間丈《だ》けのオフィスで、夜は皆帰ってしまいます。昼間賑《にぎや》かな丈《だ》けに、夜の淋しさといったらありません。丸の内の真中で、ふくろが鳴くかと怪《あやし》まれる程、本当に深山の感じです。例のうしろ側の峡谷も、夜こそ文字通り峡谷です。

僕は、昼間は玄関番を勤め、夜はそのビルディングの地下室に寝泊りしていました。四五人泊り込みの仲間があったけれど、僕は絵が好きで、暇《ひま》さえあれば、独りぼっちで、カンヴァスを塗りつぶしていました。自然他《ほか》の連中とは口も利かない様な日が多かったのです。

その事件が起《おこ》ったのは、今いううしろ側の峡谷なのですから、そこの有様を少しお話しして置く必要があります。そこには建物そのものに、実に不思議な、気味の悪い暗合があったのです。暗合にしては、あんまりぴったり一致し過ぎているので、僕は、その建物を設計した技師の、気まぐれないたずらではないかと思ったものです。

というのは、其《その》二つのビルディングは、同じ位の大きさで、両方とも五階でしたが、表側や、側面は、壁の色なり装飾なり、まるで違っている癖《くせ》に、峡谷の側の背面丈《だ》けは、どこからどこまで、寸分《すんぶん》違わぬ作りになっていたのです。屋根の形から、鼠色の壁の色から、各階に四つずつ開いている窓の構造から、まるで写真に写した様に、そっくりなのです。若《も》しかしたら、コンクリートのひび割れまで、同じ形をしていたかも知れません。

その峡谷に面した部屋は、一日に数分間(というのはちと大袈裟《おおげさ》ですが)まあほんの瞬《また》くひましか日がささぬので、自然借り手がつかず、殊《こと》に一番不便な五階などは、いつも空《あき》部屋になっていましたので、僕は暇《ひま》なときには、カンヴァスと絵筆を持って、よくその空き部屋へ入《い》り込んだものです。そして、窓から覗《のぞ》く度毎《たびごと》に、向うの建物が、まるでこちらの写真の様に、よく似ていることを、不気味に思わないではいられませんでした。何か恐ろしい出来事の前兆みたいに感じられたのです。

そして、其《その》僕の予感が、間もなく的中する時が来たではありませんか。五階の北の端《はし》の窓で、首くくりがあったのです。しかも、それが、少し時を隔てて、三度も繰返《くりかえ》されたのです。

最初の自殺者は、中年の香料ブローカーでした。その人は初め事務所を借りに来た時から、何となく印象的な人物でした。商人の癖に、どこか商人らしくない、陰気な、いつも何か考えている様な男でした。この人はひょっとしたら、裏側の峡谷に面した、日のささぬ部屋を借りるかも知れないと思っていると、案《あん》の定《じょう》、そこの五階の北の端の、一番人里離れた（ビルディングの中で、人里はおかしいですが、如何《いか》にも人里離れたという感じの部屋でした）一番陰気な、随《したが》って室料も一番廉《やす》い二部屋続きの室《へや》を選んだのです。

そうですね、引越して来て、一週間もいましたかね、兎《と》に角極《かくご》く僅《わず》かの間でした。

その香料ブローカーは、独身者だったので、一方の部屋を寝室にして、そこへ安物のベッドを置いて、夜は、例の幽谷を見おろす、陰気な断崖の、人里離れた岩窟の様なその部屋に、独りで寝泊りしていました。そして、ある月のよい晩のこと、窓の外に出っ張っている、電線引込用の小さな横木に細引《ほそびき》をかけて、首を縊《くく》って自殺をしてしまったのです。

朝になって、その辺一帯を受持っている、道路掃除の人夫が、遥《はる》か頭の上の、断崖のてっぺんにブランブラン揺れている縊死者《いししゃ》を発見して、大騒ぎになりました。

彼が何故《なぜ》自殺をしたのか、結局分らないままに終りました。色々調べて見ても、別段事業が思わしくなかった訳《わけ》でも、借金に悩まされていた訳でもなく、独身者のこと故《ゆえ》、家庭的な煩悶《はんもん》があったというでもなく、そうかといって、痴情の自殺、例《たと》えば失恋という様なことでもなかったのです。

『魔がさしたんだ、どうも、最初来た時から、妙に沈み勝ちな、変な男だと思った』

人々はそんな風にかたづけてしまいました。一度はそれで済んでしまったのです。ところが、間もなく、その同じ部屋に、次の借手がつき、その人は寝泊りしていた訳ではありませんが、ある晩徹夜の調べものをするのだといって、その部屋にとじこもっていたかと思うと、翌朝は、又ブランコ騒ぎです。全く同じ方法で、首を縊って自殺をとげたのです。

やっぱり、原因は少しも分りませんでした。今度の縊死者は、香料ブローカーと違って、極く快活な人物で、その陰気な部屋を選んだのも、ただ室料が低廉《ていれん》だからという単純な理由からでした。

恐怖の谷に開いた、呪いの窓。その部屋へ入ると、何の理由もなく、ひとりでに死に度《た》くなって来るのだ。という怪談めいた噂《うわさ》が、ヒソヒソと囁《ささや》かれました。

三度目の犠牲者は、普通の部屋借り人ではありませんでした。そのビルディングの事務員に、一人の豪傑がいて、俺《おれ》が一つためして見ると云い出したのです。化物屋敷を探険でもする様な、意気込みだったのです」

青年が、そこまで話し続けた時、私は少々彼の物語に退屈を感じて、口をはさんだ。

「で、その豪傑も同じ様に首を縊ったのですか」

青年は一寸《ちよつと》驚いた様に、私の顔を見たが、

「そうです」

と不快らしく答えた。

「一人が首を縊ると、同じ場所で、何人も何人も首を縊る。つまりそれが、模倣の本能の恐ろしさだということになるのですか」

「アア、それで、あなたは退屈なすったのですね。違います。違います。そんなつまらないお話ではないのです」

青年はホッとした様子で、私の思い違いを訂正した。

「魔の踏切りで、いつも人死《ひとじに》があるという様な、あの種類の、ありふれたお話ではないのです」

「失敬しました。どうか先をお話し下さい」

私は慇懃《いんぎん》に、私の誤解を詫《わ》びた。

三

「事務員は、たった一人で、三晩というものその魔の部屋にあかしました。しかし何事もなかったのです。彼は悪魔払いでもした顔で、大威張《おおいば》りです。そこで、僕は云ってやりました。『あなたの寝た晩は、三晩とも、曇っていたじゃありませんか。月が出なかったじゃありませんか』とね」

「ホホウ、その自殺と月とが、何か関係でもあったのですか」

私はちょっと驚いて、聞き返した。

「エエ、あったのです。最初の香料ブローカーも、その次の部屋借り人も、月の冴えた晩に死んだことを、僕は気づいていました。月が出なければ、あの自殺は起らないのだ。それも、狭い峡谷に、ほんの数分間、白銀色《しろがねいろ》の妖光がさし込んでいる、その間に起るのだ。月光の妖術なのだ。と僕は信じきっていたのです」

青年は云いながら、おぼろに白い顔を上げて、月光に包まれた脚下の不忍池を眺めた。

そこには、青年の所謂《いわゆる》巨大な鏡に写った、池の景色が、ほの白く、妖《あや》しげに横わっていた。

「これです。この不思議な月光の魔力です。月光は、冷い火の様な、陰気な激情を誘発します。人の心が燐《りん》の様に燃え上るのです。その不可思議な激情が、例えば『月光の曲』を生むのです。詩人ならずとも、月に無常を教えられるのです。『芸術的狂気』という言葉が許されるならば、月は人を『芸術的狂気』に導くものではありますまいか」

青年の話術が、少々ばかり私を辟易《へきえき》させた。

「で、つまり、月光が、その人達を縊死《いし》させたとおっしゃるのですか」

「そうです。半ばは月光の罪でした。併《しか》し、月の光りが、直《ただち》に人を自殺させる訳《わけ》はありません。若《も》しそうだとすれば、今、こうして満身に月の光をあびている私達は、もうそろそろ、首を縊らねばならぬ時分ではありますまいか」

鏡に写った様に見える、青白い青年の顔が、ニヤニヤと笑った。私は、怪談を聞いている子供の様な、おびえを感じないではいられなかった。

「その豪傑事務員は、四日目の晩も、魔の部屋で寝たのです。そして、不幸なことには、その晩は月が冴えていたのです。

私は真夜半《まよなか》に、地下室の蒲団《ふとん》の中で、ふと目を覚まし、高い窓からさし込む月の光を見て、何かしらハッとして、思わず起き上りました。そして、寝間着《ねまき》のまま、エレベーターの横の、狭い階段を、夢中で五階まで駈け昇ったのです。真夜半のビルディングが、昼間の賑かさに引きかえて、どんなに淋しく、物凄いものだか、ちょっとご想像もつきますまい。何百という小部屋を持った、大きな墓場です。話に聞く、ローマのカタコムです。全くの暗闇ではなく、廊下の要所要所には、電灯がついているのですが、そのほの暗い光が一層恐ろしいのです。

やっと五階の、例の部屋にたどりつくと、私は、夢遊病者の様に、廃墟のビルディングを、さまよっている自分自身が怖くなって、狂気の様にドアを叩きました。その事務員の名を呼びました。

だが、中からは何の答えもないのです。私自身の声が、廊下にこだまして、淋しく消えて行く外《ほか》には。

引手を廻すと、ドアは難なく開《あ》きました。室内には、隅の大《おお》テーブルの上に、青い傘《かさ》の卓上電灯が、しょんぼりとついていました。その光で見廻しても、誰もいないのです。ベッドはからっぽなのです。そして、例の窓が、一杯に開かれていたのです。

窓の外には、向う側のビルディングが、五階の半ばから屋根にかけて、逃げ去ろうとする月光の、最後の光をあびて、おぼろ銀に光っていました。こちらの窓の真向うに、そっくり同じ形の窓が、やっぱりあけ放されて、ポッカリと黒い口を開いています。何もかも同じなのです。それが妖しい月光に照らされて、一層そっくりに見えるのです。

僕は恐ろしい予感に顫《ふる》えながら、それを確《たし》か める為に、窓の外へ首をさし出したのですが、直《す》ぐその方を見る勇気がないものだから、先ず遙かの谷底を眺めました。月光は向う側の建物のホンの上部を照らしているばかりで、建物と建物との作るはざまは、真暗に奥底も知れぬ深さに見えるのです。

それから、僕は、云うことを聞かぬ首を、無理に、ジリジリと、右の方へねじむけて行きました。建物の壁は、蔭になっているけれど、向側《むこうがわ》の月あかりが反射して、物の形が見

たものが、予期していたものが、果して、予期していたものが、

そこに現われて来ました。黒い洋服を着た男の足です。ダラリと垂れた手首です。伸び切った上半身です。深くくびれた頸です。二つに折れた様に、ガックリと垂れた頭です。豪傑事務員は、やっぱり月光の妖術にかかって、そこの電線の横木に首を吊っていたのでした。

僕は大急ぎで、窓から首を引《ひっ》こめました。僕自身妖術にかかっては大変だと思ったのかも知れません。ところが、その時です。首を引こめようとして、ヒョイと向側を見ると、そこの、同じ様にあけはなされた窓から、真黒な四角な穴から、人間の顔が覗いていたではありませんか。その顔丈《だ》けが月光を受けて、クッキリと浮上っていたのです。月の光の中でさえ、黄色く見える、しぼんだ様な、寧《むし》ろ畸形《きけい》な、いやないやな顔でした。そいつが、じっとこちらを見ていたではありませんか。

僕はギョッとして、一瞬間、立ちすくんでしまいました。余り意外だったからです。なぜといって、まだお話《はなし》しなかったかも知れませんが、その向側のビルディングは、所有者と担保《たんぽ》に取った銀行との間に、もつれた裁判事件が起っていて、其《その》当時は、全く空家になっていたからです。人っ子一人住んでいなかったからです。

真夜半の空家に人がいる。しかも、問題の首吊りの窓の真正面の窓から、黄色い、物《もの》の

怪《け》の様な顔を覗かせている。ただ事ではありません。若《も》しかしたら、僕は幻《まぼろし》を見ているのではないかしら。そして、あの黄色い奴の妖術で、今にも首が吊り度《た》くなるのではないかしら。

ゾーッと、背中に水をあびた様な恐怖を感じながらも、僕は向側の黄色い奴から目を離しませんでした。よく見ると、そいつは痩《や》せ細った、小柄の、五十位《ぐらい》の爺《じい》さんなのです。爺さんは、じっと僕の方を見ていましたが、やがて、さも意味ありげに、ニヤリと大きく笑ったかと思うと、ふっと窓の闇の中へ見えなくなってしまいました。その笑い顔のいやらしかったこと。まるで相好《そうごう》が変って、顔中が皺《しわ》くちゃになって、口丈《だ》けが、裂ける程、左右に、キューッと伸びたのです」

四

「翌日、同僚や、別のオフィスの小使爺さんなどに尋ねて見ましたが、あの向側のビルディングが空家で、夜は番人さえいないことが明かになりました。やっぱり僕は幻を見たのでしょうか。

三度も続いた、全《まった》く理由のない、奇怪千万な自殺事件については、警察でも、一応は取調べましたけれど、自殺ということは、一点の疑いもないのですから、ついそのままになってしまいました。併《しか》し僕は理外の理を信じる気にはなれません。あの部屋で寝るものが、揃いも揃って、気違いになったという様な荒唐無稽《こうとうむけい》な解釈では満足が出来ません。あの黄色い奴が曲物《くせもの》だ。あいつが三人の者を殺したのだ。丁度《ちょうど》首吊りのあった晩、同じ真向うの窓から、あいつが覗いていた。そして、意味ありげにニヤニヤ笑っていた。そこに何かしら恐ろしい秘密が伏在《ふくざい》しているのだ。僕はそう思い込んでしまったのです。

ところが、それから一週間程たって、僕は驚くべき発見をしました。

ある日の事、使いに出た帰りがけ、例の空きビルディングの表側の大通りを歩いていますと、そのビルディングのすぐ隣に、三菱何号館とか云う、古風な煉瓦《れんが》作りの、小型の、長屋風の貸事務所が並んでいるのですが、そのとある一軒の石段をピョイピョイと飛ぶ様に昇って行く、一人の紳士が、僕の注意を惹《ひ》いたのです。

それはモーニングを着た、小柄の、少々猫背《ねこぜ》の、老紳士でしたが、横顔にどこか見覚えがある様な気がしたので、立止って、じっと見ていますと、紳士は事務所の入口で、靴を拭きながら、ヒョイと、僕の方を振り向いたのです。僕はハッとばかり、息が止まる様な驚きを感じました。なぜって、その立派な老紳士が、いつかの晩、空ビルディングの窓から覗いていた、黄色い顔の怪物と、そっくりそのままだったからです。

紳士が事務所の中へ消えてしまってから、そこの金看板《きんかんばん》を見ると、目羅《めら》眼科、医学博士《はかせ》目羅聊齋《りょうさい》と記《しる》してありました。僕はその辺にいた車夫を捉《とら》えて、今入って行ったのが目羅博士その人であることを確めました。

医学博士ともあろう人が、真夜中、空ビルディングに入り込んで、しかも首吊り男を見て、ニヤニヤ笑っていたという、この不可思議な事実を、どう解釈したらよいのでしょう。僕は烈《はげ》しい好奇心を起さないではいられませんでした。それからというもの、僕はそれとなく、出来る丈《だ》け多くの人から、目羅聊齋の経歴なり、日常生活なりを聞き出そうと力《つと》めました。

目羅氏は古い博士の癖に、余り世にも知られず、お金儲けも上手でなかったと見え、老年になっても、そんな貸事務所などで開業していた位ですが、非常な変り者で、患者の取扱いなども、いやに不愛想で、時としては気違いめいて見えることさえあるということでした。奥さんも子供もなく、ずっと独身を通して、今も、その事務所を住いに兼用して、そこに寝泊りしているということも分りました。又、彼は非常な読書家で、専門以外の、古めかしい哲学書だとか、心理学や犯罪学などの書物を、沢山《たくさん》持っているという噂も聞き込みました。

『あすこの診察室の奥の部屋にはね、ガラス箱の中に、ありとあらゆる形の義眼が、ズラリと並べてあって、その何百というガラスの目玉が、じっとこちらを睨《にら》んでいるのだよ。義眼もあれ丈《だ》け並ぶと、実に気味の悪いものだね。それから、眼科にあんなものがどうして必要なのか、骸骨《がいこつ》だとか、等身大の蠟《ろう》人形などが、二つも三つも、ニョキニョキと立っているのだよ』

僕のビルディングのある商人が、目羅氏の診察を受けた時の奇妙な経験を聞かせてくれました。

僕はそれから、暇さえあれば、博士の動静に注意を怠《おこた》りませんでした。一方、空ビルディングの、例の五階の窓も、時々こちらから覗いて見ましたが、別段変ったこともありません。黄色い顔は一度も現われなかったのです。

どうしても目羅博士が怪しい。あの晩向側の窓から覗いていた黄色い顔は、博士に違いない。だが、どう怪しいのだ。若《も》しあの三度の首吊りが自殺でなくて、目羅博士の企らんだ殺人事件であったと仮定しても、では、なぜ、如何《いか》なる手段によって、と考えて見ると、パッタリ行詰《いきづ》まってしまうのです。それでいて、やっぱり目羅博士が、あの事件の加害者の様に思われて仕方がないのです。

毎日毎日僕はそのことばかり考えていました。ある時は、博士の事務所の裏の煉瓦塀《れんが》によじ昇って、窓越しに、博士の私室を覗いたこともあります。その私室に、例の骸骨だとか、蠟人形《ろうにんぎょう》だとか、義眼のガラス箱などが置いてあったのです。

でもどうしても分りません。峡谷を隔てた、向側のビルディングから、どうしてこちらの部屋の人間を、自由にすることが出来るのか、分り様がないのです。催眠術？　イヤ、それは駄目です。死という様な重大な暗示は、全く無効だと聞いています。

ところが、最後の首吊りがあってから、半年程たって、やっと僕の疑いを確める機会がやって来ました。例の魔の部屋に借り手がついたのです。借り手は大阪《おおさか》から来た人で、怪しい噂を少しも知りませんでしたし、ビルディングの事務所にしては、少しでも室料の稼《かせ》ぎになることですから、何も云わないで、貸してしまったのです。まさか、半年もたった今頃、また同じことが繰返されようとは、考えもしなかったのでしょう。

併《しか》し、少《すく》くも僕丈《だ》けは、この借手も、きっと首を吊るに違いないと信じきっていました。そして、どうかして、僕の力で、それを未然に防ぎたいと思ったのです。

その日から、仕事はそっちのけにして、目羅博士の動静ばかりうかがっていました。そして、僕はとうとう、それを嗅《か》ぎつけたのです。博士の秘密を探り出したのです」

五

「大阪の人が引越して来てから、三日目の夕方のこと、博士の事務所を見張っていた僕は、彼が何か人目を忍ぶ様にして、往診の鞄《かばん》も持たず、徒歩で外出するのを見逃がしませんでした。無論《むろん》尾行したのです。すると、博士は意外にも、近くの大ビルディングの中にある、有名な洋服店に入って、沢山の既製品の中から、一着の背広服を選んで買求め、そのまま事務所へ引返しました。

いくらはやらぬ医者だからといって、博士自身がレディメードを着る筈《はず》はありません。といって、書生に着せる服なれば、何も主人の博士が、人目を忍んで買いに行くことはないのです。こいつは変だぞ。一体あの洋服を何に使うのだろう。僕は博士の消えた事務所の入口を、うらめしそうに見守りながら、暫《しばら》く佇《たたず》んでいましたが、ふと気がついたのは、あさっきお話した、裏の塀に昇って、博士の私室を隙見《すきみ》することです。ひょっとしたら、あの部屋で、何かしているのが見られるかも知れない。と思うと、僕はもう、事務所の裏側へ駈け出していました。

塀にのぼって、そっと覗いて見ると、やっぱり博士はその部屋にいたのです。しかも、実に異様な事をやっているのが、ありありと見えたのです。

黄色い顔のお医者さんが、そこで、何をしていたと思います。蠟人形にね、ホラさっきお話した等身大の蠟人形ですよ。あれに、今買って来た洋服を着せていたのです。それを何百というガラスの目玉が、じっと見つめていたのです。

探偵小説家のあなたには、ここまで云えば、何もかもお分りになったことでしょうね。僕もその時、ハッと気がついたのです。そして、その老医学者の余りにも奇怪な着想に、驚嘆してしまったのです。

蠟人形に着せられた既製洋服は、なんと、あなた、色合から縞柄《しまがら》まで、例の魔の部屋の新しい借手の洋服と、寸分違わなかったではありませんか。博士はそれを、沢山の既製品の中から探し出して、買って来たのです。

もうぐずぐずしてはいられません。丁度《ちょうど》月夜の時分でしたから、今夜にも、あの恐ろしい椿事《ちんじ》が起るかも知れません。何とかしなければ、何とかしなければ。僕は地《じ》だんだを踏む様にして、頭の中を探し廻りました。そして、ハッと、我ながら驚く程の、すばらしい手段を思いついたのです。あなたもきっと、それをお話ししたら、手を打って感心して下さるでしょうと思います。

僕はすっかり準備をととのえて夜になるのを待ち、大きな風呂敷《ふろしき》包みを抱えて、魔の部屋へと上って行きました。新来の借手は、夕方には自宅へ帰ってしまうので、ドアに鍵がかかっていましたが、用意の合鍵でそれを開けて、部屋に入り、机によって、夜の仕事に取りかかる風を装いました。例の青い傘の卓上電灯が、その部屋の借手になりすました私の姿を照らしています。服は、その人のものとよく似た縞柄のを、同僚の一人が持っていましたので、僕はそれを借りて着込んでいたのです。髪の分け方なども、その人に見える様に注意したことは云うまでもありません。そして、例の窓に背中を向けてじっとしていました。

云うまでもなく、それは、向うの窓の黄色い顔の奴に、僕がそこにいることを知らせる為ですが、僕の方からは、決してうしろを振向かぬ様にして、相手に存分《ぞんぶん》隙を与える工風《くふう》をしました。

三時間もそうしていたでしょうか。果して僕の想像が的中するかしら。そして、こちらの計画がうまく奏効《そうこう》するだろうか。実に待遠《まちどお》しい、ドキドキする三時間でした。もう振向こうか、もう振向こうかと、辛抱《しんぼう》がし切れなくなって、幾度《いくど》頸を廻しかけたか知れません。が、とうとうその時機が来たのです。

腕時計が十時十分を指していました。ホウ、ホウと二声、梟《ふくろう》の鳴声が聞えたのです。ハハア、これが合図だな、梟の鳴声で、窓の外を覗かせる工夫《くふう》だな。丸の内の真中《まんなか》で梟の声がすれば、誰しもちょっと覗いて見たくなるだろうからな。と悟ると、僕はもう躊躇《ちゆうちよ》せず、椅子《いす》を立って、窓際へ近寄りガラス戸を開きました。

向側の建物は、一杯に月の光をあびて、銀鼠色《ぎんねずいろ》に輝いていました。前にお話しした通り、それがこちらの建物と、そっくりそのままの構造なのです。何という変な気持でしょう。こうしてお話ししたのでは、とても、あの気違いめいた気持は分りません。突然、眼界一杯の、べら棒に大きな、鏡の壁が出来た感じです。その鏡に、こちらの建物が、そのまま写っている感じです。構造の相似の上に、月光の妖術が加わって、そんな風に見せるのです。

僕の立っている窓は、真正面に見えています。ガラス戸の開《あい》ているのも同じです。それから、僕自身は……オヤ、この鏡は変だぞ。僕の姿丈《だ》け、のけものにして、写してくれないのかしら。……ふとそんな気持になるのです。ならないではいられぬのです。そこに身の毛もよだつ陥穽《かんせい》があるのです。

ハテナ、俺はどこに行ったのかしら。確かにこうして、窓際に立っている筈《はず》だが。キョロキョロと向うの窓を探します。探さないではいられぬのです。

すると、僕は、ハッと、僕自身の影を発見します。併《しか》し、窓の中ではありません。外の壁の上にです。電線用の横木から、細引でぶら下った自分自身をです。

『アア、そうだったか。俺はあすこにいたのだった』

こんな風に話すと、滑稽《こっけい》に聞えるかも知れませんね。あの気持は口では云えません。悪夢です。そうです。悪夢の中で、そうする積《つも》りはないのに、ついそうなってしまう、あの気持です。鏡を見ていて、自分は目を開《あ》いているのに、鏡の中の自分が、目をとじていたとしたら、どうでしょう。自分も同じ様に目をとじないではいられなくなるのではありませんか。

で、つまり鏡の影と一致させる為に、僕は首を吊らずにはいられなくなるのです。向側では自分自身が首を吊っている。それに、本当の自分が、安閑《あんかん》と立ってなぞいられないのです。

首吊りの姿が、少しも怖《おそろ》しくも醜《みにく》くも見えないのです。ただ美しいのです。絵なのです。自分もその美しい絵になり度《た》い衝動を感じるのです。

若《も》し月光の妖術の助けがなかったら、目羅博士の、この幻怪なトリックは、全く無力であったかも知れません。

無論お分りのことと思いますが、博士のトリックというのは、例の蠟人形に、こちらの部屋の住人と同じ洋服を着せて、こちらの電線横木と同じ場所に木切れをとりつけ、そこへ細引でブランコをさせて見せるという、簡単な事柄に過ぎなかったのです。

全く同じ構造の建物と、妖しい月光とが、それにすばらしい効果を与えたのです。

このトリックの恐ろしさは、予《あらかじ》めそれを知っていた僕でさえ、うっかり窓枠へ片足をかけて、ハッと気がついた程でした。

僕は麻酔から醒める時と同じ、あの恐ろしい苦悶と戦いながら、用意の風呂敷包みを開いて、じっと向うの窓を見つめてました。

何と待遠しい数秒間——だが、僕の予想は的中しました。僕の様子を見る為《た》めに、向うの窓から、例の黄色い顔が、即《すなわ》ち目羅博士が、ヒョイと覗いたのです。

待ち構えていた僕です。その一刹那《せつな》を捉えないでどうするものですか。

風呂敷の中の物体を、両手で抱き上げて、窓枠の上へ、チョコンと腰かけさせました。

それが何であったか、ご存じですか。やっぱり蠟人形なのですよ。僕は、例の洋服屋からマネキン人形を借り出して来たのです。

それに、モーニングを着せて置いたのです。目羅博士が常用しているのと、同じ様な奴をね。

その時月光は谷底近くまでさし込んでいましたので、その反射で、こちらの窓も、ほの白く、物の姿はハッキリ見えたのです。

僕は果し合いの様な気持で、向うの窓の怪物を見つめていました。畜生《ちくしょう》、これでもか、これでもかと、心の中でりきみながら。

するとどうでしょう。人間はやっぱり、猿と同じ宿命を、神様から授かっていたのです。小柄

目羅博士は、彼自身が考え出したトリックと、同じ手にかかってしまったのです。小柄の老人は、みじめにも、ヨチヨチと窓枠をまたいで、こちらのマネキンと同じ様に、そこへ腰かけたではありませんか。

僕は人形使いでした。

マネキンのうしろに立って、手を上げれば、向うの博士も手を上げました。

足を振れば、博士も振りました。

そして、次に、僕が何をしたと思います。

ハハハ……、人殺しをしたのですよ。

窓枠に腰かけているマネキンを、うしろから、力一杯つきとばしたのです。人形はカランと音を立てて、窓の外へ消えました。

と殆《ほとん》ど同時に、向側の窓からも、こちらの影の様に、モーニング姿の老人が、スーッと風を切って、遥かの遥かの谷底へと、墜落して行ったのです。

そして、クシャッという、物をつぶす様な音が、幽《かす》かに聞えて来ました。

……目羅博士は死んだのです。

僕は、嘗《か》っての夜、黄色い顔が笑った様な、あの醜い笑いを笑いながら、右手に握っていた紐《ひも》を、たぐりよせました。スルスルと、紐について、借り物のマネキン人形が、窓枠を越して、部屋の中へ帰って来ました。

それを下へ落してしまって、殺人の嫌疑をかけられては大変ですからね」

語り終って、青年は、その黄色い顔の博士の様に、ゾッとする微笑を浮べて、私をジロジロと眺めた。

「目羅博士の殺人の動機ですか。それは探偵小説家のあなたには、申し上げるまでもないことです。何の動機がなくても、人は殺人の為に殺人を犯すものだということを、知り抜いていらっしゃるあなたにはね」

青年はそう云いながら、立上《たちあが》って、私の引留める声も聞えぬ顔に、サッサと向うへ歩いて行ってしまった。

私は、もやの中へ消えて行く、彼のうしろ姿を見送りながら、さんさんと降りそそぐ月光をあびて、ボンヤリと捨石《すていし》に腰かけたまま動かなかった。

青年と出会ったことも、彼の物語も、はては青年その人さえも、彼の所謂《いわゆる》「月光の妖術」が生み出した、あやしき幻ではなかったのかと、あやしみながら。

（「文藝倶楽部」昭和六年四月増刊号）

蟲

一

この話は、柾木愛造《まさきあいぞう》と木下芙蓉《きのしたふよう》との、あの運命的な再会から出発すべきであるが、それについては、先《ま》ず男主人公である柾木愛造の、いとも風変りな性格について、一言《いちごん》して置かねばならぬ。

柾木愛造は、既《すで》に世を去った両親から、幾何《いくばく》の財産を受継《うけつ》いだ一人息子で、当時二十七歳の、私立大学中途退学者で、独身の無職者であった。ということは、あらゆる貧乏人、あらゆる家族所有者の、羨望《せんぼう》の的《まと》である所の、此上《このうえ》もなく安易で自由な身の上を意味するのだが、柾木愛造は不幸にも、その境涯《きょうがい》を楽しんで行くことが出来なかった。彼は世に類《たぐい》もあらぬ厭人病者《えんじんびょうしゃ》であったからである。

彼のこの病的な素質は、一体全体どこから来たものであるか、彼自身にも不明であったが、その徴候《ちょうこう》は、既《すで》に已に、彼の幼年時代に発見することが出来た。彼は人間の顔さえ見れば、何の理由もなく、眼に一杯涙が湧《わ》き上った。そして、その内気さを隠す為に、あらぬ天井を眺めたり、手《て》の平《ひら》を使って、誠に不様《ぶざま》な恥かしい格好をしなければならなかった。隠そうとすればする程、それを相手に見られているかと思うと、一層おびただしい涙がふくれ上って来て、遂《つい》には、「ワッ」と叫んで、気違いになってしまうより、どうにもこうにも仕方がなくなる。といった感じであった。彼は肉親の父親に対しても、家《うち》の召使《めしつかい》に対しても、時とすると母親に対してさえ、この不可思議な羞恥《しゅうち》を感じた。随《したが》って彼は人間を避けた。人間が懐《なつか》しい癖《くせ》に、彼自身の恥ずべき性癖を恐れるが故《ゆえ》に、人間を避けた。そして、薄暗い部屋の隅にうずくまって、身のまわりに、積木のおもちゃなどで、可憐《かれん》な城壁を築いて、独りで幼い即興詩を呟《つぶや》いている時、僅《わず》かに安易な気持になれた。

年長《としちょう》じて、小学校という不可解な社会生活に入って行かねばならなかった時、彼はどれ程か当惑し、恐怖を感じたことであろう。彼は誠に異様な小学生であった。母親に彼の厭人癖を悟られることが堪《た》え難《がた》く恥しかったので、独りで学校へ行くことは行ったけれど、そこでの人間との戦いは実に無残なものであった。先生や同級生に物を云われても、涙ぐむ外《ほか》に何の術《すべ》をも知らなかったし、受持の先生が他級の先生と話をしている内に、柾木愛造という名前が洩《も》れ聞えた丈《だ》けで、彼はもう涙ぐんでしまう程であった。

中学、大学と進むに従って、このいむべき病癖は、少しずつ薄らいでは行ったけれど、小学時代は全期間の三分の一は病気をして、病後の養生《ようじょう》にかこつけて学校を休んだし、中学時代には、一年の内半分程は仮病を使って登校をせず、書斎をしめ切って、家人の這入《はい》って来ない様にして、そこで小説本と、荒唐無稽《こうとうむけい》な幻想の中《うち》に、うつらうつらと日を暮らしていたものだし、大学時代には、進級試験を受ける時の外《ほか》は、殆《ほとん》ど教室に這入《はい》ったことがなく、と云って、他の学生の様に様々な遊びに耽《ふけ》るでもなく、自宅の書庫の、買い集めた異端の書物の塵《ちり》に埋《うず》まって、併《しか》し、それらの書物を読むというよりは、虫の食った青表紙や、十八世紀の洋紙や皮表紙の匂《にお》いをかぎ、それらの醸《かも》し出す幻怪な大気の中で、益々《ますます》嵩《こう》じて来た病的な空想に耽り、昼と夜との見境《みさかい》のない生活を続けていたものである。

その様な彼であったから、後《のち》に述べるたった一人の友達を除いては、まるで友達というものがなかったし、友達のない程の彼に、恋人のあろう筈《はず》もなかった。人一倍優しい心を持ちながら、彼に友達も恋人もなかったことを、何と説明したらよいのであろう。彼とても、友情や恋をあこがれぬではなかった。濃《こま》やかな友情や甘い恋の話を聞いたり読んだりした時には、若《も》し自分もそんな境涯であったなら、どんなにか嬉しかろうと、羨《うらや》まぬではなかった。だが、仮令《たとい》彼の方で友愛なり恋なりを感じても、それを相手に通じるまでに、どうすることも出来ぬ障害物《しょうがいぶつ》が、まるで壁の様に立ちはだかっていた。

柾木愛造には、彼以外の人間という人間が、例外なく意地悪に見えた。彼の方で懐しがって近寄って行くと、相手は忠臣蔵《ちゅうしんぐら》の師直《もろなお》の様に、ついとそっぽを向くかと思われた。中学生の時分、汽車や電車の中などで、二人連れの話し合っている様子を見て、屡々《しばしば》驚異を感じた。彼等の内一人が熱心に喋《しゃべ》り出すと、聞手《ききて》の方は、さもさも冷淡な表情で、そっぽを向いて、窓の外の景色を眺めたりしている。時たま思い出した様に合点《がってん》合点をするけれど、滅多《めった》に話手《はなして》の顔を見はしない。そして、一方が黙ると、今度は冷淡な聞手だった方が、打って変って熱心な口調で話し出す。すると、前の話手は、ついとそっぽを向いて、俄《にわ》かに冷淡になってしまう。それが人間の会話の常態《じょうたい》であることを悟るまでに、彼は長い年月《としつき》を要した程である。これは些細《ささい》な一例でしかないけれど、総《すべ》てこの例によって類推出来る様な人間の社交上の態度が、内気な彼を沈黙させるに充分であった。彼は又、社交会話に洒落《しゃれ》(彼によればその大部分が、不愉快《ふゆかい》な駄洒落《だじゃれ》でしかなかったが)というものの存在するのが、不思議で仕様がなかった。洒落と意地悪とは同じ種類のものであった。彼は、彼が何かを喋っている時、相手の目が少しでも彼の目をそれて、外《ほか》の事を考えていると悟ると、もうあとを喋る気がしない程、内気者であった。言葉を換えて云うと、それ程彼は愛について貪婪《どんらん》であった。そして、余りに貪婪であるが故《ゆえ》に、彼は他人を愛することが、社交生活を営《いとな》むことが出来なかったのであるかも知れない。

だが、それればかりではなかった。もう一つのものがあった。卑近《ひきん》な実例を上げるならば、彼は幼少の頃、女中の手を煩《わずら》わさないで、自分で床《とこ》を上げたりすると、その時分まだ生きていた祖母が、「オオ、いい子だいい子だ」と云って御褒美《ごほうび》を呉《く》れたりしたものであるが、そうして褒《ほ》められることが、身内が熱くなる程、恥しくて、いやでいやで、褒めてくれる相手に、極度の憎悪《ぞうお》を感じたものである。引いては、愛することも、愛されることも、「愛」という文字そのものすらが、一面ではあこがれながらも、他の一面では、身体《からだ》がキューッとねじれて来る程も、何とも形容し難《がた》い、いやあない、いやあな感じであった。これは彼が、所謂《いわゆる》自己嫌悪、肉親憎悪、人間憎悪等《とう》の一連《いちれん》の特殊な感情を、多分に附与《ふよ》されていたことを語るものであるかも知れない。彼と彼以外の凡《すべ》ての人間とは、まるで別種類の生物である様に思われて仕方がなかった。この世界の人間共の、意地悪の癖に、あつかましくて、忘れっぽい陽気さが、彼には不思議でたまらなかった。彼はこの世に於《おい》て、全く異国人であった。彼は謂《い》わば、どうかした拍子《ひょうし》で、別の世界へ放り出された、たった一匹の、孤独な陰獣《いんじゅう》でしかなかった。

その様な彼が、どうしてあんなにも、死にもの狂いな恋を為《な》し得《え》たか。不思議と云えば不思議であるが、だが、考え方によっては、その様な彼であったからこそ、あれ程の、物狂わしい、人外境《じんがいきょう》の恋が出来たのだとも、云えないことはない。彼の恋にあっては、愛と憎悪とは、最早《もは》や別々のものではなかったのだから。併《しか》し、それは後に語るべき事柄である。

幾何《いくばく》の財産を残して両親が相ついで死んだあとは、家族に対する見得《みえ》や遠慮の為《た》めに、苦痛をしのんで続けていた、ほんの僅《わず》かばかりの社会的な生活から、彼は完全に逃れることが出来た。それを簡単に云えば、彼は何の未練もなく私立大学を退校して、土地と家屋を売払い、予《か》ねて目星をつけて置いた郊外の、淋《さび》しいあばら家へと引移ったのである。かよ様《よう》にして、彼は学校という社会から、又、隣近所という社会から、全く姿をくらましてしまうことが出来た。人間である以上は、どこへ移ったところで、全然社会を無視して生存することは出来ないのだけれど、柾木愛造が、最も厭《いと》ったのは、彼の名前なり為人《ひととなり》を知っている、見知り越しの社会であったから、隣近所に一人も知合いのない、淋しい郊外へ移住したことは、その当座、彼に「人間社会を逃れて来た」という、やや安易な気持を与えたものである。

その郊外の家というのは、向島《むこうじま》の吾妻橋《あづまばし》から少し上流のKという町にあった。そこは近くに安待合《やすまちあい》や、貧民窟がかたまってい、河一つ越せば浅草《あさくさ》公園という盛《さか》り場《ば》をひかえているにも拘《かかわ》らず、思いもかけぬ所に、広い草原《くさはら》があったり、ひょっこり釣堀の毀《こわ》れかかった小屋が立っていたりする、妙に混雑と閑静《かんせい》とを混ぜ合わせた様な区域であったが、そのとある一廓《いっかく》に（このお話は大地震よりは余程以前のことだから）立ち腐れになった様な、化《ば》け物《もの》屋敷同然の、だだっ広い屋敷があって、柾木愛造は、いつか通りすがりに見つけておいて、それを借受けたのであった。

毀《こわ》れた土塀や生垣で取まいた、雑草のしげるにまかせた広い庭の真中《まんなか》に、壁の落ちた大きな土蔵がひょっこり立っていて、その脇に、手広くはあるけれど、殆《ほとん》ど住むに耐えない程、荒れ古びた母屋《おもや》があった。だが、彼にとっては、母屋なんかはどうでもよかったので、彼がこの化物屋敷に住む気になったのは、一つにその古めかしい土蔵の魅力によってであった。厚い壁でまぶしい日光をさえぎり、外界の音響を遮断した、樟脳《しょうのう》臭い土蔵の中に、独りぼっちで住んでみたいというのは、彼の長年のあこがれであった。丁度《ちょうど》貴婦人が厚いヴェイルで彼女の顔を隠す様に、彼は土蔵の厚い壁で、彼自身の姿を、世間の視線から隠してしまいたかったのである。

彼はその土蔵の二階に畳《たたみ》を敷きつめて、愛蔵の異端の古書や、横浜《よこはま》の古道具屋で手に入れた、等身大の木彫《きぼり》の仏像や、数個の青ざめたお能の面などを持込んで、そこに彼の不思議な檻《おり》を造りなした。北と南の二方丈《だ》けに開かれた、たった二つの、小さな鉄棒をはめた窓が、凡《すべ》ての光源であったが、それを更《さ》らに陰気にする為に、彼は南の窓の鉄の扉を、ぴっしゃりと締切ってしまった。それ故、その部屋には、年中一分《いちぶ》の陽光さえも直射することはなかった。これが彼の居間であり、書斎であり、寝室であった。

階下は板張りのままにして、彼のあらゆる所有品を、祖先伝来の丹《に》塗《ぬ》りの長持《ながもち》や、紋《もん》章《しょう》の様な錠前《じょうまえ》のついたいかめしい簞笥《たんす》や、虫の食った鎧櫃《よろいびつ》や、不用の書物をつめた本箱や、その他《ほか》様々のがらくた道具を、滅茶苦茶《めちゃくちゃ》に置き並べ積重ねた。

母屋の方は十畳の広間と、台所脇の四畳半との畳替えをして、前者を滅多に来ない客の為の応接間に備え、後者は炊事に傭《やと》った老婆の部屋に当てた。彼はそうして、客にも傭婆《やといばあ》さんにも、土蔵の入口にすら近寄らせない用意をした。土蔵の出入口の、厚い土の扉には、内からも外からも錠を卸《おろ》す仕掛けにして、彼がその二階にいる時は、内側から、外出の際は外側から、戸締りが出来る様になっていた。それは謂《い》わば、怪談の明かずの部屋に類《るい》するものであった。

傭婆さんは、家主の世話で、殆《ほとん》ど理想に近い人が得られた。身寄りのない六十五歳の年寄りであったが、耳が遠い外《ほか》には、これという病気もなく、至極まめまめした、小綺麗《こぎれい》な老人であった。何より有難いのは、そんな婆さんにも似合わず、楽天的な呑気者《のんきもの》で、主人が何者であるか、彼が土蔵の中で何をしているか、という様なことを、猜疑《さいぎ》し穿鑿《せんさく》しなかったことである。彼女は所定の給金をきちんきちんと貰《もら》って、炊事の暇々《ひまひま》には、草花をいじったり、念仏を唱えたりして、それですっかり満足している様に見えた。

云うまでもなく、柾木愛造は、その土蔵の二階の、昼だか夜だか分らない様な、薄暗い部屋で、彼の多くの時間を費《ついや》した。赤茶けた古書の頁《ページ》をくって一日をつぶすこともあった。

ひねもす部屋の真中に仰臥《ぎょうが》して、仏像や壁にかけたお能の面を眺めながら、不可思議な幻想に耽ることもあった。そうしていると、いつともなく日が暮れて、頭の上の小さな窓の外の、黒天鵞絨《くろびろうど》の空に、お伽噺《とぎばなし》の様な星がまたたいていたりした。

暗くなると、彼は机の上の燭台《しょくだい》に火をともして、夜更《よふ》けまで読書をしたり、奇妙な感想文を書き綴《つづ》ったりすることもあったが、多くの夜は、土蔵の入口に錠を卸《おろ》して、どこともなくさまよい出るのがならわしになっていた。極端な人厭《ひとぎら》いの彼が、盛り場を歩き廻ることを好んだというのは、甚《はなは》だ奇妙だけれど、彼は多くの夜、河一つ隔《へだ》てた浅草公園に足を向けたものである。だが、人嫌いであったからこそ、話しかけたり、じろじろと顔を眺めたりしない、漠然たる群集を、彼は一層愛したのであったかも知れぬ。その様な群集は、彼にとって、局外から観賞すべき、絵や人形にしか過ぎなかったし、又、夜の人波にもまれていることは、土蔵の中にいるよりも、却《かえ》って人目を避ける所以《ゆえん》でもあったのだから。人は、無関心な群集のただ中で、最も完全に彼自身を忘れることが出来た。群集こそ、彼にとってこよなき隠れ簑であった。そして、柾木愛造のこの群集好きは、あの芝居のはね時を狙って、木戸口をあふれ出る群集に混って歩くことによって、僅《わず》かに夜更けの淋しさをまぎらしていた。ポオのMan of crowd の一種不可思議な心持とも、相通ずる所のものであった。

さて、冒頭に述べた、柾木愛造と木下芙蓉との、運命的な邂逅《かいこう》というのは、この土蔵の家に引移ってから、二年目、彼がこの様な風変りな生活の中《うち》に、二十七歳の春を迎えて間もない頃、淀《よど》んだ生活の沼の中に、突然石を投じたように、彼の平静をかき乱した所の、一つの重大な出来事だったのである。

二

先にも一寸《ちょっと》触れて置いたが、かくも人厭《ひとぎら》いな柾木愛造にも、例外として、たった一人の友達があった。それは、実業界に一寸名を知られた父の威光《いこう》で、ある商事会社の支配人を勤めている、池内光太郎《いけうちこうたろう》という、柾木と同年輩の青年紳士であったが、あらゆる点が柾木とは正反対で、明るい、社交上手な、物事を深く掘下げて考えない代りには、末端の神経はかなりに鋭敏で、人好きのする、好男子であった。彼は柾木と家も近く小学校も同じだった関係で、幼少の頃から知合いであったが、お互《たがい》が青年期に達した時分、柾木の不可思議な思想なり言動なりを、それが彼にはよく分らない丈《だ》けに、すっかり買いかぶってしまって、それ以来引続き、柾木の様な哲学者めいた友達を持つことを、一種の見得《みえ》にさえ感じて、柾木の方では寧《むし》ろ避ける様にしていたにも拘《かかわ》らず、繁々《しげしげ》と彼を訪ねては、少しばかり見当違いな議論を吹きかけることを楽しんでいたのである。また、華やかな社交に慣れた彼にとっては、柾木の陰気な書斎や、柾木の人間そのものが、こよなき休息所であり、オアシスでもあったのだ。

その池内光太郎が、ある日、柾木の家の十畳の客間で、(柾木はこの唯一の友達をさえ、土蔵の中へ入れなかった)柾木を相手に、彼の華やかな生活の一断面を吹聴《ふいちょう》している内に、ふと次の様なことを云い出したのである。

「僕は最近、木下芙蓉って云う女優と近づきになったがね。一寸《ちょっと》美しい女なんだよ」彼はそこで一種の微笑を浮べて、柾木の顔を見た。それはここに云う「近づき」とは、文字のままの「近づき」でないことを意味するものであった。「まあ聞き給《たま》え、この話は君にとっても一寸興味があり相《そう》なんだから。と云うのは、その木下芙蓉の本名が木下文子《ふみこ》なんだ。君、思い出さないかい。ホラ、小学校時代僕等《ぼくら》がよくいたずらをした、あの美しい優等生の女の子さ。たしか、僕達より三年ばかり下の級だったが」

そこまで聞くと、柾木愛造は、ハッとして、俄《にわ》かに顔がほてって来るのを感じた。流石《さすが》に彼とても、二十七歳の今日《こんにち》では、久しく忘れていた赤面であったが、ああ赤面しているなと思うと、丁度子供の時分、涙を隠そうとすればする程、一層涙ぐんで来たのと同じに、それを意識する程、益々目の下が熱くなってくるのをどうすることも出来なかった。

「そんな子がいたかなあ。だが、僕は君みたいに早熟でなかったから」

彼はてれ隠しに、こんなことを云った。だが、幸《さいわい》なことに、部屋が薄暗かったせいか、相手は、彼の赤面には気づかぬらしく、やや不服な調子で、

「いや、知らない筈《はず》はないよ。学校中で評判の美少女だったから。久しく君と芝居を見ないが、どうだい、近い内に一度木下芙蓉を見ようじゃないか。幼顔《おさながお》そのままだから、君だって見れば思い出すに違いないよ」

と、如何《いか》にも木下芙蓉との親交が得意らしいのである。

芙蓉の芸名では知らなかったけれど、云うまでもなく、柾木愛造は、木下文子の幼顔を記憶していた。彼女については、彼が赤面したのも決して無理ではない程の実に恥しい思《おも》い出《で》があったのである。

彼の少年時代は、先にも述べた通り、極度に内気な、はにかみ屋の子供であったけれど、彼の云う様に早熟でなかった訳《わけ》でなく、同じ学校の女生徒に、幼いあこがれを抱《いだ》くことも人一倍であった。そして、彼が四年級の時分から、当時の高等小学の三年級までも、ひそかに思いこがれた女生徒というのが、外《ほか》ならぬ木下文子だったのである。と云っても、例えば池内光太郎の様に、彼女の通学の途中を擁《よう》して、お下げのリボンを引きちぎり、彼女の美しい泣き顔を楽しむなどと云う、すばらしい芸当は、思いも及ばなかったので、風《かぜ》を

引いて学校を休んでいる時など、発熱の為にドンヨリとうるんだ脳の中を、文子の笑顔ばかりにして、熱っぽい小さな腕に、彼自身の胸を抱《いだ》きしめながら、ホッと溜息《ためいき》をつく位が、関《せき》の山《やま》であった。

ある時、彼の幼い恋にとって、誠に奇妙な機会が恵まれたことがある。それは、当時の高等小学二年級の時分で、同級の餓鬼《がき》大将の、口髯《くちひげ》の目立つ様な大柄な少年から、木下文子に(彼女は尋常部の三年生であった)附文《つけぶみ》をするのだから、その代筆をしろと命じられたのである。彼は勿論《もちろん》級中第一の弱虫であったから、この腕白《わんぱく》少年にはもうビクビクしていたもので、「一寸《ちょっと》こい」と肩を掴《つか》まれた時には、例の目に涙を一杯浮べてしまった程で、其《その》命令には、一も二もなく応じる外《ほか》はなかった。彼はこの迷惑な代筆のことで胸を一杯にして、学校から帰ると、お八《や》つもたべないで、一間《ひとま》にとじ籠《こも》り、机の上に巻紙をのべ、生れて初めての恋文の文案に、ひどく頭を悩ましたものである。だが、幼い文章を一行二行と書いて行くに従って、彼に不思議な考《かんがえ》が湧上《わきあが》って来た。「これを彼女に手渡す本人はかの腕白少年であるけれど、書いているのは正《まさ》しく私だ。私はこの代筆によって、私自身の本当の心持を書くことが出来る。あの娘は私の書いた恋文を読んでくれるのだ。仮令《たとい》先方では気づかなくても、私は今、あの娘の美しい幻を描きながら、この巻紙の上に、思いのたけを打《うち》あけることが出来るのだ」この考が彼を夢中にしてしまった。彼は長い時間を費して、巻紙の上に涙をさえこぼしながら、あらゆる思いを書き記《しる》した。腕白少年は翌日そのかさばった恋文を、木下文子に渡したが、それは恐らく文子の母親の手で焼き捨てられでもしたのであろう。其後《そのご》快活な文子のそぶりにさしたる変りも見えず、腕白少年の方でも、いつかけろりと忘れてしまった様子であった。ただ、代筆者の柾木少年丈《だ》けが、いつまでも、クヨクヨと、甲斐《かい》なく打捨てられた恋文のことを、思いつづけていたのである。又、それから間もなく、こんなこともあった。恋文の代筆が彼の思いを一層つのらせたのであろう。余りに堪え難い日が続いたので、彼は誠に幼い一策を案じ、人目のない折を見定めて、ソッと文子の教室に忍び込み、文子の机の上げ蓋《ぶた》を開いて、そこに入れてあった筆入れから、一番ちびた、殆《ほとん》ど用にも立たぬ様な、短い鉛筆を一本盗み取り、大事に家へ持帰ると、彼の所有になっていた小箪笥の開きの中を、綺麗《きれい》に清め、今の鉛筆を半紙に包んで、まるで神様でもある様に、その奥の所へ祭って置いて、淋しくなると彼は、開き戸をあけて、彼の神様を拝んでいた。その当時、木下文子は、彼にとって神様以下のものではなかったのである。

その後《のち》文子の方でもどこかへ引越して行ったし、彼の方でも学校が変ったので、いつか、忘れるともなく忘れてしまっていたのだが、今池内光太郎から、木下文子の現在を聞かされて、相手は少しも知らぬ事柄ではあったけれど、そのような昔の恥かしい思出《おもいで》に、彼は思わず赤面してしまったのであった。

雑沓《ざっとう》中の孤独といった気持の好きな、柾木の様な種類の厭人病者は、浅草公園の群集と同じに汽車や電車の中の群集、劇場の群集などを、寧《むし》ろ好むものであったから、彼は芝居のことも世間並には心得ていたが、木下芙蓉と云えば、以前は影の薄い場末《ばすえ》の女優でしかなかったのが、最近ある人気俳優の新劇の一座に加わってから、グッと売出して、立女形《たておやま》ではないけれど、顔と身体の圧倒的な美しさが、特殊の人気を呼んで、一座の女優中でも、二番目ぐらいには羽振《はぶ》りのよい名前になっていた。柾木は、かけ違って、まだ彼女の舞台を見てはいなかったが、彼女についてこの程度の智識《ちしき》は持っていた。

その人気女優が、昔々の幼い恋の相手であったと分ると、厭人病者の彼も、少しばかり浮々《うきうき》して、彼女が懐しいものに思われて来るのであった。それが今では、池内光太郎の恋人であろうとも、どうせ彼には出来ない恋なのだから、一目彼女の舞台姿を見て、一寸女々《めめ》しい気持になるのも、悪くないなと感じたのである。

彼等がK劇場の舞台で、木下芙蓉を見たのは、それから三四日の後であったが、柾木愛造に取っては、誠に幸か不幸か、それは丁度立女形の女優が病気欠勤をして、その持役のサロメを、木下芙蓉が代演している際であった。

二匹の鯛《たい》が向き合っている様な形をした、非常に特徴のある大きな目や、鼻の下が人の半分も短くて、その下に、絶えず打震えている、やや上方にまくれ上った、西洋人の様に自在な曲線の唇や、殊《こと》にそれが、婉然《えんぜん》と微笑んだ時の、忘れ難き魅力に至るまで、その昔の俤《おもかげ》をそのまま留《とど》めてはいたけれど、十幾年の歳月は、可憐なお下げの小学生を、恐ろしい程豊麗《ほうれい》な全《まった》き女性に変えてしまったと同時に、その昔の無邪気な天使を、柾木の神様でさえあった聖なる乙女《おとめ》を、いつしか、妖艶比《ようえんたぐい》もあらぬ魔女と変じていたのである。

柾木愛造は、輝くばかりの彼女の舞台姿に、最初の程は、恐怖に近い圧迫を感じるばかりであったが、それが驚異となり、憧憬《あこがれ》となり、遂《つい》に限りなき眷恋《けんれん》と変じて行った。大人の柾木が大人の文子を眺める目は、最早《もはや》昔の様に聖なるものではなかった。彼は心に恥じながらも、知らず識《し》らず舞台の文子を汚《けが》していた。彼女の幻を愛撫し、彼女の幻を抱き、彼女の幻を打擲《ちようちやく》した。それは、隣席の池内光太郎が彼の耳に口をつけて、囁《ささや》き声で、芙蓉の舞台姿に、野卑《やひ》な品評を加え続けていたことが、彼に不思議な影響を与えたのでもあったけれど。

サロメが最終の幕だったので、それが済むと、彼等は劇場を出て、迎えの自動車に這入《はい》ったが、池内は独り心得顔に、その近くのある料理屋の名を、運転手に指図した。柾木愛造は池内の下心を悟ったけれど、一度芙蓉の素顔が見たくもあったし、サロメの幻に圧倒されて、夢うつつの気持だったので、強《し》いて反対を唱《とな》えもしなかった。

彼等が料理屋の広い座敷で、上の空な劇評などを交《か》わしている内、案《あん》の定《じょう》、そこへ和服姿の木下芙蓉が案内されて来た。彼女は襖《ふすま》の外に立って、池内の見上げた顔に、ニッコリと笑いかけたが、ふと柾木の姿を見ると、作った様な不審顔になって、目で池内の説明を求めるのであった。

「木下さん。この方を覚えてませんか」

池内は意地悪な微笑を浮べて云った。

「エエ」

と答えて、彼女はまじまじした。

「柾木さん。僕の友達。いつか噂《うわさ》をしたことがあったでしょう。僕の小学校の同級生で、君を大変好きだった人なんです」

「マア、私、思い出しましたわ。覚えてますわ。やっぱり幼顔って、残っているものでございますわね。柾木さん、本当にお久しぶりでございました。わたくし、変りましたでしょう」

そう云って、叮嚀《ていねい》なおじぎをした時の、文子の巧みな嬌羞《きょうしゅう》を、柾木はいつまでも忘れることが出来なかった。

「学校中での秀才でいらっしゃいましたのを、私、覚えておりますわ、池内さんは、よくいじめられたり、泣かされたりしたので覚えてますし」

彼女がそんなことを云い出した時分には、柾木はもう、すっかり圧倒された気持であった。池内すら彼女の敵ではない様に見えた。

小学校時代の思出話《おもいでばなし》が劇談に移って行った。池内は酒を飲んで、雄弁に彼の劇通《げきつう》を披瀝《ひれき》した。彼の議論は誠に雄弁であり、気が利いてもいたが、併《しか》し、それはやっぱり、彼の哲学論と同じに、少しばかり上辷《うわすべ》りであることを免《まぬか》れなかった。木下芙蓉も、少し酔って、要所要所で柾木の方に目まぜをしながら、池内の議論を反駁《はんばく》したりした。彼女にも、劇論では、柾木の方が（通ではなかったけれど）本物でもあり、深くもあることが分った様子で、池内には揶揄《やゆ》をむくいながら、彼には教えを受ける態度を取った。お人よしの柾木は、彼女の意外な好意が嬉しくて、いつになく多弁に喋った。彼の物の云い方は、芙蓉には少し難し過ぎる部分が多かったけれど、彼の議論に油がのってきた時には、彼女はじっと話手の目を見つめて、讃嘆に近い表情をさえ示しながら、彼の話に聞き入るのであった。

「これを御縁に、御ひいきを御願いしますわ。そして、時々、教えて頂き度《た》いと思いますわ」

別れる時に、芙蓉は真面目な調子で、そんなことを云った。それが満更《まんざ》ら御世辞でない様に見えたのである。

池内にあてられることであろうと、いささか迷惑に思っていたこの会合が、案外にも、却《かえ》って池内の方で嫉妬《しつと》を感じなければならない様な結果となった。芙蓉が女優稼業にも似げなく、どこか古風な思索的な傾向を持っていたことは、寧《むし》ろ意外で、彼女が一層好もしいものに思われた。柾木は帰りの電車の中で、「学校中でも秀才でいらっしゃいましたのを、私、覚えて居《お》りますわ」と云った彼女の言葉を、子供らしく、心の内で繰返《くりかえ》していた。

三

それ以来、世間に知られている所では、柾木愛造が木下芙蓉を殺害したまでの、半年ばかりの間に、この二人はたった三度（しかも最初の一ケ月の間に三度丈《だ》け）しか会っていない。つまり、芙蓉殺害事件は、彼等が最後に会った日から、五ケ月もの間を置いて、彼等がお互の存在を已《すで》に忘れてしまったと思われる時分に、誠に突然に起ったものである。これは何となく信じ難い、変てこな事実であった。空漠《くうばく》たる五ケ月間が、犯罪動機と犯罪そのものとの連鎖《れんさ》を、ブッツリ断ち切っていた。それなればこそ、柾木愛造は、凶行後、あんなにも長い間、警察の目を逃れていることが出来たのである。

だが、これは顕《あら》われたる事実でしかなかった。実際は、彼は、いとも奇怪なる方法によってではあったが、その五ケ月の間も、五日に一度位の割合で、繁々と芙蓉に会っていた。

そして、彼の殺意は、彼にとっては誠に自然な経路を踏んで、成長して行ったのである。

木下芙蓉は彼の幼い初恋の女であった。彼のフェティシズムが、彼女の持物を神と祭った程の相手であった。しかも、十幾年ぶりの再会で、彼は彼女のくらめくばかり妖艶な舞台姿を見せつけられたのである。その上、その昔の恋人が、当時は口を利いた事のなかった彼女が、優しい目で彼を見、微笑みかけ、彼の思想を畏敬《いけい》し崇拝するかにさえ見えたのである。あれ程の厭人的な憶病者の柾木愛造ではあったが、流石《さすが》にこの魅力に打勝つことは出来なかった。外《ほか》の女からの様に、彼女から逃避する力はなかった。彼が彼女に恋を打《う》開《あ》けるまでには、たった三度の対面で充分だったことが、よくそれを語っている。

三度とも、場所は変っていたけれど、彼等は最初と同じ三人で、御飯をたべながら話をした。引張り出すのは無論池内で、柾木はいつもお相伴《しょうばん》といった形であったが、併《しか》し、芙蓉がその都度《つど》快く招待に応じたのは、柾木に興味を感じていたからだと、彼はひそかに自《うぬ》惚《ぼ》れていた。池内が気の毒にさえ思われた。芙蓉は、池内に対しては、普通の人気女優らしい態度で、意地悪でもあれば、たかぶっても見せた。相手を飜弄《ほんろう》する様な口も利いた。その様子を見ていると、彼女は柾木の一番苦手な、恐怖すべき女でしかなかったが、それが柾木に対する時は、ガラリと態度が変って、芸術の使徒《しと》としての一俳優といった感じになり、真面目に、彼の意見を傾聴《けいちょう》するのであった。そして、会うことが度重《たびかさ》なる程、彼女のこの静かなる親愛の情は、濃《こま》やかになって行くかと思われた。

だが、気の毒な柾木は、実は大変な誤解をしていたのだ。芙蓉の様な種類の女性は、二つ面《めん》の仁和賀《にわか》と同じ様に、二つも三つもの、全く違った性格を貯《たくわ》えていて、時に応じ人に応じて、それを見事に使い別《わ》けるものだということを、彼はすっかり忘れていた。彼女の好意は、実は男友達の池内光太郎が彼に示した好意と同じもので、彼の、古風な小説にでもあり相《そう》な、陰鬱《いんうつ》な、思索的な性格を面白がり、優れた芸術上の批判力をめで、ただ気の置けない話相手として、親愛を示したに過ぎないことを、彼は少しも気づかなんだ。彼は自惚《うぬぼ》れの余り、池内の立場を憐《あわれ》みさえしたけれど、反対に池内の方でこそ、彼をあざ笑っていたのである。

池内の最初の考えでは、愛すべき木念仁《ぼくねんじん》の友達に、彼自身の新しい愛人を見せびらかして、一寸《ちょっと》ばかり罪の深い楽しみを味わって見ようとしたまでで、その御用が済んでしまえば、そんな第三者は、もう邪魔なばかりであった。それに、彼は、柾木の小学時代の恥かしい所業については知る所がなかったけれど、近頃の柾木の様子が、妙に熱っぽく見えて来たのも、いささか気掛りであった。彼はこの辺が切上げ時だと思った。

三度目に会った時、次の日曜日は丁度月末で、芙蓉の身体に隙があるから、三人で鎌倉《かまくら》へ出かけようと、約束をして別れたので、柾木はその日落合う場所の通知が、今来るか今来るかと、待ち構えていても、どうした訳《わけ》か、池内からハガキ一本来ないので、待兼《まちか》ねて問合わせの手紙まで出したのだが、それにも何の返事もなく、約束の日曜日は、いつの間にか過去《すぎさ》ってしまった。池内と芙蓉との間柄が、単なる知合い以上のものであることは、柾木も大方は推察していたので、若《も》しかしたら、池内の奴、やきもちをやいているのではないかと、やっぱり自惚れて考えて、才子で好男子の池内に、それ程嫉妬をされているかと思うと、彼は寧《むし》ろ得意をさえ感じたのである。

だが、池内という仲立《なかだち》にそむかれては、手も足も出ない彼であったから、そうして、芙蓉と会わぬ日が長引くに従って、耐え難き焦燥《しょうそう》を感じないではいられなかった。三日に一度は、三階席の群集に隠れて、ソッと彼女の舞台姿を見に行ってはいたけれど、そんなことは、寧ろ焦慮を増しこそすれ、彼の烈《はげ》しい恋にとって、何の慰めにもならなかった。彼は多くの日、例の土蔵の二階へとじ籠《こも》って、ひねもす、夜もすがら、木下芙蓉の幻を描き暮した。目をふさぐと、まぶたの裏の暗闇の中に、彼女の様々な姿が、大写しになって、悩ましくも蠢《うごめ》くのだ。小学時代の、天女の様に清純な笑顔にダブッて、半裸体のサロメの嬌笑《きょうしょう》が浮き出すかと思うと、金色の乳覆いで蓋《ふた》をした、サロメの雄大な胸が、波の様に息吐《いきづ》いたり、靨《えくぼ》のはいったたくましい二の腕が、まぶた一杯に蛇の踊りを踊ったり、それらの、おさえつける様な、凶暴な姿態に混って、大柄な和服姿の彼女が、張り切った縮緬《ちりめん》の膝《ひざ》をすりよせて、じっと上目に見つめながら、彼の話を聞いている、いとしい姿が、色々な角度で、身体のあらゆる隅々が大写しになって、彼の心をかき乱すのであった。考えることも、読むことも、書くことも、全く不可能であった。薄暗い部屋の隅に立っている、木彫りの菩薩《ぼさつ》像《ぞう》さえが、ややともすれば、悩ましい連想《れんそう》の種《たね》となった。

ある晩、あまりに堪え難かったので、彼は思い切って、兼《か》ねて考えていたことを、実行して見る気になった。陰獣の癖に、彼は少しばかりお洒落《しやれ》だったので、いつも外出する時はそうしていたのだが、その晩も、婆やに風呂を焚《た》かせ、身だしなみをして、洋服に着かえると、吾妻橋の袂《たもと》から自動車を傭《やと》って、その時芙蓉の出勤していた、S劇場へと向ったのである。

予《あらかじ》め計ってあったので、車が劇場の楽屋口に着いたのは、丁度芝居のはねる時間であったが、彼は運転手に待っている様に命じて置いて、車を降りると、楽屋口の階段の傍《かたわら》に立って、俳優達が化粧を落して出て来るのを、辛抱《しんぼう》強く待構えた。彼は嘗《か》つて、池内と一緒に、同じ様な方法で、芙蓉を誘い出したことがあったので、大体様子を呑み込んでいたのである。

その附近には、俳優の素顔を見ようとする、町の娘共に混って、意気な洋服姿の不良らしい青年達がブラブラしていたし、中には柾木よりも年長に見える紳士が、彼と同じ様に自動車を待たせて、そっと楽屋口を覗いているのも見受けられた。

恥しさを我慢して、三十分も待った頃、やっと芙蓉の洋服姿が階段を降りて来るのが見えた。彼は跪《つまず》きながら、慌ててその傍へ寄って行った。そして、彼が口の中で木下さんと云うか云わぬに、非常に間の悪いことには、丁度その時、違う方角から近寄って来た一人の紳士が、物慣れた様子で芙蓉に話しかけてしまったのである。柾木はのろまな子供の様に赤面して、引返《ひっかえ》す勇気さえなく、ぼんやりと二人の立話《たちばなし》を眺めていた。紳士は待たせてある自動車を指して、しきりと彼女を誘《いざな》っていた。知合いと見えて、芙蓉は快くその誘いに応じて、車の方へ歩きかけたが、その時やっと、彼女のあの特徴のある大きな目が、柾木の姿を発見したのである。

「アラ、柾木さんじゃありませんの」

彼女の方で声をかけてくれたので、柾木は救われた思いがした。

「エエ、通り合わせたので、お送りしようかと思って」

「マア、そうでしたの。では、お願い致しますわ。私丁度一度御目にかかりたくっていたのよ」

彼女は先口《せんくち》の紳士を無視して、さも慣れ慣れしい口を利いた。そして、その紳士にあっさり詫言《わびごと》を残したまま、柾木に何かと話しかけながら、彼の車に乗ってしまったのである。柾木は、このはれがましい彼女の好意に、嬉しいよりは、面喰《めんくら》って、運転手に予《か》ねて聞知った芙蓉の住所を告げるのも、しどろもどろであった。

「池内さんたら、この前の日曜日の御約束をフイにしてしまって、ひどござんすわ。それとも、あなたにお差支《さしつかえ》がありましたの」

車が動き出すと、その震動につれて、彼の身近く寄り添いながら、彼女は話題を見つけ出した。彼女は其後《その》も池内と三日にあげず、会っていたのだから、これは無論御世辞に過ぎなかった。柾木は、芙蓉の身体の暖い触感に、ビクビクしながら、差支のあったのは、池内の方だろうと答えると、彼女は、では、今月の末こそは、是非どこかへ参りましょう。などと云った。

彼等が一寸話題を失って、ただ触覚だけで感じ合っていた時、俄《にわか》に車内が明るくなった。車が、街灯やショーウィンドウでまぶしいほど明るい、ある大通りにさしかかったのである。すると、芙蓉は小声で「マア、まぶしい」と呟きながら、大胆にも自分の側の窓のシェードを卸《おろ》して、柾木にも、外《ほか》の窓のを卸してくれる様に頼むのであった。これは別の意味があった訳《わけ》ではなく、女優稼業の彼女は、人目がうるさくて、一人の時でもシェードを卸しつけていた位だから、まして男と二人で乗っている際、ただ、その用心に目かくしをしたまでであった。同時にそれは、彼女が柾木という男性にたかを括《くく》っていた印でもあったのだ。

だが、柾木の方では、それをまるで違った意味に曲解しないではいられなかった。彼はおろかにも、それを彼女が態《わざ》と作ってくれた機会だと思い込んでしまったのである。彼は震えながら、凡《すべ》てのシェードを卸した。そして、彼はたっぷり一時間もたったかと思われた程長い間、正面を向いたまま、身動きもしないでいた。

「もうあけても、いいわ」

車が暗い町に這入《はい》ったので、芙蓉の方では気兼ねの意味で、こう云ったのだが、その声が柾木を勇気づける結果となった。彼はビクッと身震いをして、黙ったまま、彼女の膝の上の手に、彼自身の手を重ねた。そして、段々力をこめながらそれを押えつけて行った。

芙蓉はその意味を悟ると、何も云わないで、巧みに彼の手をすり抜けて、クションの片隅へ身を避けた。そして、柾木の木彫りの様にこわばった表情を、まじまじと眺めていたが、ややあって、意外にも、彼女は突然笑い出した。しかも、それは、プッと吹き出す様な笑いであった。

柾木は一生涯、あんな長い笑いを経験したことがなかった。彼女はいつまでもいつまでも、さもおかし相《そう》に笑い続けていた。だが、彼女が笑った丈《だ》けなれば、まだ忍べた。最もいけないのは、彼女の笑いにつれて柾木自身が笑ったことである。ああ、それが如何《いか》に唾棄《だき》すべき笑いであったか。若《も》し彼があの恥かしい仕草《しぐさ》を冗談にまぎらしてしまう積《つも》りだったとしても、その方が、猶《なお》一層恥かしい事ではないか。彼は彼自身のお人好しに身震いしないではいられなかった。それが彼を撃《う》った烈《はげ》しさは、後に彼があの恐ろしい殺人罪を犯すに至った、最初の動機が、実にこの笑いにあったと云っても差支《さしつかえ》ない程であった。

四

それ以来数日の間、柾木は何を考える力もなく、茫然《ぼうぜん》として蔵の二階に坐っていた。彼と彼以外の人間の間に、打破り難い厚い壁のあることが、一層痛切に感じられた。人間憎悪の感情が、吐き気の様にこみ上げて来た。

彼はあらゆる女性の代表者として、木下芙蓉を、此上《このうえ》憎み様がない程憎んだ。だが、何という不思議な心の働きであったか、彼は芙蓉を極度に憎悪しながらも、一方では、少年時代の幼い恋の思出《おもいで》を忘れることが出来なかった。又、成熟した彼女の、目や唇《くちびる》や全身の醸《かも》し出す魅力を、思い出すまいとしても思い出した。明かに、彼は猶《な》お木下芙蓉を恋していた。しかもその恋は、あの破綻《はたん》の日以来、一層その熱度を増したかとさえ思われたのである。今や烈《はげ》しき恋と、深い憎《にくし》みとは、一つのものであった。とは云え、若《も》し今後彼が芙蓉と目を見交《か》わす様な場合が起ったならば、彼はいたたまらぬ程の恥と憎悪とを感じるであろう。彼は決して再び彼女と会おうとは思わなかった。そして、それにも拘《かかわ》らず、彼は彼女を熱烈に恋していたのである。あくまでも彼女が所有したかったのである。

それ程の憎悪を抱きながらやがて、彼がこっそりと三等席に隠れて、芙蓉の芝居を見に行き出したというのは、一見誠に変なことではあったが、厭人病者の常として、他人に自分の姿を見られたり、言葉を聞かれたりすることを、極度に恐れる反面には、人の見ていない所や、仮令《たとい》見ていても、彼の存在が注意を惹《ひ》かぬような場所(例えば公園の群集の中)では、彼は普通人の幾層倍も、大胆に放肆《ほうし》にふるまうものである。柾木が土蔵の中にとじ籠《こも》って、他人を近寄せないというのも、一つには彼はそこで、人の前では押えつけていた、自儘《じまま》な所業を、ほしいままに振舞いたいが為であった。そして厭人病者の、この秘密好みの性質には、凶悪なる犯罪人のそれと、どこかしら似通《にかよ》ったものを含んでいるのだが、それは兎《と》も角《かく》、柾木が芙蓉を憎みながら、彼女の芝居を見に行った心持も、やっぱりこれで、彼の憎悪というのは、その相手と顔を見合わせた時、彼自身の方で恥かしさに吐き気を催す様な、一種異様の心持を意味したのだから、芝居小屋の大入場《おおいりば》から、相手に見られる心配なく、相手を眺めてやるということは、決して彼の所謂《いわゆる》憎悪と矛盾するものではなかったのである。

だが、一方彼の烈《はげ》しい恋慕《れんぼ》の情は、芙蓉の舞台姿を見た位で、いやされる訳《わけ》はなく、そうして彼女を眺めれば眺める程、彼の満たされぬ欲望は、いやましに、深く烈しくなって行くのであった。

さて、そうしたある日のこと、柾木愛造をして、愈々《いよいよ》恐ろしい犯罪を決心させるに至った所の、重大なる機縁となるべき、一つの出来事が起った。それは、やっぱり彼が劇場へ芙蓉の芝居を見に行った帰りがけのことであるが、芝居がはねて、木戸口を出た彼は、嘗《か》つての夜の思出《おもいで》に刺戟《しげき》されたのであったか、ふと芙蓉の素顔が垣間《かいま》見たくなったので、闇と群集にまぎれて、ソッと楽屋口の方へ廻って見たのである。

建物の角を曲って、楽屋口の階段を見通せる所へ、ヒョイと出た時である。彼は意外なものを発見して、再び建物の蔭に身を隠さねばならなかった。というのは、そこの楽屋口の人だかりの内に、かの池内光太郎の見なれた姿が立混っていたからである。

探偵の真似《まね》をして、先方に見つけられぬ様に用心しながら、じっと見ていると、ややたって、楽屋口から芙蓉が降りて来たが、案の定、池内は彼女を迎える様にして、立話《たちばなし》をしている。云うまでもなく、うしろに待たせた自動車にのせて、彼女をどこかへ連れて行く積《つも》りらしいのだ。

柾木愛造は、先夜の芙蓉のそぶりを見て、池内と彼女の間柄が、相当深く進んでいることを、想像はしていたけれど、目の当《まあた》り彼等の親しい様子を見せつけられては、今更《いまさら》の様に、烈《はげ》しい嫉妬を感じないではいられなかった。それを眺めている内に、彼の秘密好きな性癖がさせた業《わざ》であったか、咄嗟《とっさ》の間に、彼は池内等のあとを尾行してやろうと決心した。彼は急いで、客待ちのタクシーを傭《やと》って、池内の車をつける様に命じた。

うしろから見ていると、池内の自動車は、尾行されているとも知らず、さもお人よしに、彼の車の頭光《とうこう》の圏内《けんない》を、グラグラとゆれていたが、暫《しばら》く走る内に、こちらから見えている背後のシェードが、スルスルと卸《おろ》された。いつかの晩と同じである。だが、卸した人の心持は恐らく彼の場合とは、全く違っているであろうと邪推すると、彼はたまらなくいらいらした。

池内の車が止ったのは、築地河岸《つきじがし》のある旅館の門前であったが、門内に広い植込みなどのある、閑静な上品な構えで、彼等の媾曳《あいびき》の場所としては、誠に格好の家《うち》であった。彼等が、そういう場所として、世間に知られた家を、態《わざ》と避けた心遣いが、一層小憎《こにく》らしく思われた。

彼は二人が旅館へ這入《はい》ってしまうのを見届けると、車を降りて、意味もなく、そこの門前を行ったり来たりした。恋しさ、ねたましさ、腹立たしさに、物狂わしきまで興奮して、どうしても、このまま二人を残して帰る気がしなかった。

一時間程も、その門前をうろつき廻ったあとで、彼は何を思ったのか、突然門内へ這入って行った。そして、「お馴染《なじみ》でなければ」と云うのを、無理に頼んで、独りでそこの家へ泊ることにした。

手広い旅館ではあったが、夜も更《ふ》けていたし、客も少いと見えて、陰気にひっそりとしていた。彼は当てがわれた二階の部屋に通ると、すぐ床をとらせて、横になった。そうして、もっと夜の更けるのを待ち構えた。

階下《した》の大時計が二時を報じた時、彼はムックリと起《た》って、寝間着のまま、そっと部屋を忍び出し、森閑《しんかん》とした広い廊下を、壁伝いに影の如《ごと》くさまよって、池内と芙蓉との部屋を尋《たず》ねるのであった。それは非常に難儀な仕事であったが、スリッパの脱いである、間毎《まごと》の襖《ふすま》を、臆病な泥棒よりも、もっと用心をして、ソッと細目に開いては調べて行く内に、遂《つい》に目的の部屋を見つけ出すことが出来た。電灯は消してあったが、まだ眠っていなかった二人の囁《ささや》き交《か》わす声音《こわね》によって、それと悟ることが出来たのである。二人が起きていると分ると、一層用心しなければならなかった。彼は躍る胸を押えながら、少しも物音を立てない様に、襖の所へピッタリと身体をつけて、身体中を耳にした。

中の二人は、まさか、襖一重《ひとえ》の外に、柾木愛造が立聞きしていようとは、思いも及ばぬ

ものだから、囁き声ではあったけれど、喋りたい程のことを、何の気兼ねもなく喋ってい
た。話の内容はさして意味のある事柄でもなかったけれど、柾木にとっては、木下芙蓉の、
うちとけて、乱暴にさえ思われる言葉使いや、その懐しい鼻声を、じっと聞いているのが、
実に耐え難い思いであった。

彼はそうして、室内のあらゆる物音を聞き漏らすまいと、首を曲げ、息を殺し、全身の
筋肉を、木像の様にこわばらせ、真赤に充血した眼で、どことも知れぬ空間を凝視しなが
ら、いつまでもいつまでも立ちつくしていた。

五

それ以来、彼が殺人罪を犯したまでの約五ケ月の間、柾木愛造の生活は、尾行と立聞き
と隙見《すきみ》との生活であったと云っても、決して云い過ぎではなかった。その間《あいだ》彼は、まるで、
池内と芙蓉との情交につき纏《まと》う、不気味な影の如きものであった。

凡《およ》そは想像していたのだけれど、実際二人の情交を見聞するに及んで、彼は今更《いまさ》らの様
に、身の置きどころもない恥しさと、胸のうつろになる様な悲しさを味《あじわ》った。それは寧《むし》ろ
肉体的な痛みでさえあった。池内の圧迫的な、けだものの様な猫撫《ねこな》で声には、彼は人のい

ない襖の外で赤面した程、烈しい羞恥を感じたし、芙蓉の、昼間の彼女からはまるで想像も出来ない、乱暴な赤裸々《せきらら》な言葉使いや、それでいて、その音波の一波毎に、彼の全身が総毛立つ程も懐しい、彼女の甘い声音には、彼はまぶたに溢《あふ》れる熱い涙をどうすることも出来なかった。そして、ある絹ずれの音や、ある溜息の気配を耳にした時には、彼は恐怖の為に、膝から下が無感覚になって、ガクガクと震え出しさえした。

彼はたった一人で、薄暗い襖の外で、あらゆる羞恥と憤怒《ふんぬ》とを経験した。それで充分であった。若《も》し彼が普通の人間であったら、二度と同じ経験を繰返すことはなかったであろう。いや、寧ろ最初から、その様な犯罪者めいた立聞きなどを目論見《もくろみ》はしなかったであろう。だが、柾木愛造は内気や人厭《ひとぎら》いで異常人であったばかりでなく、恐らくはその外《ほか》の点に於《お》いても、例えば、秘密や罪悪に不可思議な魅力を感ずる所の、あのいまわしい病癖をも、彼は心の隅に、多分に持合わせていたに相違ないのである。そして、その潜在せる邪悪なる病癖が、彼のこの異常な経験を機縁として、俄《にわ》かに目覚めたものに違いないのだ。

世にもいまわしき立聞きと隙見とによって覚える所の、むず痒《かゆ》い羞恥、涙ぐましい憤怒、歯の根も合わぬ恐怖の感情は、不思議にも、同時に、一面に於《お》ては、彼にとって、限りなき歓喜であり、類《たぐい》もあらぬ陶酔であった。彼ははからずも覗いた世界の、あの凶暴なる魅力を、どうしても忘れることが出来なかった。

世にも奇怪な生活が始まった。柾木愛造の凡《すべ》ての時間は、二人の恋人の媾曳《あいびき》の場所と時とを探偵すること、あらゆる機会をのがさないで、彼等を尾行し、彼等に気づかれぬ様に立聞きし隙見することに費された。偶然にも、その頃から池内と芙蓉との情交が、一段と濃《こま》やかに、真剣になって行ったので、その逢う瀬《おせ》も繁く、彼等が夢現《ゆめうつつ》の恋に酔うことが烈しければ烈しい程、随《したが》って柾木が、あの歯ぎしりする様な、苦痛と快楽の錯綜《さくそう》境にさまよう事も、益々その度数と烈しさを増して行った。

多くの場合、二人が別れる時に言い交わす、次の逢う瀬の打合わせが、彼の尾行の手懸《てがか》りとなった。彼等の媾曳きの場所はいつも築地河岸の例の家とは限らなんだし、落合う所も楽屋口ばかりではなかったが、柾木はどんな場合も見逃さず、五日に一度、七日に一度、彼等の逢う瀬の度毎に、邪悪なる影となって、彼等につき纏《まと》い、彼等と同じ家に泊り込み、或《あるい》は襖の外から、或は壁一重の隣室から、時には、その壁に隙見の穴さえあけて、彼等の一挙一動を監視した。(それを相手に悟られない為に、彼はどれ程の艱難辛苦《かんなんしんく》を嘗《な》めたであろう。)そして、ある時はあらわに、ある時はほのかに、恋人同士のあらゆる言葉を聞き、あらゆる仕草を見たのである。

「僕は柾木愛造じゃないんだからね。そんな話はちとお門違《かどちが》いだろうぜ」

ある夜のひそひそ話の中では、池内がふとそんなことを云い出すのが聞えた。

「ハハハハハ、全《まつた》くだわ。あんたは話せないけど可愛い可愛い人。柾木さんは話せるけど、虫酸《むしず》の走る人。それでいいんでしょ。あんなお人好しの、でくの坊に惚れる奴があると思って。ハハハハハハハハ」

芙蓉の低いけれど、傍若無人《ぼうじやくぶじん》な笑い声が、錐《きり》の様に、柾木の胸をつき抜いて行った。その笑い声は、いつかの晩の自動車の中でのそれと、全く同じものであった。柾木にとっては、無慈悲な意地悪な厚さの知れぬ壁としか考えられない所のものであった。

彼の立聞きを少しも気附かないで、ほしいままに彼を噂する二人の言葉から、柾木は、やっぱり彼がこの世の除《の》けもので、全く独りぼっちな異人種であることを、愈々《いよいよ》痛感しないではいられなかった。俺は人種が違うのだ。だから、こういう卑劣な唾棄《だき》すべき行為が、却《かえ》って俺にはふさわしいのだ。この世の罪悪も俺にとっては罪悪ではない。俺の様な生物は、この外《ほか》にやって行き様がないのだ。彼は段々そんな事を考える様になった。

一方、彼の芙蓉に対する恋慕の情は、立聞きや隙見が度重なれば重なる程、息も絶え絶えに燃え盛って行った。彼は隙見の度毎《たびごと》に、一つずつ、彼女の肉体の新しい魅力を発見した。襖の隙から、薄暗い室内の、蚊帳《かや》の中で(もう其頃《そのころ》は夏が来ていたから)海底の人魚の様に、ほの白く蠢《うごめ》く、芙蓉の絽《ろ》の長襦袢《ながじゆばん》姿を眺めたことも、一度や二度ではなかった。

その様な折には、彼女の姿は、母親みたいに懐しく、なよなよと夢の様で、寧《むし》ろ幽幻《ゆうげん》にさえ感じられた。

だが、まるで違った場面もあった。そこでは、彼女は物狂わしき妖女となった。振りさばいた髪の毛は、無数の蛇ともつれ合って着物をかなぐり捨てた全身が、まぶしいばかり桃色に輝き、つややかな四肢が、空《そら》ざまにゆらめき震えた。柾木は、その凶暴なる光景に耐えかねて、ワナワナと震い出した程である。

ある晩のこと、彼はこっそりと、二人の隣の部屋に泊り込んで、彼等が湯殿へ行った間に、境の砂壁の腰貼《こしば》りの隅に、火箸《ひばし》で小さな穴をあけた。これが病みつきとなって、それ以来、彼は出来る限り、二人の隣室へ泊り込むことを目論《もくろ》んだ。そして、どの家《うち》の壁にも、一つずつ、小さな穴をあけて行った。彼はこの狐《きつね》の様に卑劣な行為を続けながら、ふと「俺はここまで堕落《だらく》したのか」と、慄然《りつぜん》とすることがあった。併《しか》し、それは烈《はげ》しい驚きではあっても、決して悔恨《かいこん》ではなかった。世の常ならぬ愛欲の鬼奴《おにめ》が、彼を清玄《せいげん》の様に、執《しつ》拗《よう》な恥しらずにしてしまった。

彼は不様《ぶざま》な格好で、這《は》いつくばい、壁に鼻の頭をすりつけて、辛棒《しんぼう》強く、小さな穴を覗き込むのだが、その向う側には、凡《およ》そ奇怪で絢爛《けんらん》な、地獄の覗き絵がくりひろげられていた。毒々しい五色《ごしき》のもやが、目もあやに、もつれ合った。ある時は、芙蓉のうなじが、眼界一杯に、つややかな白壁の様に拡がって、ドキンドキンと脈をうった。ある時は、彼女の柔かい足の裏が真正面に穴を塞《ふさ》いで、老人の顔に見えるそこの皺《しわ》が、異様な笑いを笑ったりした。だが、それらのあらゆる幻惑の中で、柾木愛造を最も引きつけるものは、不思議なことに、彼女のふくらはぎに、一寸ばかり、どす黒い血をにじませた、掻《か》き傷《きず》の痕であった。それはひょっとしたら、池内の爪がつけたものだったかも知れぬけれど、彼の目の前に異様に拡大されて蠢《うごめ》いていた、まぶしい程つややかな、薄桃色のふくらはぎと、その表面を無残にもかき裂《さ》いた、生々しい傷痕の醜《みに》くさとが、怪しくも美しい対照を為《な》して、彼の眼底に焼きついたのであった。

だが、彼のこの人でなしな所業は、恥と苦痛の半面に、奇怪な快感を伴っていたとは云え、それは、日一日と、気も狂わんばかりに、彼をいらだたせ、悩ましこそすれ、決して彼を満足させることはなかった。襖一重の声を聞き、眼前一尺の姿を見ながら、彼と芙蓉との間には、無限の隔《へだた》りがあった。彼女の身体はそこにありながら、摑《つか》むことも、抱《いだ》くことも、触れることさえ、全く不可能であった。しかも、彼にとっては永遠に不可能な事柄を、池内光太郎は、彼の眼前で、さも無雑作《むぞうさ》に、自由自在に振舞っているのだ。柾木愛造が、この世の常ならぬ、無残な苛責《かしゃく》に耐えかねて、遂にあの恐ろしい考を抱くに至ったのは、誠に無理もないことであった。それは実に、途方もない、気違いめいた手段ではあった。だが、それがたった一つ残された手段でもあったのだ。それを外《ほか》にしては、彼は永遠に、彼の恋を成就《じょうじゅ》する術《すべ》はなかったのである。

六

彼が尾行や立聞きを始めてから二《ふ》た月ばかり立った時、悪魔が彼の耳元に、ある不気味な思いつきを囁《ささや》き始めたのであったが、彼はいつとなく、その甘い囁きに引入れられて行って、半月程の間に、とうとうそれを、思い帰す余地のない実際的な計画として、決心するまでになってしまった。

ある晩、彼は久しぶりで、池内光太郎の自宅を訪問した。彼の方では、あの秘密な方法で、繁々《しげしげ》池内に会っていたけれど、池内にしては、一月半ぶりの、やや気拙《きまず》い対面だったので、何かと気を使って、例の巧みな弁口で、池内自身もその後芙蓉とは、まるで御無沙汰《ごぶさた》になっている体《てい》に、云いつくろうのであったが、柾木は、相手が芙蓉のことを云い出すのを待ち兼ねて、それをきっかけに、さも何気なく、

「イヤ、木下芙蓉と云えば、僕は少しばかり君にすまない事をしているのだよ。ナニ、ほんの出来心なんだけれど、実はね、もう一月以上も前のことだが、芙蓉がS劇場に出ていた時分、丁度芝居がはねる時間に、あの辺を通り合わせたものだから、楽屋口で芙蓉の出

て来るのを待って、僕の車にのせて、家まで送ってやったことがあるのだよ。でね、その車の中で、つい出来心で、僕はあの女に云い寄った訳《わけ》なのさ。だが君、怒ることはないよ。あの女は断然はねつけたんだからね。とても僕なんかの手には合わないよ。君に内緒にして置くと、何だか僕が今でも、君とあの女の間柄をねたんでいる様に当って、気が済まないものだから、少し云いにくかったけれど、恥しい失敗談を打あけた訳だがね。全く出来心なんだ。もうあの女に会い度《た》いとも思わぬよ。君も知っている通り、僕は真剣な恋なんて、出来ない男だからね」

という様なことを喋《しやべ》った。なぜ、そうしなければならないのか、彼自身にも、はっきり分らなかったけれど、あの一事《いちじ》を秘密にして置いては、何だか拙《まず》い様に思われた。それをあから様《さま》に云ってしまった方が、却《かえ》って安全だという気がした。

狂人というものは、健全な普通人を、一人残らず、彼等の方が却って気違いだと、思込《おもいこ》んでいるものであるが、すると、柾木愛造が、人厭いであったのも、彼以外の人間を、異国人の様に感じたのも、凡《すべ》て、彼が最初から、幾分《いくぶん》気違いじみていたことを、証拠立てているのかも知れない。

事実、彼は最早《もはや》気違いという外《ほか》はなかった。あの執拗で、恥知らずな尾行や立聞きや隙見なども、云うまでもなく狂気の沙汰《さた》であった。今度は彼は、それに輪をかけた、実に途方もない事を始めたのである。と云うのは、あの人厭いな陰気者の柾木愛造が、突然、新青年の様に、隅田川《すみだがわ》の上流の、とある自動車学校に入学して、毎日欠かさずそこへ通って、自動車の運転を練習し始めたことで、しかも、彼は、それが彼の恐ろしい計画にとって、必然的な準備行為であると、真面目に信じていたのである。

「僕は最近、不思議なことを始めたよ。僕みたいな古風な陰気な男が、自動車の運転を習っていると云ったら、君は定めし驚くだろうね。僕の所の婆やなんかも、僕が柄《がら》にもなく朝起きをして、一日も休まず自動車学校へ通学するのを見て、たまげているよ。毎日毎日練習用のフォードのぼろ車をいじくっている内に、妙なもので、少しは骨《こつ》が分って来た。この分なら、もう一月もしたら、乙種《おつしゅ》の免状位取れ相《そう》だよ。それがうまく行ったら、僕は一台車を買込むつもりだ。そして、自分で運転して、気散《きさん》じな自動車放浪をやるつもりだ。自動車放浪という気持ちが、君は分るかね。僕にしては、実にすばらしい思いつきなんだよ。たった一人で箱の中に座っていて、少しも人の注意を惹かないで、しかも非常な速度で自由自在に、東京中を放浪して歩くことが出来るのだ。君も知っている様に、僕が外出《そとで》嫌いなのは、この自分の身体を天日や人目にさらす感じが、たまらなくいやだからだ。車にのるにしても、運転手に物を云ったり指図をしたりしなければならぬし、僕がどこへ行くかと云うことを、少くとも運転手丈《だ》けには悟られてしまうからね。それが、自分で箱車を運転すれば、誰にも知られず、丁度僕の好きな土蔵の中にとじ籠っている様な気持のままで、あらゆる場所をうろつき廻ることが出来る。どんな賑《にぎ》やかな大通りをも、雑踏をも、全く無関心な気持で、隠《かく》れ簑《みの》を着た仙人の様に、通行することが出来る。僕みたいな男にとっては、何と理想的な散歩法ではあるまいか。僕は今、子供の様に、乙種運転手免状が下附《かふ》される日を、待ちこがれているのだよ」

柾木はこんな意味の手紙を、池内光太郎に書いた。それは彼の犯罪準備行為を、態《わざ》と大胆に曝露《ばくろ》して、相手を油断させ、相手に疑《うたがい》を抱かせまいとする、捨身《すてみ》の計略であった。この場合、大胆に曝露《ばくろ》することが、徒《いたず》らに隠蔽《いんぺい》するよりも、却《かえ》って安全であることを、彼はよく知っていたのだ。無論その時分にも、一方では例の七日に一度位の、尾行と立聞きを続けていたので、彼はその手紙を受取ってからの、池内の挙動に注意したが、彼が柾木の奇行を笑う外《ほか》に、何の疑う所もなかったことは、いうまでもない。

随分金も使ったけれども、僅《わず》か二月程の練習で、彼は首尾よく乙種運転手の免状を手に入れることが出来た。同時に、彼は自動車学校の世話で、箱型フォードの中古品《ちゅうこひん》を買入れた。やくざなフォードを選んだのは、費用を省《はぶ》く意味もあったが、当時東京市中の賃《ちん》自動車には、過半フォードが使用されていたので、その中に立混って、目立たぬという点が、主たる理由であった。ある理由から、彼はそれを買入れる時、客席の窓に新しくシェードを取りつけさせることを忘れなかった。前にも云った様に、彼のK町の家には、広い荒庭《あれにわ》があったので、車庫を建てるのも、少しも面倒がなかった。

車庫が出来上ると、柾木はその扉《ドア》をしめ切って、婆やに気附かれぬ様に注意しながら、二晩もかかって、大工の真似事をした。それは、彼の自動車の後部のクッションを取りはずして、その内部の空《うつ》ろな部分に、板を張ったり、クッションそのものを改造したりして、そこに人一人横になれる程の、箱を作ることであった。つまり、外部からは少しも分らぬけれど、そのクッションの下に、長方形の棺桶《かんおけ》の様な、空虚な部分が出来上った訳《わけ》である。

さて、この奇妙な仕事がすむと、彼は古着屋町で、賃車《ちんぐるま》の運転手が着そうな、黒の詰襟《つめえり》服と、スコッチの古オーバーと（その時分気候は已《すで》に晩秋になっていたので）目まで隠れる大きな鳥打帽《とりうちぼう》とを買って来て、（か様《よう》な服装を選んだのにも、無論理由があった）それを身につけて運転手台におさまり、時を選ばず、市中や近郊をドライヴし始めたのである。

それは誠に奇妙な光景であった。雑草の生い茂った荒庭。壁のはげ落ちた土蔵。倒れかかったあばら家。くずれた土塀。その荒涼たる化物屋敷の門内から、仮令《たとい》フォードの中古《ちゆうぶる》にもしろ、見たところ立派やかな自動車が、それが夜の場合には、怪獣の目玉の様な、二つの頭光を、ギラギラと光らせて、毎日毎日、どこともも知れず辷《すべ》り出して行くのである。婆やを初め、附近の住民達は、もうその頃は噂の拡まっていた、この奇人の、世にも突飛《とつぴ》な行動に、目を見はらないではいられなかった。

一月ばかりの間、彼は、運転を覚えたばかりの嬉しさに、用もないのに自動車を乗り廻している、という体《てい》を装《よそお》いつつ、無闇《むやみ》と彼の所謂《いわゆる》自動車放浪を試みた。市内は勿論、道路の悪くない限り、近郊のあらゆる方面に遠乗りをした。ある時は、自動車を、池内光太郎の勤先《つとめさき》の会社の玄関へ横づけにして、驚く池内を誘って宮城前《きゆうじようまえ》の広場から、上野公園を一順して見せたこともあった。池内は「君に似合わしからぬ芸当だね。だが、フォードの古物とは気が利かないな」などと云いながら、でも、少なからず驚いている様子だった。若《も》し彼が、現に彼の腰かけていた、クッションの下に、妙な空隙《くうげき》が拵《こしら》えてあること、又遠からぬ将来、そこへ何物かの死体が隠されるであろうことを知ったなら、どんなに青ざめ、震え上ったことであろうと思うと、運転しながら、柾木は背中を丸くし、顔を胸に埋めて、湧上《わきあが》って来るニタニタ笑いを、隠さなければならなかった。

又ある晩は、たった一度ではあったけれど、彼は大胆にも、当の木下芙蓉の散歩姿を、自動車で尾行したこともあった。若《も》しそれを、相手に見つかったならば、彼の計画は殆《ほとん》ど駄目になってしまう程、実に危険な遊戯であったが、併《しか》し、危険な丈《だ》けに、柾木はゾクゾクする程愉快であった。洋装の美人が、さも気取った様子で、歩道をコツコツと歩いて行く。その斜《ななめ》うしろから、一台のボロ自動車が、のろのろとついて行くのだ。美人が町角を曲るたびに、ボロ自動車もそこを曲る。まるで紐《ひも》でつないだ飼犬みたいな感じで、誠に滑稽な、同時に不気味な光景であった。「御令嬢、ホラ、うしろから、あなたの棺桶がお伴《とも》をしていますよ」柾木はそんな歌を、心の中で呟いて、薄気味の悪い微笑を浮べながら、ソロソロと車を運転するのであった。

彼がこんな風に、自動車を手に入れてから、一月もの長い間、辛抱《しんぼう》強く無駄な日を送っていたのは、云うまでもなく、池内を初め婆やだとか近隣の人達に彼の真意を悟られまい為であった。彼が自動車を買ったかと思うと、すぐ様《さま》芙蓉が殺されたのでは、少々危険だと考えたのである。だが、これは寧《むし》ろ杞憂《きゆう》であったかも知れない。何故と云って、表面に現われた所では、柾木と芙蓉とは、ただ小学校で顔見知りであった男女が、偶然十数年ぶりに再会して、三四度席を同じうしたまでに過ぎないし、それからでも、已《すで》に四ケ月の月日が経過しているのだから、柾木が自動車を買入れた日と、芙蓉が殺害された日と、仮令《たとい》ピッタリ一致したところで、この二つの事柄の間に、恐ろしい因果関係が存在しようなどと、誰が想像し得たであろう。どんなに早まったところで、彼には少しの危険さえなかった筈《はず》である。

それは兎《と》も角《かく》、流石《さすが》用心深い柾木も、一月の間の、さも呑気そうな自動車放浪で、最早《もは》や充分だと思った。愈々《いよいよ》実行である。だが、その前に準備して置かねばならぬ、二三のこまごました仕事が、まだ残っていた。と云うのは、賃自動車の目印である、ツーリングの赤いマークを印刷した紙切れを手に入れること、自動車番号を記したテイルの塗り板の替え玉を用意すること、芙蓉の為に安全な墓場を準備して置くことなどであったが、前の二つは大した困難もなく揃えることが出来たし、墓場についても、実に申分《もうしぶん》のない方法があった。彼は邸《やしき》の荒庭の真中《まんなか》に、水のかれた深い古井戸のあることを知っていた。ある日彼は、庭をぶらついていて、態《わざ》とそこへ足を辷《すべ》らせ、向脛《むこうずね》に一寸《ちょつと》した傷を拵《こしら》えて見せた。そして、その事を婆やに告げて、危いから埋《う》めることにしようと云い出したのである。丁度その頃、近くに道路工事があって、不用の土を運ぶ馬力が、毎日彼の邸の前を通り、工事の現場には、「土御入用《ごにゆうよう》の方は申出て下さい」と立札がしてあった。柾木はその工事監督に頼んで、代金を払って、二車《ふたくるま》ばかりの土を、彼の邸内へ運んで貰うことにしたのである。馬方は、彼の荒庭の中へ馬車を引き込んで、その片隅へ、乱暴に土の山を作って行った。あとは、いつでも好きな時に、人足《にんそく》を頼んで、その土を古井戸の中へほうり込んで貰えばよいのである。云うまでもなく、彼は井戸を埋める前に芙蓉の死骸をその底へ投込み、上から少々土をかけて、人足だちに気附かれることなく、彼女を葬ってやる積《つも》りであった。

さて、準備は遺漏《いろう》なくととのった。もう決行の日を極《き》めるばかりである。それについても、彼は確かな目算があった。というのは、屡々《しばしば》述べた様に、彼は其《そ》の時分までも、例の尾行や立聞きを続けていたので、彼等（池内と芙蓉と）が次に出会う場所も時間も、知れていたし、当時芝居の切れ目だったので、芙蓉は自宅から約束の場所へ出かけるのだが、そんな時に限って、彼女は態《わざ》と帳場の車を避け、極《き》まった様に、近くのある大通りの角まで歩いて、そこで通りすがりのタクシーを拾うことさえ、彼にはすっかり分っていた。実を云うと、それが分っていたからこそ、彼はあの変てこな、自動車のトリックを思いついた程であったのだから。

七

十一月のある一日《いちじつ》、その日は朝から清々《すがすが》しく晴れ渡って、高台の窓からは、富士山の頭が、ハッキリ眺められる様な日和《ひより》であったが、夜《よ》に入《い》っても、肌寒いそよ風が渡って、空には梨地《なしじ》の星が、異様に鮮かにきらめいていた。

その夜の七時頃、柾木愛造の自動車は、二つの目玉を歓喜に輝かせ、爆音華やかに、彼《か》の化物屋敷の門を辷《すべ》り出し、人なき隅田堤《つつみ》を、吾妻橋の方角へと、一文字《いちもんじ》に快走した。運転台の柾木愛造も、軽やかにハンドルを握り、彼に似合わしからぬ口笛さえ吹き鳴らして、さもいそいそと嬉し相《そう》に見えた。

何という晴々とした夜、何という快活な彼のそぶり。あの恐ろしい犯罪への首途《かどで》としては、余りにも似合わしからぬ陽気さではなかったか。だが、柾木の気持では、陰惨な人殺しに行くのではなくて、今彼は、十幾年も待ちこがれた、あこがれの花嫁御《ご》を、お迎いに出かけるのだった。今夜こそ、嘗《か》っては彼の神様であった木下文子が、幾夜の夢に耐え難きまで彼を悩まし苦しめた木下芙蓉の肉体が、完全に彼の所有に帰するのだ。何人《なんびと》も、あの池内光太郎でさえも、これを妨《さまた》げる力はないのだ。アア、この歓喜を何に例えることが出来よう。透通《すきとお》った闇夜も、闌干《らんかん》たる星空も、自動車の風よけガラスの隙間《すきま》から、彼の頬にざれかかるそよ風も、彼の世の常ならぬ結婚の首途《かどで》を祝福するものでなくて何であろう。

木下芙蓉の、その夜の媾曳《あいびき》の時間は八時ということであったから、柾木は七時半には、もうちゃんと、いつも芙蓉が自動車を拾う、大通りの四つ角に、車を止めて待構えていた。彼は運転台で、背を丸くし、鳥打帽をまぶかにして、うらぶれた辻《つじ》待ちタクシーの運転手を装った。前面の風よけガラスには、ツーリングの赤いマークのはいった紙を目立つ様に張り出し、テイルの番号標は、いつの間にか、警察から下附されたものとは、まるで違う番号の、営業自動車用のにせ物に代っていた。それは誰が見ても、ありふれたフォードの、客待ち自動車でしかなかった。

「ひょっとしたら、今夜は何か差支《さしつかえ》が出来て、約束を変えたのではあるまいか」

待遠しさに、柾木がふとそんなことを考えた時、丁度それが合図ででもあった様に、向うの町角から、ひょっこりと、芙蓉の和服姿が現われた。彼女は、態《わざ》と地味な拵《こしら》えにして、茶っぽい袷《あわせ》に黒の羽織《はおり》、黒いショールで、顎《あご》を隠して、小走りに彼の方へ近づいて来るのだが、街灯の作りなした影であったか、顔色も、どことなく打沈んで見えた。

丁度その時は、通り過ぎる空《から》自動車もなかったので、彼女は当然柾木の車に走り寄った。いうまでもなく、柾木の偽瞞《ぎまん》が効《こう》を奏《そう》して、彼女はその車を、辻待ちタクシーと思い込んでいたのである。

「築地まで、築地三丁目の停留場のそばよ」

柾木が運転台から降りもせず、顔をそむけたまま、うしろ手にあけた扉から、彼女は大急ぎで辷《すべ》り込んで、彼の背中へ行先を告げるのであった。

柾木は、心の内で凱歌《がいか》を奏しながら、猫背になって命ぜられた方角へ、車を走らせた。淋《さび》しい町を幾曲りして、車は順路として、ある明るい、夜店で賑っている、繁華な大通りへさしかかったが、この大通りこそ、柾木の計画にとって、最も大切な場所であった。彼は運転しながら、鳥打のひさしの下から、上目使いに、前の風よけガラスに映る、背後の客席の窓を見つめていた。今か今かと、ある事の起るのを待構えていた。

すると間もなく、案の定まぶしい灯光をさける為に、半年以前、柾木と同乗した時と同じ様に、芙蓉が客席の四方の窓のシェードを、一つ一つ卸《おろ》して行くのが見えた。（当時の箱型フォードは凡《すべ》て、客席と運転手台との間に、ガラス戸の隔てが出来ていた）彼が自動車を買入れた時、態々《わざわざ》シェードを取りつけさせた理由は、これであった。柾木は、胸の中で小さな動物が、滅茶苦茶《めちゃくちゃ》にあばれ廻っている様に感じた。一里も走りつづけた程喉《のど》が乾いて、舌が木の様にこわばってしまった。だが、彼は断末魔の苦しみで、それを堪《こら》えながら、なおも走らせるのであった。

賑かな大通りの中程へ進んだころ、前方から気違いめいた音楽が聞えて来た。それはその町のとある空地《あきち》に、大《だい》テントを張って興業していた、娘曲馬団の客寄せ楽隊で、旧式な田舎《いなか》音楽が、蛮声《ばんせい》を張り上げて、かっぽれの曲を、滅多無性《めったむしょう》に吹き鳴らしているのであった。曲馬団の前は、黒山の人だかりが、人道を埋め、車道は雷の様な音を立てて行交《ゆきか》う電車や、自動車、自転車で、急流を為《な》し、耳を聾《ろう》する音楽と、目をくらます雑踏が、その辺一帯の通行者から、あらゆる注意力を奪ってしまったかに見えた。柾木が予期した通り、これこそ究竟《きゅうきょう》の犯罪舞台であった。

彼は車道の片側へ車を寄せて、突然停車すると、目に見えぬ素早さで、運転台を飛び降り、客席に躍り込んで、ピッシャリと中から扉をしめた。そこは丁度露店の焼鳥屋のうしろだったし、仮令《たとい》見た人があったところで、完全にシェードが下りているのだから、客席内の様子に気づく筈《はず》はなかった。

躍り込むと同時に、彼は芙蓉の喉を目がけて飛びついて行った。彼の両手の間で、白い柔いものが、しなしなと動いた。

「許して下さい。許して下さい。僕はあなたが可愛《かあい》いのだ。生かして置けない程可愛いのだ」

彼はそんな世迷《よまい》言《ごと》を叫びながら、白い柔いものを、くびれて切れてしまう程、ぐんぐんとしめつけて行った。

芙蓉は、運転手だと思い込んでいた男が、気違いの様に血相をかえて飛び込んで来た時、殺される者の素早い思考力で、咄嗟《とっさ》に柾木を認めた。だが、彼女は、悪夢の中での様に、全身がしびれ、舌が釣《つ》って、逃げ出す力も、助けを呼ぶ力もなかった。妙なことだけれど、彼女は大きく開いた目で、またたきもせず柾木の顔を見つめ、泣き笑いの様な表情をして、さあここをと云わぬばかりに、彼女の首をグッと彼の方へつき出したかとさえ思われた。

柾木は必要以上に長い間、相手の首をしめつけていた。離そうにも、指が無感覚になってしまって、云うことを聞かなかったし、そうでなくても、手を離したら、ビチビチ躍り出すのではないかと、安心が出来なんだ。だが、いつまで押えつけている訳《わけ》にも行かぬので、怖《おそ》る怖る手を離して見ると、被害者はくらげの様に、グニャグニャと、自動車の底へ、くずおれてしまった。

彼はクッションを取りはずし、難儀をして、芙蓉の死骸を、その下の空ろな箱の中へおさめ、元通りクッションをはめて、その上にぐったり腰をおろすと、気をしずめる為に、暫《しばら》くの間、じっとしていた。外には、相変らず、かっぽれの楽隊が、勇ましく鳴り響いていたが、それが実は、彼をだます為に、態《わざ》と何気なく続けられているので、安心をして、シェードをあげると、窓ガラスの外に、無数の顔が折り重なって、千の目で、彼を覗き込んでいるのではないかと思われ、迂闊《うかつ》にシェードを上げられない様な気がした。

彼は一分《ぶ》位の幕の隙間から、おずおずと外を覗いて見た。だが、安心したことには、そこには彼を見つめている一つの顔もなかった。電車も自転車も歩行者も、彼の自動車などには、全然無関心に、いそがしく通り過ぎて行った。

大丈夫だと思うと、少し正気づいて、乱れた服装をととのえたり、隠し残したものはないかと、車の中を改めたりした。すると床のゴムの敷物の隅に、小さな手提鞄《てさげかばん》が落ちているのに気づいた。無論芙蓉の持物である。開いて見ると、別段の品物も入っていなかったが、中に銀の懐中鏡があったので、序《ついで》にそれをとり出して、自分の顔を写して見た。丸い鏡の中には、少し青ざめていたけれど、別に悪魔の形相《ぎょうそう》も現われていなかった。彼は長い間鏡を見つめて、顔色をととのえ、呼吸を静める努力をした。やがて、やや平静を取戻した彼は、いきなり運転台に飛び戻って、大急ぎで電車道を横切り、車を反対の方角に走らせた。そして、人通りのない淋しい町へ淋しい町へと走って、とある神社の前で車を止め、前後に人のいないのを確《たしか》めると、ヘッドライトを消して置いて、咄嗟の間《ま》に、シェードを上げ、ツーリングのマークをはがし、テイルの番号標を元の本物と取り換え、再び頭光をつけると、今度はすっかり落ちついた気持で、車を家路へと走らせるのであった。交番の前を通る度に、態《わざ》と徐行して、「お巡りさん、私ゃ人殺しなんですよ。このうしろのクッションの下には、美しい女の死骸が隠してあるんですよ」などと独《ひと》ごちて、ひどく得意を感じさえした。

八

邸《やしき》について、車を車庫に納めると、もう一度身の廻りを点検して、シャンとして玄関へ上り、大声に台所の婆やを呼び出した。

「お前済まないが、一寸《ちよつと》使いに行って来ておくれ。浅草の雷門《かみなりもん》の所に、鶴屋という洋酒屋があるだろう。あすこへ行ってね、何でもいいから、これで買える丈《だ》けの上等の葡萄酒《ぶどうしゆ》を一本取ってくるのだ。サア、ここにおあしがある」

そういって、彼が十円札を二枚つき出すと、婆やは、彼の下戸《げこ》を知っているので、「マア、お酒でございますか」と妙な顔をした。柾木は機嫌よくニコニコして「ナニ、一寸ね、今晩は嬉しいことがあるんだよ」と弁解したが、これは、婆やが雷門まで往復する間に、芙蓉の死骸を、土蔵の二階へ運ぶ為でもあったけれど、同時に又、この不可思議な結婚式の心祝いに、少々お酒がほしかったのでもあった。

婆やの留守の三十分ばかりの間に、彼は魂のない花嫁を、土蔵の二階へ運んだ上、例の自動車のクッションの下の仕掛けを、すっかり取りはずして、元々通りに直して置く暇さえあった。こうして彼は、最後の証拠を堙滅《いんめつ》してしまった訳《わけ》である。

この上は、あかずの土蔵へ闖入《ちんにゅう》して、芙蓉の死骸そのものを目撃しない以上、誰一人彼を疑い得る者はない筈であった。

間もなく半ば狂《きょう》せる柾木と、木下芙蓉の死体とが、土蔵の二階でさし向いであった。燭《しょく》台《だい》のたった一本の蠟燭《ろうそく》が、赤茶けた光で、そこに恥もなく横《よこ》わった、花嫁御の冷い裸身を照らし出し、それが、部屋の一方に飾ってある、等身大の木彫りの菩薩像《ぼさつぞう》や、青ざめたお能の面と、一種異様の、陰惨な、甘酸っぱい対照を為《な》していた。

たった一時間前まで、心持の上では、千里も遠くにいて、寧《むし》ろ怖いものでさえあった、世間並に意地悪で、利口者の人気女優が、今何の抵抗力もなく、赤裸々のむくろを、彼の眼前一尺に曝《さら》しているかと思うと、柾木は不思議な感じがした。全く不可能な事柄が、突然夢の様に実現した気持であった。今度は反対に、軽蔑したり、憐《あわれ》んだりするのは、彼の方であった。手を握るはおろか、頰《ほお》をついても、抱きしめても、抛《ほう》り出しても、相手はいつかの晩の様に、彼を笑うことも、嘲《あざけ》ることも出来ないのだ。何たる驚異であろう。幼年時代には彼の神様であり、この半年の間は、物狂おしきあこがれの的であった木下芙蓉が、今や全く彼の占有に帰したのである。

死体は、首に青黒い絞殺のあとがついているのと、皮膚の色がやや青ざめていた外《ほか》は、生前と何の変りもなかった。大きく見開いた、瀬戸物の様なうつろな目が、空間を見つめ、だらしなく開いた唇の間から、美しい歯並《はなみ》と舌の先が覗いていた。唇に生色がなくて、何とやら花やしきの生人形《いきにんぎよう》みたいであったが、それ故に、却《かえ》って此世《このよ》のものならぬ艶しさが感じられた。皮膚は青白くすべっこかった。仔細に見れば、二の腕や腿のあたりに生毛《うぶげ》も生えていたし、毛穴も見えたけれど、それにも拘《かかわ》らず、全体の感じは、すべっこくて、透《す》き通《とお》っていた。

非現実的な蠟燭の光が、身体全体に、無数の柔い影を作った。胸から腹の表面は、砂漠の、砂丘の写真の様に、蔭ひなたが、雄大なるうねりを為《な》し、身体全体は、夕日を受けた奇妙な白い山脈の様に見えた。気高く聳《そび》えた嶺《みね》続きの、不可思議な曲線、滑《なめら》かな深い谷間の神秘なる蔭影、柾木愛造はそこに、芙蓉の肉体のあらゆる細部に亙《わた》って、思いもよらぬ、微妙な美と秘密とを見た。

生きている時は、人間はどんなにじっとしていても、どこやら動きの感じを免れないものだが、死者には全くそれがない。このほんの僅《わず》かの差違が、生体と死体とを、まるで感じの違ったものに見せることは、恐ろしかった。芙蓉はあくまでも沈黙していた。あくまでも静止していた。だらしのない姿を曝《さら》しながら、叱《しか》りつけられた小娘の様に、いじらしい程おとなしかった。

柾木は彼女の手を取って、膝の上で弄《もてあそ》びながら、じっとその顔に見入った。強直《ごうちょく》の来ぬ前であったから、手はくらげの様にぐにゃぐにゃしていて、その癖非常な重さだった。皮膚はまだ、日向水《ひなたみず》位の温度を保っていた。

「文子さん、あなたはとうとう僕のものになりましたね。あなたの魂が、いくらあの世で意地悪を云ったり、嘲《あざわら》笑ったりしても、僕は何ともありませんよ。なぜって、僕は現にこうして、あなたの身体そのものを自由にしているのですからね。そして、あなたの魂の方の声や表情は、聞えもしなければ、見えもしないのですからね」

柾木が話しかけても、死骸は生人形みたいに黙り返っていた。空ろな目が、霞《かすみ》のかかった様に、白っぽくて、白眼の隅の方に、目立たぬ程、灰色のポツポツが見えていた（それの恐ろしい意味を、柾木はまだ気づかなかったけれど）。顎がひどく落ちて、口があくびをした様に見えるのが、少し気の毒だったので、彼は手で、それをグッと押し上げてやった。押し上げても、押し上げても、元に戻るものだから、口を塞いでしまうのに、長い間かかった。でも、塞いだ口は、一層生前に近くなって、厚ぼったい花弁の重なり合った様な恰好《かっこう》が、いとしく、好ましかった。可愛らしい小鼻がいきんだ様に開いて、その肉が美しく透通って見えるのも、云い難き魅力であった。

「僕達はこの広い世の中で、たった二人ぼっちなんですよ。誰も相手にしてくれない、のけ者なんですよ。僕は人に顔を見られるのも恐ろしい、人殺しの大罪人だし、あなたは、そう、あなたは死びとですからね。私達はこの土蔵の厚い壁の中に、人目をさけて、ひそひそと話をしたり、顔を眺め合っているばかりですよ。淋しいですか。あなたはあんな華やかな生活をしていた人だから、これでは、あんまり淋し過ぎるかも知れませんね」

彼はそんな風に、死骸と話し続けながら、ふと古い古い記憶を呼起《よびおこ》していた。田舎《いなか》風の、古めかしく陰気な、八畳の茶の間の片隅に、内気な弱々しい子供が、積木のおもちゃで、彼のまわりに切れ目のない垣を作り、その中にチンと坐って、女の子の様に人形を抱《いだ》いて、涙ぐんで、そのお人形と話をしたり、頰ずりをしたりしている光景である。云うまでもなく、それは柾木愛造の六七才の頃の姿であったが、その折の内気な青白い少年が、大きくなって、積木の垣の代りに、土蔵の中にとじ籠《こも》り、お人形の代りに芙蓉のむくろと話をしているのだ。何という不思議な相似《そうじ》であろう。柾木はそれを思うと、急に目の前の死骸がゾッと総毛立つ程恋しくなって、それが遠い昔のお人形でもある様に、芙蓉の上半身を抱上げて、その冷たい頰に彼の頰を押しつけるのであったが、そうしてじっとしていると、まぶたが熱くなって、目の前がふくれ上って、ポタポタと涙が流れ落ち、それが熱い頰と冷い頰の合せ目を、顎の方へツーツーと辷《すべ》って行くのが感じられた。

土蔵の中は全く別世界であったし、相手が魂のない生人形であったから、柾木はあらゆる恥を忘れ、子供の様に顔をしかめて、しゃくり上げながら、泣きたい丈《だ》け泣き、喋《しゃべ》り度《た》いことを喋った。

か様にして、厭人病者と死骸との、此世《このよ》のものならぬ狂体は、不気味に、執拗に、その夜一夜、夜《よ》のあけるまでも、続けられたのである。

九

その翌朝《よくあさ》、北側の小さな窓の、鉄格子の向《むこう》から、晩秋のうららかな青空が覗き込んだ時、柾木愛造は、青黒く汚れた顔に、黄色くしぼんだ目をして、部屋の片隅の、菩薩の立像《りゅうぞう》の足元にくずおれていたし、芙蓉の水々しいむくろは、悲しくも既に強直して畳の上に横たわっていた。だが、それは、ある種の禁制の生人形《いきにんぎょう》の様で、決して醜くなかったばかりか、寧《むし》ろ異様になまめかしくさえ感じられた。

柾木はその時、疲れ切った脳髄を、むごたらしく使役して、奇妙な考えに耽《ふけ》っていた。最初の予定では、たった一度、芙蓉を完全に占有すれば、それで彼の殺人の目的は達するのだから、昨夜《ゆうべ》の内に、こっそりと、死骸を庭の古井戸の底へ隠してしまう考えであった。それで充分満足する筈《はず》であった。ところが、これは彼の非常な考え違いだったことが分って来た。

彼は、魂のない恋人のむくろに、こうまで彼を惹きつける力が潜《ひそ》んでいようとは、想像もしていなかった。死骸であるが故に、却《かえ》って、生前の彼女にはなかったところの、一種異様の、人外境の魅力があった。むせ返る様な香気の中を、底知れぬ泥沼へ、果てしも知らず沈んで行く気持だった。悪夢の恋であった。地獄の恋であった。それ故に、この世のそれの幾層倍、強烈で、甘美で、物狂わしき恋であった。

彼は最早や芙蓉のなきがらと別れるに忍びなかった。彼女なしには生きて行くことは考えられなかった。この土蔵の厚い壁の中の別世界で、彼女のむくろと二人ぽっちで、いつまでも、不可思議な恋にひたっていたかった。そうする外《ほか》には何の思案も浮ばなかった。

「永久に……」と彼は何心《なにごころ》なく考えた。だが、「永久」という言葉に含まれた、ある身の毛もよだつ意味に思い当った時、彼は余りの怖さに、ピョコンと立上って、いきなり部屋の中を、忙し相《そう》に歩き始めた。一刻も猶予のならぬことだった。だが、どんなに急いでも慌てても、彼には（恐らく神様にだって）どうすることも出来ないのだ。

「蟲、蟲」

彼の白い脳髄の襞《ひだ》を、無数の群蟲《ぐんちゆう》が、ウジャウジャ這《は》い廻った。あらゆるものを啖《くら》いつくす、それらの微生物の、ムチムチという咀嚼《そしやく》の音が、耳鳴りの様に鳴り渡った。

彼は長い躊躇《ちゆうちよ》のあとで怖《こ》わ怖《ご》わ、朝の白い光線に曝《さら》された、恋人の上にかがみ込んで、彼女の体を注視した。一見した所、死後強直が、さき程よりも全身に行渡って、作り物の感じを増した外《ほか》、さしたる変化もない様であったが、仔細に見ると、もう目がやられていた。白眼の表面は、灰色の斑点《はんてん》で、殆《ほとん》ど覆《おお》い尽され、黒目もそこひの様に溷濁《こんだく》して、虹彩《こうさい》がモヤモヤとぼやけて見えた。そして、目全体の感じが、ガラス玉みたいに、滑っこくて、固くて、しかもひからびた様に、潤《うるお》いがなくなっていた。そっと手を取って眺めると、拇《おや》指《ゆび》の先が、片輪みたいに、掌《てのひら》の方へ曲り込んだまま、動かなかった。

彼は胸から背中の方へ目を移して行った。無理な寝方をしていたので、肩の肉が皺《しわ》になって、そこの部分の毛穴が、異様に大きく開いていたが、それを直してやる為に、一寸《ちよつと》身体を持上げた拍子に、背中の畳に接していた部分が、ヒョイと彼の目に映った。それを見ると、彼はギョクンとして思わず手を離した。そこには、かの「死体の紋章」と云われている、青みがかった鉛色の小斑点が、已《すで》に現われていたのだった。

これらの現象は凡《すべ》て正体の曖昧《あいまい》な、極微有機物の作用であって、死後強直というえたいの知れぬ現象すらも、腐敗の前兆をなす所の、一種の糜爛《びらん》であった。柾木は嘗《か》つて、何かの書物で、この極微有機物には、空気にて棲息《せいそく》するもの、空気なくとも棲息するもの、及《および》両棲的なるものの三類があることを読んだ。それが一体何物であるか、何処《どこ》からやって来るかは、非常に曖昧であったけれど、兎《と》に角《かく》、目に見えぬ黴菌《ばいきん》の如きものが、恐ろしい速度で、秒一秒と死体を蝕《むしば》みつつあることは確かだった。相手が目に見えぬえたいの知れぬ蟲丈《だ》けに、どんな猛獣よりも一層恐ろしく、ゾッとする程不気味に感じられた。

柾木は、焰《ほのお》の見えぬ焼け焦げが、見る見る円周を拡げて行くのを、どうすることも出来ない時の様な、恐怖と焦燥とを覚えた。立っても坐ってもいられない気持だった。と云って、どうすればよいのか、少しも考えが纏《まと》まらなんだ。

彼は何の当てもなく、せかせかと梯子段《はしごだん》を降りて母屋《おもや》の方へ行った。婆やが妙な顔をして「ご飯に致しましょうか」と尋ねたが、彼は「いや」と云った丈《だ》けで、又蔵の前まで帰って来た。そして、外側から錠前を卸《おろ》すと、玄関へ走って行って、そこにあった下駄《げた》を突《つっ》かけ、車庫を開いて、自動車を動かす支度《したく》を始めた。エンジンが温まると、彼はそのまま運転台に飛乗って、車を門の外へ出し、吾妻橋の方角へ走らせた。賑かな通りへ出ると、その辺に遊んでいた子供達が、運転台の彼を指さして笑っているのに気づいた。彼はギョッとして青くなったが、次の瞬間、彼が和服の寝間着姿のままで車を運転していたことが分った。ナアンダと安心したけれど、そんな際にも、彼は顔を真赤にして、まごつきながら、車の方角を換え始めた。

大急ぎで洋服に着換えて、再び門を出た時も、彼はどこへ行こうとしているのだか、まるで見当がついていなかった。その癖、彼の頭は脳味噌がグルグル廻る程、忙しく働いていた。真空、ガラス箱、氷、製氷会社、塩《しお》づけ、防腐剤、クレオソート、石炭酸、……………死体防腐に関するあらゆる物品が、意識の表面に浮上《うきあが》っては沈んで行った。彼は町から町へ、無意味に車を走らせた。そして、非常な速度を出している癖に、同じ場所を幾度も幾度も通ったりした。ある町に氷と書いた旗の出ている家があったので、彼はそこで車を降りて、ツカツカと家の中へ這入《はい》って行った。店の間《みせのま》に青ペンキを塗った大きな氷《ひょう》室《しつ》が出来ていた。「もし、もし」と声をかけると、奥から四十ばかりのお神さんが出て来て、彼の顔をジロジロと眺めた。「氷をくれませんか」と云うと、お神さんは面倒臭そうな風で、「いか程」と訊《き》いた。無論彼女は病人用の氷の積《つも》りでいるのだ。

「アノ、頭を冷すんですから、沢山《たくさん》は入《い》りません。少しばかり分けて下さい」

内気の虫が、彼の言葉を、途中で横取りして、まるで違ったものに飜訳してしまった。縄《なわ》でからげて貰《もら》った小さな氷を持って、車に乗ると、彼は又当てもなく運転を続けた。運転台の床で氷がとけて、彼の靴の底をベトベトにぬらした時分、彼は一軒の大きな酒屋の前を通りかかって、そこの店に三尺四方位の上げ蓋《ぶた》の箱に、塩が一杯に盛り上っているのを発見すると、又車を降りて、店先に立った。だが、不思議な事に、彼はそこで塩を買う代りに、コップに一杯酒をついで貰って、車を止めたのはそれが目的でもあったかの様に、グイとあおった。

何の為に車を走らせているのか、分らなくなってしまった。ただ、何かにウオーウオーと追駈けられる気持で、せかせかと町から町を走り廻った。呑みつけぬ酒の為に、顔がかっかとほてって、肌寒い気候なのに、額にはビッショリ汗の玉が発疹《はっしん》した。そんなでいて、併《しか》し、頭の中の、彼の屋敷の方角に当る片隅には、絶えず芙蓉の死体が鮮かに横わっていた。そして、その幻影のクッキリと白い裸体が、焼け焦げが拡がる様に、刻々に蝕《むしば》まれて行くのが、見えていた。「こうしてはいられない。こうしてはいられない」彼の耳元で、ブツブツブツブツそんな呟きが聞えた。

無意味な運転を二時間余り続けた頃、ガソリンが切れて、車が動かなくなった。しかも、それが丁度ガソリン販売所のない様な町だったので、車を降りてその店を探し廻り、バケツで油を運搬するのに、悲惨な程間の抜けた無駄骨折りをしなければならなかった。そして、やっと車が動く様になった時、彼は始めて気附いた様に「ハテ、俺は何をしていたのだっけ」と暫《しばら》く考えていたが、「アアそうだ。俺は朝飯をたべていないのだ。婆やが待っているだろう。早く帰らなければ」と気がついた。彼は側《そば》に立止《たちどま》って彼の方を見ていた小僧さんに道を訊《き》いて、家の方角へと車を走らせた。三十分もかかって、やっと吾妻橋へ出たが、その時また、彼自身のやっていることに不審を抱いた。「御飯」のことなどとっくに忘れていたので、車を徐行させて、ボンヤリ考え込まなければならなかった。だが、今度は意外にも、天啓《てんけい》の様にすばらしい考えがひらめいた。「チェッ、俺はさっきから、なぜそこへ気がつかなかったろう」彼は腹立たしげに呟《つぶや》いて、併《しか》し晴々した表情になって、車の方向を変えた。行先は本郷の大学病院わきの、ある医療器械店であった。

白く塗った鉄製の棚だとか、チカチカ光る銀色の器械だとか、皮を剝《む》いた赤や青の毒々しい人体模型だとか、薄気味悪い品物で埋《うず》まっている、広い店の前で、彼は暫《しばら》く躊躇《ちゅうちょ》していたが、やがて影法師みたいにフラフラとそこへ這入《はい》って行くと、一人の若い店員を捉《とら》えて、何の前置きもなく、いきなりこんなことを云った。

「ポンプを下さい。ホラ、あの死体防腐用の、動脈へ防腐液を注射する、あの注射ポンプだよ。あれを一つ売って下さい」

彼は相当ハッキリ口を利いたつもりなのに、店員は「へ？」と云って、不思議相《そう》に彼の顔をジロジロ眺めた。彼は、今度は顔を真赤にして、もう一度同じことを繰返した。

「存じませんね、そんなポンプ」

店員はボロ運転手みたいな彼の風体《ふうてい》を見下しながら、ぶっきら棒に答えた。

「ない筈《はず》はないよ。ちゃんと大学で使っている道具なんだからね。誰か外《ほか》の人に訊いて見て下さい」

彼は店員の顔をグッと睨《にら》みつけた。果し合いをしても構わないといった気持だった。店員はしぶしぶ奥へ這入《はい》って行ったが、暫《しばら》くすると少し年とった男が出て来て、もう一度彼の註文を聞くと、変な顔をして、

「一体何にお使いなさいますんで」

と尋ね返した。

「無論、死骸の動脈へフォルマリンを注射するんです。あるんでしょう。隠したって駄目ですよ」

「御冗談でしょう」と番頭は泣き笑いみたいな笑い方をして、「そりゃね、その注射器はあるにはありますがね。大学でも時たましか註文のない様な品ですからね。あいにく手前共には持合せがないのですよ」と一句一句、叮嚀《ていねい》に言葉を切って、子供に物を云う様な調子で答えた。そして、気の毒相に柾木の取乱した服装を眺めるのだった。

「じゃ、代用品を下さい。大型の注射器ならあるでしょう。一番大きい奴を下さい」

柾木は自分の言葉が自分の耳へ這入らなかった。ただ轟々《ごうごう》と喉《のど》の所が鳴っている様な感じだった。

「それならありますがね。でも、変だな。いいんですか」

番頭は頭を掻きながら、躊躇していた。

「いいんです。いいからそれを下さい。サア、いくらです」

柾木は震える手で蟇口《がまぐち》を開いた。番頭は仕方なく、その品物を若い店員に持って来させて、「じゃあまあお持ちなさい」と云って柾木に渡した。

柾木は金を払って、その店を飛び出すと、それから、今度は近くの薬屋へ車をつけて、防腐液をしこたま買求め、慌《あわただ》しく家路についたのであった。

十

ギャッと叫んで逃げ出す程、ひどくなっているのではないかと、柾木は息も止まる気持で、階段を上《あが》ったが、案外にも、芙蓉の姿は、却《かえ》って、朝見た時よりも美しくさえ感じられた。触って見れば強直状態であることが分ったけれど、見た所では、少しむくんだ青白い肉体が艶々《つやつや》しくて、海底に住んでいる、ある血の冷い美しい動物みたいな感じがした。朝までは、眉《まゆ》が奇怪にしかめられ、顔全体が苦悶の表情を示していたのに、今彼女は、聖母の様にきよらかな表情となって、彼がふさいでやった唇の隅が、少しほころび、白い歯でニッコリと笑っていた。目が空《うつ》ろだったし、顔色が蠟《ろう》の様に透通《すきとお》っていたので、それは大理石に刻んだ、微笑せるそこひ(盲目の奇《く》しき魅力)の聖母像であった。

柾木はすっかり安心した。さっきまでの焦燥が馬鹿馬鹿しく思われて来た。若《も》し芙蓉のこの刹那《せつな》の姿を、永遠に保つことが出来たら。叶《かな》わぬことと知りながら、彼は果敢《はか》ない願《ねがい》を捨て兼ねた。

彼は医学上の智識《ちしき》も技術も、まるで持合わせなかったけれど、物の本で、動脈から防腐剤を注射して、全身の悪血を圧《お》し出してしまうやり方が、最も新しい手軽な死体防腐法であることを読んでいた。防腐液のうすめ方も記憶していた。そこで、甚《はなは》だ不安だったけれど、兎《と》も角《かく》、それをやって見る事にして、階下から水を入れたバケツや洗面器などを運んで（婆やに気附かれぬ為に、どれ程みじめな心遣いをしたことであろう）フォルマリンの溶液を作り、注射の用意をととのえた。

それから、芙蓉のからだの下へ大きな油紙をしいて、医学書を見ながら、カミソリで彼女の股間を深くえぐって、大動脈を切断した。血の海の中で、まっ赤なウナギのような動脈は、ヌルヌルすべって、なかなかうまくつかめなかった。

柾木は、まるで彼自身が手術でも受けている様に、まっ青になって、烈《はげ》しい息づかいをしながら、針をつけないガラスの注射器に、防腐液を含ませ、その先端のとがった部分を動脈の切口にさし込み、継目《つぎめ》の所を息が洩れぬ様に指で圧《おさ》え、一方の手で、ポンプを押した。だが、こんな作業が彼の様な素人《しろうと》に出来るものではなかった。彼の指がしびれた様になって、云うことを聞かなかったせいもあるけれど、いくら圧しても、ポンプの中の溶液は減って行かぬのだ。いらいらして、力まかせにグイグイ圧すと、溶液が逆流して、真赤な液体がそこら一面に溢れるばかり。何度やっても同じ事だ。そこで彼は、まるで器械いじりをする小学生の様に、汗みどろの真剣さで、或《あるい》は血管との継目を糸でしばって見たり、或はもう一本の静脈にも同じことをやって見たり、あらゆる手段を試みたが、丁度器械いじりの小学生が、骨を折れば折る丈《だ》け、却《かえ》って器械を滅茶苦茶にしてしまう様に、ただ傷口を大きくするばかりであった。結局、彼が無駄な素人手術を思いあきらめたのは、もう夜の十時頃であった。何と驚くべき努力であったろう。彼は午後から、殆《ほとん》ど十時間の間、この一事《いちじ》に夢中になっていたのだ。

血管の切口を糸でしばったり、血糊を掃除したり、バケツの水で手を洗ったりしている内に、失望の隙につけ込んで、睡魔が襲い始めた。昨夜一睡もしていないのだし、二日間ぶっ続けに、頭や身体を極度に酷使したので、如何《いか》に興奮していたとは云え、もう気力が尽きたのである。彼は、バケツや洗面器の赤黒く淀《よど》んだ汚水を始末することも忘れて、クラクラとそこへぶっ倒れたまま、いきなり鼾《いびき》をかき始めた。泥の様な眠りだった。

殆《ほとん》ど燃え尽きて、ジージーと音を立てている、蠟燭《ろうそく》の光が、死人の様に青ざめた顔の、鼻の頭にあぶら汗を浮べ、大きな口を開いて泥睡《でいすい》している柾木の気の毒な姿と、その横に、真白に浮上って見える、芙蓉のむくろのなまめいた姿との、奇怪な対照の地獄絵を、赤々と照らし出していた。

十一

翌日柾木が目を覚ましたのは、もうお昼過ぎであった。睡《ねむ》りながらも、彼の心は「こうしてはいられない。こうしてはいられない」という気持で、一晩中、闘争し苦悶し続けていたのだが、さて目が覚めると、却《かえ》ってボンヤリしてしまって、昨日までのことが、凡《すべ》て悪夢に過ぎなかった様にも思え、現に彼の目の前に横《よこた》わっている芙蓉の死骸を見ても、部屋中にみなぎっている、薬品の匂《におい》や、甘酸っぱい死臭にむせ返っても、それも夢の続きで、まだ本当に起きているのではないという様な感じがしていた。

だが、いつまで待っても、夢は醒めそうにもない。仮令《たとい》これが夢の中の出来事としても、彼はもうじっとしている訳《わけ》には行かなかった。そこで、彼はその方へ這《は》って行って、ややはっきりした目で、恋人の死体を検《しら》べたが、そこに起ったある変化に気附くと、ギョッとして、俄《にわ》かに、意識が鮮明になった。

芙蓉は寝返りでも打った様に、一晩の中《うち》に姿勢がガラリと変っていた。昨夜までは、死骸とは云え、どこかに反撥力が残っていて、無生物という気持がしなかったのに、今見ると、彼女は全くグッタリと、身も心も投げ出した形で、やっと固形を保った、重い液体の一塊《ひとかたまり》の様に、横わっていた。触って見ると、肉か豆腐《とうふ》みたいに柔くて、既に死後強直が解けていることが分った。だが、そんなことよりも、もっと彼を撃ったのは、芙蓉の全身に現われた、おびただしい屍斑《しはん》であった。不規則な円形を為《な》した、鉛色の紋々《もんもん》が、まるで奇怪な模様みたいに、彼女の身体中を覆っていた。

幾億とも知れぬ極微なる蟲共は、いつ殖《ふ》えるともなく、いつ動くともなく、まるで時計の針の様に正確に、着々と彼等の領土を侵蝕して行った。彼等の極微に比して、その侵蝕力は、実に驚くべき速さだった。しかも、人は彼等の暴力を目前に眺めながら、どうする事も出来ぬのだ。手をつかねて傍観する外《ほか》はないのだ。一度《ひとたび》恋人を葬《ほう》むる機会を失したばかりに、生体に幾倍する死体の魅力を知り初《はじ》め、痛ましくも地獄の恋に陥った柾木愛造は、その代償として、彼の目の前で、いとしい恋人の五体が戦慄すべき極微物の為に、徐々にしかも間違いなく、蝕《むしば》まれて行く姿を、拱手《きょうしゅ》して見守らなければならなかった。恋人の為に死力を尽して戦いたいのだ。だが、彼等の恐るべき作業はまざまざと目に見えていながら、しかも、戦うべき相手がないのだ。嘗《かつ》てこの世に、これほどの大苦痛が存在したであろうか。

彼は追い立てられる様な気持で、昨日失敗した防腐法を、もう一度繰返すことを考えて見たが、考えるまでもなく駄目なことは分り切っていた。防腐液の注射は無論彼の力に及ばぬし、氷や塩を用いる方法も、そのかさばった材料を運び入れる困難があった外《ほか》に、何となく彼と恋人とを隔離《かくり》する感じが、いやであった。そして、仮令《たとい》どんな方法をとって見た所で、幾分分解作用をおくらすことは出来ても、結局それを完全に防ぎ得るものでないことが、彼にもよく分っていた。彼の慌だしい頭の中に巨大な真空のガラス瓶だとか、死体の花氷《はなごおり》だとかの、荒唐無稽《こうとうむけい》な幻影が浮んでは消えて行った。製氷会社の薄暗い冷蔵室の中で、技師に嘲笑されている彼自身の姿さえ、空想された。

だがあきらめる気にはなれなんだ。それが不可能と分れば分る程、彼の焦慮はいやまして行った。

「アア、そうだ。死骸にお化粧をしてやろう。せめて、うわべだけでも塗りつぶして、恐ろしい蟲共の拡がって行くのを見えない様にしよう」

考えあぐんだ彼は、遂《つい》にそんなことを思立《おもいた》った。あきらめの悪い姑息《こそく》な方法には相違なかったけれど、彼の不思議な恋を一分でも一秒でも長く楽しむ為には、この様な一時のがれをでも試みる外《ほか》はなかった。

彼は大急ぎで町に出て、胡粉《ごふん》と刷毛《はけ》とを買って帰り（これらの異様な挙動を、婆やはさして怪しまなんだ。彼の不規則な生活や、奇矯《ききょう》な行為には、慣れっこになっていたからだ。彼女はただ土蔵から出て来た柾木の身辺に、病院へ行ったような、ひどい防腐剤の匂の漂っていたのを、いささか不審に思った）別の洗面器にそれを溶いて、人形師が生人形《いきにんぎょう》の仕上げでもする様に、芙蓉の全身を塗りつぶした。そして、不気味な屍斑が見えなくなると、今度は、普通の絵の具で、役者の顔をする様に、目の下をピンク色にぼかして見たり、眉を引いて見たり、唇に紅を塗って見たり、耳たぶを染めて見たり、その他五体のあらゆる部分に、思うままの色彩をほどこすのであった。この仕事に彼はたっぷり半日もかかった。最初はただ屍斑や陰気な皮膚の色を隠すのが目的であったが、やっている内に、屍《しかばね》の粉飾そのものに異常に興味を覚え始めた。彼は、死体というキャンヴァスに向って、妖艶なる裸像を描く、世にも不思議な画家となり、様々《さまざま》な愛の言葉を囁《ささや》きながら、興に乗じては冷いキャンヴァスに口づけをさえしながら夢中になって絵筆を運ぶのであった。

やがて出来上った彩色《さいしき》された死体は、妙なことに、彼が嘗《か》ってS劇場で見た、サロメの舞台姿に酷似していた。生地《きじ》の芙蓉も美しかったけれど、全身に毒々しく化粧をした芙蓉は、一層生前のその人にふさわしくて、云い難き魅力を備えていた。蝕まれて、最早《もは》や取返す術もなく思われた、芙蓉のむくろに、この様な生気が残っていたことは、しかもそれが生前の姿にもまして悩ましき魅力を持っていたことは、柾木にとって寧《むし》ろ驚異であった。

それから三日ばかりの間、死体に大きな変化もなかったので、柾木は、日に三度食事に降りて来る外《ほか》は、全く土蔵にとじ籠《こも》って、せっぱつまった最後の恋に、明日《あす》なき恋人のむくろとさし向いで、気違の様に、泣きわめき、笑い狂った。彼には、それがこの世の終りとも感じられたのである。

その間《あいだ》に、一つ丈《だ》け、少し変った出来事があった。ある午後、粉飾せる死体のそばで、疲れ切って泥の様に眠っていた柾木は、婆やが土蔵の入口の所で引いている、呼鈴《よびりん》代りの鳴子《なるこ》の音に目を覚ました。それは来客の時に限って使用することになっていたので、彼は若《も》しや犯罪が発覚したのではないかと、ギョッとして、飛び起ると、芙蓉の死骸に頭から蒲団《ふとん》をかぶせて置いて、ソッと階段を降り、入口の所で暫《しばら》く耳をすましていたが、思い切って厚い扉を開《あ》けた。すると、そこにはやっぱり婆やが立っていて、「旦那様、池内様がお出《い》でなさいました」と告げた。彼は池内と聞いてホッとしたが、次の瞬間、「アア、奴めとうとう俺を疑い始め、様子をさぐりに来たんだな」と考えた。「いると云ったのかい」と聞くと、婆やは悪かったのかとオドオドして「ハイ、そう申しましたが」と答えた。彼は咄嗟《とっさ》に心をきめて「構わないから、探して見たけれどいないから、多分知らぬ間《ま》に外出したのだろうと云って、返して下さい。それからね。当分誰が来ても、僕はいない様に云って置くのだよ」と命じて、そのまま扉を締めた。

だが、時がたつに従って、池内に会わなかったことが、悔《く》やまれて来た。勇気を出して会いさえすれば、一《いち》か八《ばち》か様子が分って、却《かえ》って気持が落ちついたであろうに、なまじ逃げた為に、池内の心をはかり兼ねて、いつまでも不安が残った。静かな土蔵の二階で、黙りこくった死骸を前にして、じっと考えていると、その不安がジリジリとお化けの様に大きくなり、身動きも出来ない程の恐怖に襲われて来、彼はその恐怖を打消す為め丈《だ》けにも、居続けの遊蕩児《ゆうとうじ》の様な、焼けくそな気持で、ギラギラと毒々しい着色死体を物狂おしく愛撫《あいぶ》した。

十二

三日ばかり小康《しょうこう》が続いたあとには、恐ろしい破綻《はたん》が待ち受けていた。その間《あいだ》死体に別段の変化が現われなかったばかりでなく、不思議なお化粧の為とは云え、彼女の肉体が前例なき程妖艶に見えたというのは、例えば消える前の蠟燭《ろうそく》が、一時異様に明るく照り輝く様なものであった。いまわしき蟲共は、表面平穏を装いながら、その実死体の内部に於て、幾億の極微なる吻《くちばし》を揃え、ムチムチと、五臓を蝕《むしば》み尽しているのであった。

ある日、長い眠りから目覚めた柾木は、芙蓉の死体に非常な変化が起っているのを見て、余りの恐ろしさに、あやうく叫び出す所であった。

そこには、最早《もは》や昨日までの美しい恋人の姿はなくて、女角力《おんなずもう》の様な白い巨人が横わっていた。身体がゴム鞠《まり》の様にふくれた為に、お化粧の胡粉が相馬焼みたいに、無数の亀裂を生じ、その網目の間から、褐色の肌が気味悪く覗いていた。顔も巨大な赤ん坊の様にあどけなくふくれ上っていた。柾木は嘗《か》ってこの死体膨脹の現象について記載されたものを読んだことがあった。目に見えぬ極微な有機物は、群《ぐん》をなして腸腺《ちょうせん》を貫《つらぬ》き、之《これ》を破壊して血管と腹膜に侵入し、そこに瓦斯《ガス》を発生して、組織を液体化する醱酵素《はっこうそ》を分泌するのだが、この発生瓦斯の膨脹力は驚くべきものであって、死体の外貌を巨人と変えるばかりでなく、横隔膜《おうかくまく》を第三肋骨《ろっこつ》の辺まで押上げる力を持っている。同時に体内深くの血液を、皮膚の表面に押し出し、彼の吸《か》血鬼の伝説を生んだ所の、死後循環の奇現象を起すことがある。

遂《つい》に最後が来たのだ。死体が極度まで膨脹すれば次に来《きた》るものは分解である。皮膚も筋肉も液体となって、ドロドロ流れ出すのだ。柾木はおどかされた幼児の様に、大きなうるんだ目で、キョロキョロとあたりを見廻し、今にも泣き出し相《そう》に、キュッと顔をしかめた。そして、そのままの表情で、長い間じっとしていた。

暫《しばら》くすると、彼は突然何か思出《おもいだ》した様子で、ピョコンと立上ると、せかせか本棚の前へ行って、一冊の古ぼけた書物を探し出した。背皮に「木乃伊《みいら》」と記されていた。そんなものが今更何の役にも立たぬ事は分り切っていたにも拘《かかわ》らず、命をかけた恋人が、刻々に蝕《むしば》まれて行くいらだたしさに、物狂わしくなっていた彼は、熱心にその書物の頁《ページ》をくって、とうとう次の様な一節を発見した。

「最も高価なる木乃伊の製法左《さ》の如し。先《ま》ず左側の肋骨《ろっこつ》の下を深く切断し、其《その》傷口より内臓を悉《ことごと》く引き出だし、唯《ただ》心臓と腎臓とを残す。又、曲れる鉄の道具を鼻口《びこう》より挿入して、脳髄を残りなく取出し、かくして空虚となれる頭蓋と胴体を棕櫚酒《しゅろしゅ》にて洗浄、頭蓋には鼻孔より没薬《もつやく》等の薬剤を注入し、腹腔には乾葡萄其他《そのた》の物を塡充《てんじゅう》し、傷口を縫合《ほうごう》す。かくして、身体《しんたい》を七十日間曹達水《ソーダすい》に浸《ひた》したる後、之《これ》を取出し、護謨《ゴム》にて接合せる麻布を以《もっ》て綿密に包巻《ほうかん》するなり」

彼は幾度も同じ部分を読返していたが、やがて、ポイとその本を放り出したかと思うと、頭のうしろをコツコツと叩きながら、空目《そらめ》をして、何事か胴忘《どうわす》れした人の様に、「なんだっけなあ、なんだっけなあ、なんだっけなあ」と呟《つぶや》いた。そして、何を思ったのか、突然階段をかけ降り、非常な急用でも出来た体《てい》で、そそくさと玄関を降りるのであった。

門を出ると、彼は隅田堤を、何ということもなく、急ぎ足で歩いて行った。大川《おおかわ》の濁水が、ウジャウジャと重なり合った無数の虫の流れに見えた。行手の大地が、匍匐《ほふく》する微生物で、覆い隠され、足の踏みどもない様に感じられた。

「どうしよう、どうしようなあ」

彼は歩きながら、幾度も幾度も、心の苦悶を声に出した。或《あ》る時は「助けてくれエ」と大声に叫び相《そう》になるのを、やっと喉の所で喰い止めねばならなかった。

どこをどれ程歩いたのか、彼には少しも分らなんだけれど、三十分も歩き続けた頃、余りに心の内側ばかりを見つめていたので、つい爪先がお留守になり、小さな石につまずいて、彼はバッタリ倒れてしまった。痛みなどは感じもしなかったが、その時ふと彼の心に奇妙な変化が起った。彼は立上る代りに、一層身を低く土の上に這《は》いつくばって、誰にともなく、非常に叮嚀《ていねい》なおじぎをした。

変な男が、往来の真中《まんなか》で、いつまでもおじぎをしているものだから、たちまち人だかりになり、通りがかりの警官の目にも止った。それは親切な警官であったから、彼を助け起して、住所を聞き、気違いとでも思ったのか、態々《わざわざ》吾妻橋の所まで送り届けてくれたが、警官と連れ立って歩きながら、柾木は妙なことを口走った。

「お巡《まわり》さん。近頃残酷な人殺しがあったのを御存じですか。何故残酷だといいますとね。殺された女は、天使の様に清らかで、何の罪もなかったのです。と云って、殺した男もお人好しの善人だったのです。変ですね。それはそうと、私はその女の死骸のある所をちゃんと知っているのですよ。教えて上げましょうか。教えて上げましょうか」

だが、彼がいくらそのことを繰返しても、警官は笑うばかりで、てんで取合おうともしなかったのである。

それから数日の後、柾木がまる二日間食事に降りて来ないので、婆やが心配をして家主に知らせ、家主から警察に届出《とどけい》で、あかずの蔵の扉は、警官達の手によって破壊された。薄暗い土蔵の二階には（むせ返る死臭と、おびただしい蛆虫《うじむし》の中に）二つの死骸が転《ころが》っていた。その一人は直《す》ぐ主人公の柾木愛造と判明したけれど、もう一人の方が、行衛《ゆくえ》不明を伝えられた、人気女優木下芙蓉の、なれの果てであることを確めるには、長い時間を要した。何故と云って、彼女の死体は殆《ほとん》ど腐敗していた上に、腹部が無残に傷《きずつ》けられ、腐りただれた内臓が醜く露出していた程であったから。柾木愛造は（芙蓉の死毒によって命を奪われたとの判定であった）露出した芙蓉の腹わたの中へ、うっぷしに顔を突込んで死んでいたが、恐ろしいことには、彼の醜く歪《ゆが》んだ、断末魔の指先が、恋人の脇腹の腐肉に、執念深く喰い入っていた。

（「改造」昭和四年六〜七月号）

芋虫

時子《ときこ》は、母屋《おもや》にいとまを告げて、もう薄暗くなった、雑草のしげるにまかせ、荒れ果てた広い庭を、彼女達夫婦の住家《すみか》である離れ座敷の方へ歩きながら、いまし方《がた》も、母屋の主人《あるじ》の予備少将《しょうしょう》から云われた、いつもの極《きま》り切った褒《ほ》め言葉を、誠に変てこな気持で、彼女の一番嫌いな茄子《なす》の鴫焼《しぎやき》を、ぐにゃりと嚙《か》んだあとの味で、思出《おもい》していた。

「須永中尉《すながちゅうい》(予備少将は、今でも、あの人間だか何だか分からない様な廃兵《はいへい》を、滑稽《こっけい》にも、昔のいかめしい肩書で呼ぶのである)の忠烈《ちゅうれつ》は、云うまでもなく我《わが》陸軍の誇りじゃが、それはもう世に知れ渡っておることだ。だが、お前さんの貞節《ていせつ》は、あの廃人を三年の年月《としつき》少しだって厭《いや》な顔を見せるではなく、自分の欲をすっかり捨ててしまって、親切に世話をしている。女房として当り前のことだと云ってしまえばそれまでじゃが、出来ないことだ。わしは、全《まった》く感心していますよ。今の世の美談《びだん》だと思っています。だが、まだまだ先の長い話じゃ。どうか気を変えないで面倒を見て上げて下さいよ」

に、鷲尾《わしを》老少将は、顔を合わせる度毎《たびごと》に、それを一寸《ちよつと》でも云わないでは気が済まぬという様に、極《きま》り切って、彼の昔の部下であった、そして今では彼の厄介者《やつかいもの》である所の、須永廃中尉とその妻を褒《ほ》めちぎるのであった。時子は、それを聞くのが、今云った茄子の鴫焼の味だものだから、なるべく主人の老少将に逢《あ》わぬ様、留守を窺《うかが》っては、それでも終日物も云わぬ不具者と差向いでばかりいることも出来ぬので、奥さんや娘さんの所へ、話込みに行き行きするのであった。

尤《もつと》も、この褒め言葉も、最初の間《あいだ》は、彼女の犠牲的《ぎせいてき》精神、彼女の稀《まれ》なる貞節にふさわしく、云うに云われぬ誇らしい快感を以《もつ》て、時子の心臓を擽《くすぐ》ったのであるが、此頃《このごろ》では、それを以前の様に素直には受容《うけい》れ兼《か》ねた。というよりは、この褒め言葉が恐ろしくさえなっていた。それを云われる度に、彼女は「お前は貞節の美名に隠れて、世にも恐ろしい罪悪を犯しているのだ」と真向《まつこう》から、人差指を突きつけて、責められてでもいる様に、ゾッと恐ろしくなるのであった。

考えて見ると、我ながらこうも人間の気持が変るものかと思う程、ひどい変り方であった。初めの程は、世間知らずで、内気者で、文字通り貞節な妻でしかなかった彼女が、今では、外見はともあれ、心の内には、身の毛もよだつ情欲の鬼が巣を食って、哀れな片輪者（片輪者という言葉では不十分な程の無残な片輪者であった）の亭主を、――嘗《かつ》ては忠勇なる国家の干城《かんじょう》であった人物を、何か彼女の情欲を満たす丈《だ》けの為《ため》に、飼ってあるけだものでもある様に、或《あるい》は一種の道具でもある様に、思いなす程に変り果てているのだ。

このみだりがましき鬼奴《おにめ》は、全体どこから来たものであろう。あの黄色い肉の塊《かたまり》の、不可思議な魅力がさせる業《わざ》か（事実彼女の夫の須永廃中尉は、一かたまりの黄色い肉塊でしかなかった。そして、それは畸形《きけい》な独楽《こま》の様に、彼女の情欲をそそるものでしかなかった）それとも、三十歳の彼女の肉体に満ちあふれた、えたいの知れぬ力のさせる業であったか。恐らくその両方であったのかも知れないのだが。

鷲尾老人から何か云われる度に、時子はこの頃めっきり脂切《あぶらぎ》って来た彼女の肉体なり、他人にも恐らく感じられるであろう彼女の体臭なりを、甚《はなは》だうしろめたく思わないではいられなかった。「私はまあ、どうしてこうも、まるで馬鹿か何ぞの様にでぶでぶと肥《こ》え太るのだろう」その癖《くせ》、顔色なんかいやに青ざめているのだけれど。老少将は、彼の例の褒め言葉を並べながら、いつもやや審《いぶか》しげに彼女のでぶでぶと脂ぎった身体《からだ》つきを眺めるのを常としたが、若《も》しかすると、時子が老少将をいとう最大の原因は、この点にあったのかも知れないのである。

片田舎《かたいなか》のことで、母屋と離座敷《はなれざしき》の間は、殆《ほとん》ど半町《はんちょう》も隔《へだた》っていた。その間は道もないひどい草原《くさはら》で、ともすればがさがさと音を立てて青大将《あおだいしょう》が這出《はいだ》して来たり、少し足を踏み違えると、草に覆《おお》われた古井戸が危なかったりした。広い邸《やしき》のまわりには、形ばかりの不揃《ふぞろ》いな生垣《いけがき》がめぐらしてあって、その外《そと》は田や畑が打続き、遠くの八幡《はちまん》神社の森を背にして、彼女等の住家である二階建ての離れ家《や》が、そこに、黒く、ぽつんと立っていた。

空には一つ二つ星がまたたき始めていた。もう部屋の中は、真暗になっていることであろう。彼女がつけてやらねば、彼女の夫にはランプをつける力もないのだから、かの肉塊は、闇の中で、坐椅子《ざいす》に凭《もた》れて、或《あるい》は椅子からずっこけて、畳の上に転がりながら、目ばかりぱちぱち瞬《またた》いていることであろう。可哀相《かわいそう》に。それを考えると、いまわしさ、みじめさ、悲しさが、併《しか》しどこか幾分センジュアルな感情を交えて、ぞッと彼女の背筋を襲うのであった。

近づくに従って、二階の窓の障子《しょうじ》が、何かを象徴している風で、ぽっかりと真黒な口を開《あ》いているのが見え、そこから、とんとんと、例の畳を叩《たた》く鈍い音が聞えて来た。「ああ、又やっている」と思うと、彼女はまぶたが熱くなる程、可哀相な気がした。それは不自由な彼女の夫が、仰向《あおむ》きに寝転がって、普通の人間が手を叩いて人を呼ぶ仕草《しぐさ》の代りに、頭でとんとんとんと畳を叩いて、彼の唯一《ゆいいつ》の伴侶《はんりょ》である時子を、せっかちに呼び立てていたのである。

「今行きますよ。おなかがすいたでしょう」

時子は、相手に聞えぬことは分っていても、いつもの癖《くせ》で、そんなことを言いながら慌《あわ》てて台所口に駆《か》け込み、すぐそこの梯子段《はしごだん》を上《のぼ》って行った。

六畳一間の二階に、形ばかりの床《とこ》の間《ま》がついていて、そこの隅《すみ》に台ランプと燐寸《マッチ》が置いてある。彼女は丁度《ちょうど》母親が乳呑児《ちのみご》に云う調子で、絶えず「待遠《まちどお》だったでしょうね。すまなかったわね」だとか「今よ、今よ、そんなに云っても真暗でどうすることも出来やしないわ。今ランプをつけますからね。もう少しよ、もう少しよ」だとか、色々な独言《ひとりごと》を云いながら（と云うのは、彼女の夫は少しも耳が聞えなかったので）ランプをともして、それを部屋の一方の机のそばへ運ぶのであった。

その机の前には、メリンス友禅《ゆうぜん》の蒲団《ふとん》を括《くく》りつけた、新案特許何とか式坐椅子というものが置いてあったが、その上は空っぽで、そこからずっと離れた畳の上に、一種異様の物体が転がっていた。その物は、古びた大島銘仙《おおしまめいせん》の着物を着ているには相違ないのだが、それは、着ているというよりも包まれていると云った方が、或《あるい》はそこに大島銘仙の大きな風《ふ》呂敷包《ろしきづつみ》が放り出してあると云った方が、当っている様なまことに変てこな感じのものであった。そして、その風呂敷包の隅から、にゅッと人間の首が突き出ていて、それが、米搗《こめつき》ばったみたいに、或は奇妙な自動器械の様に、とんとん、とんとん畳を叩いているのだ。叩くにしたがって、大きな風呂敷包全体が、反動で、少しずつ位置を変えているのだ。

「そんなに癇癪《かんしやく》起すもんじゃないわ、何ですのよ。これ？」

時子はそう云って、手で御飯をたべる真似《まね》をして見せた。

「そうでもないの。じゃ、これ？」

彼女はもう一つのある恰好《かつこう》をして見せた。併《しか》し、口の利《き》けない彼女の夫は、一々《いちいち》首を横に振って、又しても、やけにとんとんとんとんと畳に頭をぶッつけている。砲弾の破片の為に、顔全体が見る影もなく損《そこな》われていた。左の耳たぶはまるでとれてしまって、小さな黒い穴が、僅《わず》かにその痕跡を残しているに過ぎず、同じく左の口辺《こうへん》から頬《ほお》の上を斜《ななめ》に目の下の所まで、縫《ぬ》い合わせた様な、大きなひッつりが出来ている。右の蟀谷《こめかみ》から頭部にかけて、醜い傷痕《きずあと》が這《は》い上《あが》っている。喉《のど》の所がぐいと抉《えぐ》った様に窪《くぼ》んで鼻も口も元の形を留《とど》めてはいない。そのまるでお化みたいな顔面の内で、僅かに完全なのは、周囲の醜さに引かえて、こればかりは無心の子供のそれの様に、涼《すず》しくつぶらな両眼であったが、それが今、ぱちぱちといらだたしく瞬《またた》いているのだった。

「じゃ、話があるのね。待っててらっしゃいね」

彼女は机の抽斗《ひきだし》から雑記帳と鉛筆を取出し、鉛筆を片輪者のゆがんだ口にくわえさせ、その側《そば》へ開いた雑記帳を持って行った。彼女の夫は口を利くことも出来なければ、筆を持つ手足もなかったからである。

「オレガイヤニナッタカ」

癈人は、丁度大道の因果者がする様に、女房の差出す雑記帳の上に、口で文字を書いた。長い間かかって、非常に判《わか》り悪《にく》い片仮名《かたかな》を並べた。

「ほほほほほほ、又やいているのね。そうじゃない。そうじゃない」

彼女は笑いながら強く首を振って見せた。

だが癈人は、またせっかちに頭を畳にぶっつけ始めたので、時子は彼の意を察して、もう一度雑記帳を相手の口の所へ持って行った。すると、鉛筆がおぼつかなく動いて、

「ドコニイタ」

と記《しる》された。それを見るや否《いな》や、時子は、邪慳《じゃけん》に癈人の口から鉛筆を引ったくって、帳面の余白へ「鷲尾サンノトコロ」と書いて、相手の目の先へ、押しつける様にした。

「分っているじゃないの。外《ほか》に行く所があるもんですか」

癈人は更《さら》に雑記帳を要求して、

「三ジカン」

と書いた。

「三時間も独りぼっちで待っていたと云うの。悪かったわね」彼女はそこで済まぬ様な表情になってお辞儀《じぎ》をして見せ「もう行かない。もう行かない」と云いながら手を振って見

せた。

風呂敷包の様な須永癈中尉は、無論まだ云足《いいた》りぬ様子であったが、口書《くちがき》の芸当が面倒臭くなったと見えて、ぐったりと頭を動かさなくなった。その代りに、大きな両眼に、凡《あら》ゆる意味をこめて、まじまじと時子の顔を見つめているのだ。

時子は、こういう場合夫の機嫌をなおす唯一の方法を弁《わきま》えていた。言葉が通じないのだから、細《こまか》い云《い》い訳《わけ》をすることは出来なかったし、言葉の外《ほか》では最も雄弁に心中を語っている筈《はず》の、微妙な目の色などは、いくらか頭の鈍くなった夫には通用しなかった。そこで、いつもこうした奇妙な痴話喧嘩《ちわげんか》の末には、お互《たがい》にもどかしくなってしまって、最も手っ取り早い和解の手段を採ることになっていた。

彼女はいきなり夫の上にかがみ込んで、歪《ゆが》んだ口の、ぬめぬめと光沢《つや》のある大きなひッつりの上に、接吻《せっぷん》の雨をそそぐのであった。すると、癈人の目にやっと安堵《あんど》の色が現われ、歪んだ口辺に、泣いているかと思われる醜い笑いが浮んだ。時子は、いつもの癖で、それを見ても、彼女の物狂わしい接吻をやめなかった。それは、一つには相手の醜さを忘れて、彼女自身を無理から甘い昂奮《こうふん》に誘う為でもあったけれど、又一つには、この全く起居《たちい》の自由を失った哀れな片輪者を、勝手気儘《きまま》にいじめつけてやり度《た》いという、不思議な気持も手伝っていた。

だが、癈人の方では、彼女の過分の好意に面喰《めんくら》って、息もつけぬ苦しさに、身をもだえ、醜い顔を不思議に歪めて、苦悶《くもん》している。それを見ると、時子は、いつもの通り、ある感情がうずうずと、身内に湧起《わきおこ》って来るのを感じるのだった。

彼女は狂気の様になって、癈人にいどみかかっていき、大島銘仙の風呂敷包みを、引きちぎるように剝ぎとってしまった。すると、その中から、なんともえたいの知れぬ肉塊がころがり出してきた。

この様な姿になって、どうして命をとり止めることが出来たかと、当時医界を騒がせ、新聞が未曾有《みぞう》の奇談として書き立てた通り、須永癈中尉の身体は、まるで手足のもげた人形みたいに、これ以上毀《こわ》れ様がない程、無残に、不気味に傷《きずつ》けられていた。両手両足は、殆《ほとん》ど根元から切断され、僅《わず》かにふくれ上った肉塊となって、その痕跡を留めているに過ぎないし、その胴体ばかりの化物の様な全身にも、顔面を始めとして大小無数の傷痕が光っているのだ。

まことに無残なことであったが、彼の身体は、そんなになっても、不思議と栄養がよく、片輪なりに健康を保っていた。（鷲尾老少将は、それを時子の親身の介抱《かいほう》の功に帰《き》して、例の褒《ほ》め言葉の内にも、その事を加えるのを忘れなかった）外《ほか》に楽しみとてはなく、食欲の烈《はげ》しいせいか、腹部が艶々《つやつや》とはち切れ相《そう》にふくれ上って、胴体ばかりの全身の内でも殊《こと》にその部分が目立っていた。

　それはまるで、大きな黄色の芋虫《いもむし》であった。或いは時子がいつも心の中で形容していたように、いとも奇《く》しき、畸形な肉独楽《にくごま》であった。それはある場合には、手足の名残《なごり》の四つの肉のかたまりを（それらの尖端《せんたん》には、丁度手提袋《てさげぶくろ》の口の様に、四方から表皮が引締められて、深い皺《しわ》を作り、その中心にぽッつりと、不気味な小さな窪みが出来ているのだが）その肉の突起物を、まるで芋虫の足の様に、異様に震わせて、臀部《でんぶ》を中心にして頭と肩とで、本当に独楽と同じに、畳の上をくるくると廻《まわ》るのであったから。

　今、時子の為に裸体《はだか》に剝《む》かれた癈人は、それには別段抵抗するではなく、何事かを予期しているものの様に、じっと上目使いに、彼の頭の所にうずくまっている時子の、餌物《えもの》を狙うけだものの様な、異様に細められた眼と、やや堅くなったきめのこまかい二重顎《ふたえあご》を、眺めていた。

　時子は、片輪者のその眼つきの意味を読むことが出来た。それは今の様な場合には、彼女がもう一歩進めばなくなってしまうものであったが、例えば彼女が彼の側で針仕事をしていると、片輪者が所在なさに、じっと一つ空間を見つめている様な時、この眼色《めいろ》は一層深味《ふかみ》を加えて、ある苦悶を現わすのであった。

　視覚と触覚の外《ほか》の五官を悉《ことごと》く失ってしまった癈人は、生来読書欲など持合わせなかった猪武者《いのししむしゃ》であったが、それが衝戟《しょうげき》の為に頭が鈍くなってからは、一層文字と絶縁してしまって、今はただ、動物と同様に物質的な欲望の外には何の慰《なぐさ》む所もない身の上であった。だが、そのまるで暗黒地獄の様などろどろの生活の内にも、ふと、常人であった頃教え込まれた軍隊式な倫理観《りんりかん》が、彼の鈍い頭をもかすめ通る事があって、それと片輪者であるが故《ゆえ》に一層敏感になった情欲とが、彼の心中で闘い、彼の目に不思議な苦悶の影を宿すものに相違ない。時子はそんな風に解釈していた。

時子は、無力な者の目に浮ぶ、おどおどした苦悶の表情を見ることは、そんなに嫌いではなかった。彼女は一方ではひどい泣き虫の癖に、妙に弱い者いじめの嗜好《しこう》を持っていたのだ。それに、この哀れな片輪者の苦悶は、彼女の飽《あ》くことのない刺戟物《しげきぶつ》でさえあった。今も彼女は相手の心持を劬《いた》わるどころではなく、反対に、のしかかる様に、異常に敏感になっている不具者の情欲に迫って行くのであった。

× × × × ×

得体《えたい》の知れぬ悪夢にうなされて、ひどい叫び声を立てたかと思うと、時子はびっしょり寝汗をかいて目を覚ました。

枕元のランプの火屋《ほや》に妙な形の油煙《ゆえん》がたまって、細めた芯《しん》がじじ……と鳴いていた。部屋の中が天井も壁も変に橙色《だいだいいろ》に霞《かす》んで見え、隣に寝ている夫の顔が、ひッつりの所が灯《ほ》影《かげ》に反射して、やっぱり橙色にてらてらと光っている。今の唸《うな》り声が聞えた筈《はず》もないのだけれど、彼の両眼はぱっちりと開いて、じっと天井を見つめていた。机の上の枕時計を見ると一時を少し過ぎていた。

恐らくそれが悪夢の原因をなしたのであろうけれど、時子は目が覚めるとすぐ、身体にある不快を覚えたが、やや寝ぼけた形で、その不快をはっきり感じる前に、何だか変だとは思いながら、ふと、別の事を、さいぜんの異様な遊戯の有様を幻の様に目に浮べていた。そこには、きりきりと廻る、生きた独楽の様な肉塊があった。そして、肥え太った、脂ぎった三十女の不様《ぶざま》な身体があった。それがまるで地獄の絵みたいにもつれ合っているのだ。何といういまわしさ、醜さであろう。だが、そのいまわしさ、醜さが、どんな外《ほか》の対象よりも、麻薬の様に彼女の情欲をそそり、彼女の神経をしびれさせる力をもっていようとは、三十年の半生を通じて、彼女の嘗《かつ》て想像だもしなかった所である。

「ああああああ」

時子はじっと彼女の胸を抱きしめながら、詠嘆《ためいき》ともうめきともつかぬ声を立てて、毀《こわ》れかかった人形の様な、夫の寝姿を眺めるのであった。

この時、彼女は初めて、目覚めてからの肉体的な不快の原因を悟《さと》った。そして「いつもとは少し早過ぎる様だ」と思いながら、床《とこ》を出て、梯子段《はしごだん》を降りて行った。

再び床に這入《はい》って、夫の顔を眺めると、彼は依然《いぜん》として、彼女の方をふり向きもしないで、天井を見入っているのだ。

「又考えて居るのだわ」

眼の外《ほか》には、何の意志を発表する器官をも持たない一人の人間が、じっと一つ所を見据《みす》えている様子は、こんな真夜半《まよなか》などには、ふと彼女に不気味な感じを与えた。どうせ鈍くなった頭だとは思いながらも、この様な極端な不具者の頭の中には、彼女達とは違った、もっと別の世界が開《ひら》けて来ているのかも知れない。彼は今その別世界を、ああしてさまよっているのかも知れない。などと考えると、ぞッとした。

彼女は目が冴えて眠れなかった。頭の芯に、どどどどと音を立てて、焔《ほのお》が渦《うず》まいている様な感じがしていた。そして、無闇《むやみ》と、色々な妄想が浮んでは消えた。その中には、彼女の生活をこの様に一変させてしまった所の三年以前の出来事が織混《おりま》ぜられていた。

夫が負傷して内地に送り還されるという報知を受取った時には、先《ま》ず戦死でなくてよかったと思った。その頃はまだつき合っていた、同僚の奥様達から、あなたは御仕合《おしあわ》せだと羨《うらや》まれさえした。間もなく新聞に、夫の華々しい戦功が書き立てられた。同時に、彼の負傷の程度が可成《かなり》甚しいものであることを知ったけれど、無論これ程のこととは想像もしていなかった。

彼女は衛戍《えいじゅ》病院へ、夫に逢《あ》いに行った時のことを、恐らく一生涯忘れないであろう。真白なシーツの中から、無残に傷ついた夫の顔が、ぼんやりと彼女の方を眺めていた。医員の難《むつか》しい術語の混った言葉で、負傷の為に、耳が聞えなくなり、発声機能に妙な故障を生じて、口さえ利けなくなっていると聞かされた時、已《すで》に彼女は目を真赤にして、しきりに鼻をかんでいた。そのあとにどんな恐ろしいものが待構えていたかも知らないで。

いかめしい医員であったが、流石《さすが》に気の毒そうな顔をして「驚いてはいけませんよ」と云いながら、そっと白いシーツをまくって見せてくれた。そこには、悪夢の中のお化みたいに、手のあるべき所に手が、足のあるべき所に足が、全く見えないで、繃帯《ほうたい》の為に丸くなった胴体ばかりが不気味に横《よこた》わっていた。それはまるで生命のない石膏細工《せっこうざいく》の胸像をベッドに横えた感じであった。

彼女はくらくらっと、目まいの様なものを感じて、ベッドの脚の所へ蹲《うずく》まってしまった。本当に悲しくなって、人目も構わず、声を上げて泣き出したのは、医員や看護婦に別室へ連れて来られてからであった。彼女はそこの薄汚れたテーブルの上に、長い間泣き伏していた。

「本当に奇蹟《きせき》ですよ。両手両足を失った負傷者は須永中尉ばかりではありませんが、皆《みな》生命を取りとめることは出来なんだのです。実に奇蹟です。これは全く軍医正殿と北村《きたむら》博士の驚くべき技術の結果なのですよ、恐らくどの国の衛戍病院にも、こんな実例はありますまいよ」

医員は、泣き伏した時子の耳元で、慰める様に、そんなことを云っていた。「奇蹟」という喜んでいいのか悲しんでいいのか分らない言葉が、幾度も幾度も繰返《くりかえ》された。

新聞紙が須永鬼中尉の赫々《かくかく》たる武勲《ぶくん》は勿論《もちろん》、この外科医術上の奇蹟的事実について、書き立てたことは云うまでもなかった。

夢の間《ま》に半年ばかり過去《すぎさ》ってしまった。上官や同僚の軍人達がつき添って、須永の生きたむくろが家《うち》に運ばれると、殆ど同時位に彼の四肢の代償《だいしょう》として、功五級の金鵄《きんし》勲章が授けられた。時子が不具者の介抱に涙を流している時、世の中は凱旋祝《がいせんいわい》で大騒ぎをやっていた。彼女の所へも、親戚《しんせき》や知人や町内の人々から、名誉、名誉という言葉が、雨の様に降《ふり》込《こ》んで来た。

間もなく、僅《わず》かの年金では暮しのおぼつかなかった彼女達は、戦地での上長官であった鷲尾少将の好意にあまえて、その邸内の離座敷を無賃で貸して貰《もら》って住むことになった。田舎に引込んだせいもあったけれど、その頃から彼女達の生活はガラリと淋《さび》しいものになってしまった。凱旋騒ぎの熱がさめて世間も淋しくなっていた。もう誰も以前の様には彼女達を見舞わなくなった。月日がたつにつれて、戦捷《せんしょう》の興奮もしずまり、それにつれて、戦争の功労者たちへの感謝の情もうすらいで行った。須永中尉のことなど、もう誰も口にするものはなかった。

夫の親戚達も、不具者を気味悪がってか、物質的な援助を恐れてか、殆《ほとん》ど彼女の家に足踏みしなくなった。彼女の側《がわ》にも、両親はなく、兄妹達は皆薄情者《はくじょうもの》であった。哀れな不具者とその貞節な妻は、世間から切り離された様に、田舎の一軒家でポッツリと生存していた。そこの二階の六畳は、二人にとって唯一の世界であった。しかも、その一人は耳も聞えず、口も利けず、起居《たちい》も全く不自由な土人形の様な人間であったのだ。

癈人は、別世界の人類が、突然この世に放り出された様に、まるで違ってしまった生活様式に面喰《めんくら》っているらしく、健康を恢復《かいふく》してからでも、暫《しばら》くの間は、ボンヤリしたまま身動きもせず仰臥《ぎょうが》していた。そして、時を構わず、ウトウトと睡《ねむ》っていた。

時子の思いつきで、鉛筆の口書きによる会話を取交《とりかわ》す様になった時、先《ま》ず第一に癈人がそこに書いた言葉は「シンブン」「クンショウ」の二つであった。「シンブン」というのは、彼の武勲《ぶくん》を大きく書立てた戦争当時の新聞記事の切抜きのことで、「クンショウ」というのは云うまでもなく例の金鵄勲章《きんしくんしょう》のことであった。彼が意識を取戻した時、鷲尾少将が第一番に彼の目の先につきつけたものはその二品《ふたしな》であったが、癈人はそれを覚えていたのだ。

癈人はそれからも度々同じ言葉を書いて、その二品を要求し、時子がそれらを彼の前で持っていてやると、いつまでもいつまでも、眺めつくしていた。彼が新聞記事を繰返し読む時などは、時子は手のしびれて来るのを我慢しながら、何だか馬鹿馬鹿しい様な気持で、夫のさも満足そうな眼つきを眺めていた。

だが、彼女が「名誉」を軽蔑《けいべつ》し始めたよりは随分遅れてではあったけれど、癈人も亦《また》「名誉」に飽き飽きしてしまった様に見えた。彼はもう以前みたいに、かの二品を要求しなくなった。そして、あとに残ったものは、不具者なるが故に病的に烈《はげ》しい、肉体上の欲望ばかりであった。彼は恢復期の胃腸病患者みたいに、ガツガツと食物を要求し、時を選ばず彼女の肉体を要求した。時子がそれに応じない時には、彼は偉大なる肉独楽となって気違いの様に畳の上を這い廻った。

時子は最初の間、それが何だか空恐ろしく、いとわしかったが、やがて、月日がたつに従って、彼女も亦《また》、徐々に肉欲の餓鬼となりはてて行った。野中の一軒家にとじ籠《こ》められ、行末《ゆくすえ》に何の望みも失った、殆《ほとん》ど無智《むち》と云ってもよかった二人の男女にとっては、それが生活の凡《すべ》てであった。動物園の檻《おり》の中で一生を暮らす、二匹のけだものの様に。

そんな風であったから、時子が彼女の夫を、彼女の思うがままに、自由自在に弄《もてあそ》ぶ事の出来る、一個の大きな玩具《がんぐ》と見做《みな》すに至ったのは、誠に当然であった。又、不具者の恥知らずな行為に感化された彼女が、常人に比べてさえ丈夫《じょうぶ》していた彼女が、今では不具者を困らせる程も、飽くなきものとなり果てたのも、至極《しごく》当り前のことであった。

彼女は時々気狂いになるのではないかと思った。自分のどこに、こんないまわしい感情がひそんでいたのかと、あきれ果てて身ぶるいすることがあった。

物も云えないし、こちらの言葉も聞えない、自分では自由に動くことさえ出来ない、この奇《く》しく哀れな一個の道具が、決して木や土で出来たものではなく、喜怒哀楽《きどあいらく》を持った生きものであるという点が、限りなき魅力となった。その上、たった一つの表情器官であるつぶらな両眼が、彼女の飽くなき要求に対して、或時《あるとき》はさも悲しげに、或時はさも腹立たしげに物を云う。しかもいくら悲しくとも、涙を流す外《ほか》には、それを拭《ぬぐ》うすべもなく、いくら腹立たしくとも、彼女を威嚇《いかく》する腕力もなく、遂には彼女の圧倒的な誘惑に耐え兼ねて、彼も亦《また》異常な病的昂奮に陥ってしまうのだが、この全く無力な生きものを、相手の意にさからって責めさいなむことが、彼女にとっては、もう此上《このうえ》もない愉悦《ゆえつ》とさえなっていたのである。

× × × ×

時子のふさいだまぶたの中には、それらの三年間の出来事が、その激情的な場面丈《だ》けが、切れ切れに、次から次と、二重にも三重にもなって、現われては消えて行くのだった。この切れ切れの記憶が、非常な鮮かさで、まぶたの内側に活動写真の様に現われたり消えたりするのは、彼女の身体に異状がある毎《ごと》に、必ず起る所の現象であった。そして、この現象が起る時には、きっと、彼女の野性が一層あらあらしくなり、気の毒な不具者を責めさいなむことが一層烈しくなるのを常とした。彼女自身それを意識さえしているのだけれど、身内に湧上《わきあが》る凶暴な力は、彼女の意志を以てしては、どうすることも出来ないのである。

ふと気がつくと、部屋の中が、丁度《ちょうど》彼女の幻と同じに、もやに包まれた様に暗くなって行く感じがした。幻の外《そと》にもう一重幻《ひとえ》があって、その外の方の幻が今消えて行こうとしている様な気持であった。それが神経のたかぶった彼女を怖がらせ、ハッと胸の鼓動が烈しくなった。だが、よく考えて見ると何でもないことだった。彼女は蒲団《ふとん》から乗出《のりだ》して、枕《まくら》下《もと》のランプの芯《しん》をひねった。それは細めて置いた芯が尽きて、灯火《ともしび》が消えかかっていたのである。

部屋の中がパッと明るくなった。だがそれがやっぱり橙色にかすんでいるのが、少しばかり変な感じであった。時子はその光線で、思出した様に夫の寝顔を覗《のぞ》いて見た。彼は依然として、少しも形を変えないで、天井の同じ所を見つめている。

「マア、いつまで考えごとをしているのだろう」彼女はいくらか、不気味でもあったが、それよりも、見る影もない片輪者のくせに、独りで仔細《しさい》らしく物思《ものおも》いに耽《ふけ》っている様子が、ひどく憎々《にくにく》しく思われた。そして、又しても、ムズ痒《がゆ》く、例の残虐性が彼女の身内に湧起《わきおこ》って来るのだった。

彼女は、非常に突然、夫の蒲団の上に飛びかかって行った。そしていきなり、相手の肩を抱いて、烈しくゆすぶり始めた。

余りにそれが唐突《とうとつ》であったものだから、癈人は身体全体で、ビクンと驚いた。そして、その次には、強い叱責《しっせき》のまなざしで、彼女を睨《にら》みつけるのであった。

「怒ったの？　何だい、その目」

時子はそんなことを怒鳴《どな》りながら、夫にいどみかかって行った。わざと相手の眼を見ないようにして、いつもの遊戯を求めて行った。

「怒ったって駄目《だめ》よ。あんたは、私の思うままなんだもの」

だが、彼女がどんな手段をつくしても、その時に限って癈人はいつもの様に、彼の方から妥協《だきょう》して来る様子はなかった。さっきから、じっと天井を見つめて考えていたことがそれであったのか、又は単に女房のえて勝手な振舞が癇《かん》に触ったのか、いつまでもいつまでも、大きな目を飛び出すばかりにいからして、刺す様に時子の顔を見据えていた。

「何だい、こんな目」

彼女は叫びながら、両手を、相手の目に当てがった。そして、「なんだい」「なんだい」と気違いみたいに叫び続けた。病的な興奮が、彼女を無感覚にした。両手の指にどれほどの力が加わったかさえ、ほとんど意識していなかった。

ハッと夢から醒めた様に、気がつくと、彼女の下で、癈人が躍《おど》り狂っていた。胴体丈《だ》けとは云え、非常な力で、死にもの狂いに躍るものだから、重い彼女がはねとばされた程であった。不思議なことには、癈人の両眼から真赤な血が吹き出して、ひっつりの顔全体が、ゆでだこみたいに上気していた。

時子はその時、凡《すべ》てのことをハッキリ意識した。彼女は無残にも、彼女の夫のたった一つ残っていた、外界との窓を、夢中に傷つけてしまったのである。

だが、それは決して夢中の過失とは云い切れなんだ。彼女自身それを知っていた。一番ハッキリしているのは、彼女は夫の物云う両眼を、彼等が安易なけものになり切るのに、甚しく邪魔《じゃま》っけだと感じていたことだ。時たまそこに浮び上って来る正義の観念とも云うべきものを、憎々しく感じていたことだ。のみならず、その眼の内には、憎々しく邪魔っけであるばかりでなく、もっと別なもの、もっと不気味で恐ろしい何物かさえ感じられたのである。

併《しか》し、それは嘘《うそ》だ。彼女の心の奥の奥には、もっと違った、もっと恐ろしい考えが存在していなかったであろうか。彼女は、彼女の夫を本当の生きた屍《しかばね》にしてしまいたかったのではないか。完全な肉独楽に化してしまいたかったのではないか。胴体丈《だ》けの触覚の外《ほか》には、五官を全く失った一個の生きものにしてしまいたかったのではないか。そして、彼女の飽くなき残虐性を、真底から満足させたかったのではないか。不具者の全身の内で、目丈《だ》けが僅《わず》かに人間のおもかげを留めていた。それが残っていては、何かしら完全でない様な気がしたのだ。

この様な考えが、一秒間に、時子の頭の中を通り過ぎた。彼女は「ギャッ」という様な叫声《さけびごえ》を立てたかと思うと、躍り狂っている肉塊をそのままにして、転がる様に階段を駈けおり、跣足《はだし》のままで暗闇の外《そと》へ走り出した。彼女は悪夢の中で恐ろしいものに追駈《おいか》けられてでもいる感じで、夢中に走りつづけた。裏門を出て、村道を右手へ、でも、行先が三町程隔たった医者の家であることは意識していた。

× × × × ×

頼みに頼んで、やっと医者を引ぱって来た時にも、肉塊はさっきと同じ烈しさで躍り狂っていた。村の医者は、噂《うわさ》には聞いていたけれど、まだ実物を見たことがなかったので、片輪者の不気味さに胆《きも》をつぶしてしまって、時子が物のはずみでこんな椿事《ちんじ》を惹起《ひきおこ》した旨《むね》を、くどくど弁解するのも、よくは耳に入らぬ様子であった。彼は痛み止めの注射と、傷の手当てをしてしまうと、大急ぎで帰って行った。

負傷者がやっと藻掻《もが》きやんだ頃、しらじらと夜があけた。

時子は負傷者の胸をさすってやりながら、ボロボロと涙をこぼし、「すみません」「すみません」と云い続けていた。肉塊は負傷の為に発熱したらしく、顔が赤くはれ上って、胸は烈しく鼓動していた。

時子は終日病人のそばを離れなかった。食事さえしなかった。そして、病人の頭と胸に当てた濡《ぬれ》タオルを、ひっきりなしに絞《しぼ》り換えたり、気違いめいた長たらしい詫《わ》び言《ごと》をつぶやいて見たり、病人の胸に指先で「ユルシテ」と幾度も幾度も書いて見たり、悲しさと罪の意識に、時間のたつのを忘れてしまっていた。

×　×　×　×　×

夕方になって、病人はいくらか熱もひき、息づかいも楽になった。時子は、病人の意識がもう常態に復したに相違ないと思ったので、改めて、彼の胸の皮膚《ひふ》の上に、一字一字ハッキリと「ユルシテ」と書いて、反応を見た。だが、肉塊は何の返事もしなかった。眼を失ったとは云え、首を振るとか、笑顔を作るとか、何かの方法で彼女の文字に答えられぬ筈《はず》はなかったのに、肉塊は身動きもせず、表情も変えないのだ。息づかいの様子では睡《ねむ》っているとも考えられなんだが、皮膚に書いた文字を理解する力さえ失ったのか、それとも憤《ふん》怒《ぬ》の余り沈黙を続けているのか、まるで分らない。それは今や、一個のふわふわした、暖い物質でしかなかったのだ。

時子は、その何とも形容の出来ぬ、静止の肉塊を見つめている内に、生れて嘗《か》つて経験したことのない、真底からの恐ろしさに、ワナワナと震え出さないではいられなかった。そこに横わっているものは一個の生きものに相違なかった。彼は肺臓も胃袋も持っているのだ。それだのに、彼は物を見ることが出来ない。音を聞くことが出来ない。一言も口が利けない。何かを掴《つか》むべき手もなく、立上るべき足もない。彼にとっては、この世界は永遠の静止であり、不断の沈黙であり、果てしなき暗闇である。嘗って何人《なんびと》がかかる恐怖の世界を想像し得たであろう。そこに住む者の心持は何に比べることが出来るだろう。彼は定めし「助けてくれエー」と声を限りに呼ばわり度《た》いであろう。どんな薄明りでも構わぬ、物の姿を見たいであろう。どんな幽《かす》かな音でも構わぬ、物の響きを聞き度《た》いであろう。何物かに縋《すが》り、何物かをひしと掴《つか》みたいであろう。だが、彼にはそのどれもが、全く不可能なのである。地獄だ。地獄だ。

時子は、いきなりワッと声を立てて泣き出した。そして、取返しのつかぬ罪業《ざいごう》と、救われぬ悲愁《ひしゅう》に、子供の様にすすり上げながら、ただ人が見たくて、世の常の姿を備えた人間が見たくて、哀れな夫を置去りに、母屋の鷲尾家へ駆けつけたのであった。

烈しい嗚咽《おえつ》の為に聞取りにくい、長々しい彼女の懺悔《ざんげ》を、黙って聞終った鷲尾老少将は、余りのことに暫くは言葉も出なかったが、

「兎《と》も角《かく》、須永中尉を御見舞いしよう」

やがて彼は憮然《ぶぜん》として云った。

もう夜《よ》に入《い》っていたので、老人の為に提灯《ちょうちん》が用意された。二人は、暗闇の草原を、各々《おのおの》の物思いに沈みながら、黙り返って離れ座敷へたどった。

「誰もいないよ。どうしたのじゃ」

先になってそこの二階に上って行った老人が、びっくりして云った。

「イイエ、その床《とこ》の中でございますの」

時子は、老人を追越して、さっきまで夫の横わっていた蒲団の所へ行って見た。だが、実に変てこなことが起ったのだ。そこはもぬけの空《から》になっていた。

「マア……」

と云った切り、彼女は茫然《ぼうぜん》と立ちつくしていた。

「あの不自由な身体で、まさかこの家《うち》を出ることは出来まい。家の中を探して見なくては」

やっとしてから、老少将が促《うなが》す様に云った。二人は階上階下を隈《くま》なく探し廻った。だが、不具者の影はどこにも見えなかったばかりか、却《かえ》ってその代りに、ある恐ろしいものが発見されたのだ。

「まア、これ何でございましょう」

時子は、さっきまで不具者の寝ていた枕下の所の柱を見つめて云った。

そこには鉛筆で、余程《よほど》考えないでは読めぬ様な、子供のいたずら書きみたいなものが、おぼつかなげに記されていた。

「ユルス」

時子はそれを「許す」と読み得た時、ハッと凡《すべ》ての事情が分ってしまった様に思った。不具者は、動かぬ身体を引ずって、机の上の鉛筆を口で探して、彼にしてはそれがどれ程の苦心であったか、僅《わず》かに片仮名三字の書置きを残すことが出来たのである。

「自殺をしたのかも知れませんわ」

彼女はオドオドと老人の顔を眺めて、色を失った唇を震わせながら云った。

鷲尾家に急が報ぜられ、召使達が手に手に提灯を持って、母屋と離座敷の間の雑草の庭に集った。

そして、手分けをして、庭内のあちこちと、闇夜の捜索が始められた。

時子は鷲尾老人のあとについて、彼の振りかざす提灯の、淡い光をたよりに、ひどい胸騒ぎを感じながら歩いていた。あの柱には「許す」と書いてあった。あれは彼女が先に不具者の胸に「ユルシテ」と書いた言葉の返事に相違ない。彼は「私は死ぬ。けれど、お前の行為に立腹してではないのだよ。安心おし」と云っているのだ。

この寛大さが一層彼女の胸を痛くした。彼女は、あの手足のない不具者が、まともに降りることは出来ないで、全身で梯子段を一段一段転がり落ちなければならなかったことを思うと、悲しさと怖さに、総毛立つ様《そうげだつよう》であった。

暫《しばら》く歩いている内に、彼女はふとある事に思い当った。そして、ソッと老人に囁《ささや》いた。

「この少し先に、古井戸がございましたわね」

「ウン」

老将軍はただ肯《うなず》いたばかりで、その方へ進んで行った。

提灯の光は、空漠《くうばく》たる闇の中を、方一間《ほういっけん》程薄ぼんやりと明るくするに過ぎなかった。

「古井戸はこの辺にあったが」

鷲尾老人は独言を云いながら、提灯を振りかざし、出来る丈《だ》け遠くの方を見極《みきわ》めようとした。

その時、時子はふと何かの予感に襲われて、立止った。耳をすますと、どこやらで、蛇が草を分けて走っている様な、幽《かす》かな音がしていた。

彼女も老人も、殆《ほとん》ど同時にそれを見た。そして、彼女は勿論、老将軍さえもが、余りの恐ろしさに、釘づけにされた様に、そこに立ちすくんでしまった。

提灯の火のやっと届くか届かぬかの、薄くらがりに、生い茂げる雑草の間を、真黒な一物《ぶつ》が、のろのろと蠢《うごめ》いていた。その物は、不気味な爬虫類《はちゅうるい》の格好で、かま首をもたげてじっと前方を窺い、押し黙って、胴体を波の様にうならせ、胴体の四隅《よすみ》についた瘤《こぶ》みたいな突起物で、もがく様に地面を掻《か》きながら、極度にあせっているのだけれど、気持ばかりで身体が云うことを聞かぬといった感じで、ジリリジリリと前進していた。

やがて、もたげていた鎌首《かまくび》が、突然ガクンと下って、眼界から消えた。今迄よりはやや烈しい葉擦《はず》れの音がしたかと思うと身体全体が、さかとんぼを打って、ズルズルと地面の中へ、引ずられる様に、見えなくなってしまった。そして、遥《はる》かの地の底から、トボンと、鈍い水音が聞えて来た。

そこに、草に隠れて、古井戸の口が開いていたのである。

二人はそれを見届けても、急にはそこへ駈け寄る元気もなく、放心した様に、いつまでもいつまでも立ちつくしていた。

誠に変なことだけれど、その慌《あわただ》しい刹那《せつな》に、時子は、闇夜に一匹の芋虫が、何かの木の枯枝を這《は》っていて、枝の先端の所へ来ると、不自由な我身の重味で、ポトリと、下の真黒《まつくろ》な空間へ、底知れず落ちて行く光景を、ふと幻に描いていた。

（「新青年」昭和四年一月号〈初出題名は「悪夢」〉）

防空壕

一、市川清一《いちかわせいいち》の話

君、ねむいかい？　エ、眠れない？　僕も眠れないのだ。話をしようか。いま妙な話がしたくなった。

今夜、僕らは平和論をやったね。むろんそれは正しいことだ。誰も異存はない。きまりきったことだ。ところがね、僕は生涯《しょうがい》の最上の生き甲斐《いがい》を感じたのは、戦争の最中だった。いや、みんなが云っているあの意味とはちがうんだ。国を賭《と》して戦っている生き甲斐という、あれとはちがうんだ。もっと不健全な、反社会的な生き甲斐なんだよ。

それは戦争の末期、今にも国が亡《ほろ》びそうになっていた時だ。空襲が烈《はげ》しくなって、東京が焼け野原になる直前の、あの阿鼻叫喚《あびきょうかん》の最中《さいちゅう》なんだ。——君だから話すんだよ。戦争中にこんなことを云ったら、殺されただろうし、今だって、多くの人にヒンシュクされるにきまっている。

人間というものは複雑に造《つく》られている。生れながらにして反社会的な性質をも持っているんだね。それはタブーになっている。人間にはタブーというものが必要なんだ。それが必要だということは、つまり、人間に本来、反社会の性質がある証拠だよ。犯罪本能と呼ばれているものも、それなんだね。

火事は一つの悪にちがいない。だが、火事は美しいね。「江戸の華《はな》」というあれだよ。雄大な焔《ほのお》というものは美的感情に訴える。ネロ皇帝が市街に火を放って狂喜したあの心理が、大なり小なり誰にもあるんだね。風呂を焚《た》いていてね、薪《まき》が盛んに燃えあがると、実利を離れた美的快感がある。薪でさえそうだから、一軒の家が燃え立てば美しいにきまっている。一つの市街全体が燃えれば、もっと美しいだろう。国土全体が灰塵《かいじん》に帰するほどの大火焔ともなれば、更らに更らに美しいだろう。ここではもう死と壊滅につながる超絶的な美しさだ。僕は嘘《うそ》を云《さ》っているのではない。こういう感じ方は、誰の心にもあることだよ。

戦争末期、僕は会社へ出たり出なかったりの日がつづいた。毎日空襲があった。乗物もなくなって、会社から非常召集をされると、歩いて行かなければならなかった。ひっきりなしにゾーッとするサイレンが鳴り響き、夜なかに飛びおきて、ゲートルを巻き、防空頭《ず》巾《きん》をかぶって防空壕へ駈けこむことがつづいた。

僕はむろん戦争を呪《のろ》っていた。しかし、戦争の驚異とでもいうようなものに、なにかしら惹《ひ》きつけられていなかったとは云えない。サイレンが鳴り響いたり、ラジオがわめいたり、号外の鈴が町を飛んだりする物情騒然の中に、異常に人を惹きつけるものがあった。異常に心を昂揚《こうよう》するものがあった。

最も僕をワクワクさせたのは、新らしい武器の驚異だった。敵の武器だから、いまいましくはあったけれど、やはり驚異に相違なかった。Ｂ29というあの巨大な戦闘機がそれを代表していた。そのころはまだ原爆というものを知らなかった。

東京が焼け野原にならない前、その前奏曲のように、あの銀色の巨大なやつが編隊を組んで、非常な高さを悠々《ゆうゆう》と飛んで来た。そのたびに、飛行機製作工場などが、爆弾でやられていたのだが、僕らは地震のような地響きを感じるばかりで目に見ることはできなかった。見るのはただ、あの高い空の銀翼ばかりだった。

Ｂ29が飛行雲を湧《わ》かしながら、まっ青に晴れわたった遥《はる》かの空を、まるで澄んだ池の中の目高《めだか》のように、可愛らしく飛んで行く姿は、敵ながら美しかった。見る目には可愛らしくても、高度を考えれば、その巨大さが想像された。今、旅客機に乗って海の上を飛んでいると、大汽船がやはり目高のように小さく見えるね。あれを空へ移したような可愛らしさだった。

向うのほうに、豆粒《まめつぶ》のような編隊が現われる。各所の高射砲陣地から、豆鉄砲のような連続音がきこえはじめる。敵のすがたも、味方の音も、芝居の遠見の敦盛《あつもり》のように可愛らしかった。

B29の進路をかこんで、高射砲の黒い煙の玉が、底知れぬ青空の中に、あばたみたいにちらばった。敵機のあたりに、星のようにチカッチカッと光るものがあった。まるでダイヤモンドのつぶを、銀色の飛行機めがけて、投げつけるように見えた。それは目にも見えない小さな味方の戦闘機だった。彼らは体当りで巨大なB29にぶっつかって行った。その小さな味方機の銀翼が、太陽の光りを受けて、チカッチカッとダイヤのように光っていたのだ。

君も思い出せるだろう。じつに美しかったね。戦争、被害という現実を、ふと忘れた瞬間には、あれは大空のページェントの美しい前奏曲だった。

僕は会社の屋上から、双眼鏡で、大空の演技を眺《なが》めたものだ。双眼鏡の丸い視野の中を、銀色の整然とした編隊が近づいてくる。頭の上にきたときには、双眼鏡には可《か》なり大きく映った。搭乗員の白い顔が、豆人形のように見わけられさえした。太陽に照りはえる銀翼はやっぱり美しかった。それにぶっつかって行く味方機も見えたが、大汽船のそばの一艘《いっそう》のボートのように小さかった。

その晩僕は、会社の帰り道を、テクテク歩いていた。電車が或《あ》る区間しか動いていないので、あとは歩かなければならなかった。八時ごろだった。空には美しく星がまたたいていた。灯火《とうか》管制《かんせい》で町はまっ暗だった。僕たちはみな懐中電灯をポケットに用意していた。明かるいのではいけないし、それに電池がすぐ駄目《だめ》になるので、あのころは自動豆電灯というものが市販されていた。思い出すだろう。片手にはいるほどの金属製のやつで、槓桿《こうかん》を握ったり放したりすると、ジャージャーと音を立てて発電器が回転して、豆電灯がつくあれね。足もとがあぶなくなると、僕はあれを出してジャージャー云わせた。にぶい光だけれど、電池が要らないので、実に便利だった。

　まっ暗な大通りを、黒い影法師たちが、黙々として歩いている。空襲警報が鳴らないうちに早く帰りつきたいと、みなセカセカと歩いている。今日だけはサイレンが鳴らずにすむかも知れない、というのが、われわれの共通した空《そら》だのみだった。

　僕はそのとき伝通院のそばを歩いていた。ギョッとする音が鳴りはじめた。近くのも遠くのも、幾つものサイレンが、不吉な合奏をして、悲愴《ひそう》に鳴りはじめた。いくら慣れていても、やっぱりギョッとするんだね。黒い影法師どもが、バラバラと走り出した。僕は走るのが苦手《にがて》なので、足を早めて大股《おおまた》に歩いていたが、その前を、警防団員の黒い影が、「待避《たいひ》、待避」と叫びながら、かけて行った。

　どこからか、一ぱいにひらいたラジオがきこえて来た。家庭のラジオも、出来るだけの音量を出しておくのが常識になっていた。同じことを幾度もくりかえしている。B29の大編隊が伊豆《いず》半島の上空から、東京方面に近づいているというのだ。またたく間にやって来るだろう。

僕も早くうちに帰ろうと思って、大塚《おおつか》駅の方へ急いだが、大塚に着かない前に、もう遠くの高射砲がきこえだした。それが、だんだん近くの高射砲に移動して来る。町は真《しん》の闇だった。警戒管制から非常管制に移ったからだ。まだ九時にならないのに、町は真夜中のようにシーンと静まり返っていた。僕のほかには、一人の人影も見えなかった。

僕は時々たちどまって、空を見上げた。むろん怖かったよ。しかし、もう一つの心では、美しいなあと感嘆していた。

高射砲弾が、シューッ、シューッと、光の点線を描いて高い高い空へ飛んで行く。そして、パラパラパラッと花火のように美しく炸裂《さくれつ》する。そのあたりに敵機の編隊が飛んでいるのだろう。そこへは、立っている僕から三十度ぐらいの角度があった。まだ遠方だ。

そこの上空に、非常に強い光のアーク灯のような玉が、フワフワと、幾つも浮遊《ふゆう》していた。敵の照明弾だ。両国《りょうごく》の花火にあれとそっくりのがあった。闇夜の空の光りクラゲだ。

高射砲の音と光が、だんだん烈《はげ》しくなって来た。一方の空だけではなかった。反対側の空にもそれが炸裂した。敵の編隊は二つにわかれて、東京をはさみ討《う》ちにしていたのだ。

そして、次々と位置を変えながら、東京のまわりに、爆弾と焼夷弾《しょういだん》を投下していたのだ。それがそのころの敵の戦法だった。まず周囲にグルッと火の垣を作って、逃げ出せないようにしておいて、最後に中心地帯を猛爆するという、袋の鼠《ふくろねずみ》戦法なのだ。

しばらくすると、遠くの空がボーッと明かるくなった。そのとき僕は町の警防団の屯所《とんしょ》にいた。鉄兜《てつかぶと》をかぶって、鳶口《とびぐち》を持った人たちが、土嚢《どのう》の中にしゃがんで、空を見上げていた。僕もそこへしゃがませてもらった。

「横浜《よこはま》だ。あの明かるいのは横浜が焼けているんだ。今ラジオが云っていた」

一人の警防団員が走って来て報告した。

「アッ、あっちの空も明かるくなったぞ。どこだろう。渋谷《しぶや》へんじゃないか」

そういっているうちに、右にも左にも、ボーッと明かるい空が、ふえて来た。「千住《せんじゅ》だろう」「板橋《いたばし》だろう」といっているあいだに、空に舞いあがる火の粉が見え、焔《ほのお》さえ見えはじめた。東京の四周が平時の銀座《ぎんざ》の空のように、一面にほの明かるくなった。

高射砲はもう頭のま上で炸裂していた。敵機の銀翼が、地上の火焔に照らされて、かすかに眺められた。B29の機体が、いつもよりはずっと大きく見えた。低空を飛んでいるのだ。

四周の空に、無数の光りクラゲの照明弾が浮游していた。それがありとしもなき速度で、落下してくる有様は、じつに美しかった。その光りクラゲの群に向かって、地上からは、赤い火の粉が、渦《うず》をまいて立ちのぼっていた。青白い飛び玉模様に、赤い梨地《なしじ》の裾《すそ》模様、それを縫って、高射砲弾の金糸銀糸のすすきが交錯《こうさく》しているのだ。

「アッ、味方機だ。味方機が突っこんだ」

大空にパッと火を吹いた。そして、巨大な敵機が焔の血達磨《ちだるま》になって、落下して行った。落下地点とおぼしきあたりから、爆発のような火焔が舞いあがった。

「やった、やった。これで三機目だぞッ」

警防団の人々がワーッと喚声《かんせい》をあげた。万歳を叫ぶものもあった。

「君、こんなとこにいちゃ危ない。早く防空壕にはいって下さいッ」

僕は警防団員に肩をこづかれた。仕方がないので、ヨロヨロと歩き出した。

大空の光の饗宴《きょうえん》と、その騒音は極点に達していた。そのころから、地上も騒がしくなった。火の手がだんだん近づいてくるので、もう防空壕にも居たたまらなくなった人々が、警防団員に指導されて、どこかの広場へ集団待避をはじめたのだ。大通りには、家財を積んだ荷車、リヤカーのたぐいが混雑しはじめた。

僕もその群衆にまじって駈け出した。うちには家内が一人で留守をしていた。彼女もきっと逃げ出しているだろう。気がかりだが、どうすることもできない。

いたるところに破裂音が轟《とどろ》いた。それが地上の火焔のうなり、群衆の叫び声とまじり合って、耳も聾《ろう》するほどの騒音だった。その騒音の中に、ザーッと、夕立《ゆうだち》が屋根を叩くような異様な音がきこえて来た。僕は夢中に駈け出した。それが焼夷弾の束《たば》の落下する音だということを聞き知っていたからだ。しかも、頭のま上から、降ってくるように思われたからだ。

ワーッというわめき声に、ヒョイとふりむくと、大通りは一面の火の海だった。八角筒《はっかくとう》の小型焼夷弾が、束になって落下して、地上に散乱していた。僕はあやうく、それに打たれるのをまぬがれたのだ。火の海の中に一人の中年婦人が倒れて、もがいていた。勇敢な警防団員が火の海を渡って、それを助けるために駈けつけていた。

僕は二度と同じ場所に落ちることはないだろうと思ったので、一応安心して、火の海に見とれていた。大通り一面が火に覆われている光景は、そんなさなかでも、やっぱり美しかった。驚くべき美観だった。

あの八角筒焼夷弾の中には、油をひたした布きれのようなものがはいっていて、落下の途中で、それが筒から飛び出し、ついている羽根のようなもので、空中をゆっくり落ちてくる。筒だけは矢のように落下するのだが、筒の中にも油が残っているので、地面にぶつかると、その油が散乱して、一面の火の海となるのだ。だから、大した持続力はない。木造家屋ならそれで燃え出すけれど、鋪装《ほそう》道路では燃えつくものがないから、だんだん焰が小さくなって、じきに消えてしまう。

僕はそれが蛍火《ほたるび》のように小さくなるまで、じっと眺めていた。最後は、広い地面に無数の蛍が瞬《またた》いて、やがて消えて行くのだが、その経過の全体が、仕掛け花火みたいに美しかった。

空からは、八角筒を飛び出した無数の狐火《きつねび》がゆっくり降下していた。たしか「十種香」の道行きで、舞台の背景一面に狐火の蠟燭《ろうそく》をつける演出があったと思うが、あの背景を黒ビロードの大空にして、何百倍に拡大したような感じだったね。どんな花火だって、あの美しさの足もとにも及ぶものじゃない。僕はほんとうに見とれた。それが火事の素《もと》だということも忘れて、ポカンと口をあいて、空に見入っていた。

もう、すぐまぢかに火の手があがっていた。それがたちまち飛び火して、火の手の数がふえて行った。町は夕焼けのように明かるく、馳《は》せちがう人々の顔が、まっ赤に彩《いろど》られていた。

刻々に、あたりは焦熱地獄《しょうねつじごく》の様相を帯びて来た。東京中が巨大な焰に包まれ、黒雲のような煙が地上の焰に赤く縁《ふち》どられて、恐ろしい速度で空を流れ、ヒューッと音を立てて、嵐のような風が吹きつけて来た。向うには黒と赤との煙の渦が、竜巻《たつま》きとなって中天にまき上がり、屋根瓦《やねがわら》は飛び、無数のトタン板が、銀紙のように空に舞い狂った。その中を、編隊をといたB29が縦横に飛びちがった。味方の高射砲も、今は鳴りをひそめてしまったので、敵は極度の低空まで舞いさがって、市民を威嚇《いかく》し、狙いをさだめて焼夷弾と小型爆弾を投下した。

僕は巨大なB29が目を圧して迫ってくるのを見た。銀色の機体は、地上の火焔を受けて、酔っぱらいの巨人の顔のように、まっ赤に染まっていた。

僕はあの頭の真上に迫る巨大な敵機から、なぜか天狗《てんぐ》の面を連想した。まっ赤な天狗の面が、空一ぱいの大きさで、金色の目玉で僕を睨《にら》みつけながら、グーッと急降下してくる。悪夢の中のように、それが次から次と、まっ赤な顔で降下してくるのだ。

火災による暴風と、竜巻きと、黒けむりの中を、超低空に乱舞する赤面《あかづら》巨大機は、この世の終りの恐ろしさでもあったが、一方では言語に絶する美観でもあった。凄絶《せいぜつ》だった。荘厳でさえあった。

もう町に立っていることは出来なかった。瓦、トタン板、火を吹きながら飛びちがう丸太や板きれ、そのほかあらゆる破片が、まっ赤な空から降って来た。ハッと思うまに、一枚のトタン板が僕の肩にまきついて顎《あご》に大きな斬《き》り傷を作った。血がドクドクと流れた。その中へ、またしてもザーッ、ザーッと、焼夷弾の束が降って来る。僕は眼がねをはねとばされてしまったが、探すことなど思いも及ばなかった。

どこかへ避難するほかはなかった。僕は暴風帯をつき抜けるために、それを横断して走った。僕はそのとき、大塚辻町《つじまち》の交叉点《こうさてん》から、寺のある横丁を北へ北へと走っていた。走っている両側の家並《やなみ》も、もう燃えはじめていた。突き当りに大きな屋敷があった。門があけはなしてあったので、そこへ飛びこんで行った。

まるで公園のように広い庭だった。立木も多かった。飇風《ひょうふう》に揺れさわぎ、火の粉の降りかかる立木のあいだをくぐって、奥の方へ駈けこんで行った。あとでわかったのだが、それは杉本《すぎもと》という有名な実業家のうちだった。

その屋敷は高い石垣の崖《がけ》っぷちにあった。辻町の方から来ると、そこが行きどまりで、目の下遥かに巣鴨《すがも》から氷川町《ひかわちょう》にかけての大通りがあった。東京には方々にこういう高台があって、断層のようになっているが、そこも断層の一つだった。僕はその町がはじめてだったので、大空襲によって起こった地上の異変ではないかと、びっくりしたほどだ。

その断層は屋敷の一ばん奥になっているのだが、断層の少し手前に、コンクリートで造った大きな防空壕の口がひらいていた。あとで、その屋敷の住人は全部疎開《そかい》してしまって、大きな邸宅が全くの空家になっていたことがわかったが、その時は、防空壕の中に家人がいるのだと思い、出会ったらことわりを云うつもりで、はいって行った。

床も壁も天井もコンクリートでかためた立派な防空壕だった。僕は例の自動豆電灯をジャージャー云わせながら、オズオズはいって行ったが、入口から二《ふ》た曲りして、中心部にはいって見ても、廃墟《はいきょ》のように人けがなかった。

中心部は二坪ほどの長方形の部屋になって、両側に板の長い腰かけが取りつけてあった。僕はちょっとそこへ掛けて見たが、すぐに立ち上がった。どうもおちつかなかった。空と地上の騒音は、ここまでもきこえて来た。ドカーン、ドカーンという爆音が、地上にいたときよりも烈しく耳につき、防空壕そのものがユラユラゆれていた。

ときどき、稲妻のように、まっ赤な閃光《せんこう》が、屈曲した壕内にまで届いた。その光で奥の方が見通せたとき、板の腰かけの向うの隅に、うずくまっている人間を発見した。女のようだった。

豆電灯をジャージャー云わせて、その淡い光をさしつけながら、声をかけると、女はスッと立って、こちらへ近づいて来た。

古い紺《こん》がすりのモンペに、紺がすりの防空頭巾をかぶっていた。その頭巾の中の顔を、豆電灯で照らして、僕はびっくりした。あまり美しかったからだ。どんなふうに美しかったかと問われても、答えられない。いつも僕の意中にあった美しさだと云うほかはない。

「ここの方《かた》ですか」僕が訊《たず》ねると、「いいえ、通りがかりのものです」と答えた。「ここは広い庭だから焼けませんよ。朝まで、ここにじっとしている方がいいでしょう」と云って、腰かけるようにすすめた。

それから何を話したか覚えていない。だまりがちに、ならんで腰かけていた。お互《たがい》に名も名乗らなければ、住所もたずねなかった。

ゴーッという、嵐の音とも焔の音ともつかぬ騒音が、そこまできこえて来た。そのあいだにドカーン、ドカーンという爆音と地響き。まっ赤な稲妻がパッパッとひらめき、焦《こ》げくさい煙が吹きこんで来た。

僕は一度、防空壕を出て、あたりを眺めたが、むこうの母屋《おもや》も焔に包まれ、立木にまで燃え移って、パチパチはぜる音がしていた。その辺は昼のように明かるく、頰が熱いほどだった。見あげると、空は一面のどす黒い血の色で、ゴーゴーと颶風が吹きすさんでいた。広い庭には死に絶えたように人影がなかった。門のところまで走って行ったが、その前の通りにも、全く人間というものがいなかった。ただ焔と煙とが渦巻いていた。壕に帰るほかはなかった。

帰って見ると、まっ暗な中に、女はもとのままの姿勢でじっとしていた。

「ああ、喉《のど》がかわいた。水があるといいんだが」

僕がそういうと、女は「ここにあります」と云って、待ちかまえていたように、水筒を肩からはずして、手さぐりで僕に渡してくれた。その女は用心ぶかく、水筒をさげて逃げていたのだ。僕はそれを何杯も飲んだ。女に返すと、女も飲んでいるようだった。

「もう、だめでしょうか」

女が心細くつぶやいた。

「だいじょうぶ。ここにじっとしてれば、安全ですよ」

僕はそのとき、烈《はげ》しい情欲を感じた。この世の終りのような憂慮《ゆうりよ》と擾乱《じようらん》の中で、情欲どころではないと云うかも知れないが、事実はその逆なんだ。僕の知っている或《あ》る青年は、空襲のたびごとに烈しい情欲を催したと云っている。そして、オナニーに耽《ふけ》ったと告白している。

だが、僕の場合は単なる情欲じゃない。一《ひ》と目惚《めぼ》れの烈しい恋愛だ。その女の美しさはたとえるものもなかった。神々《こうごう》しくさえあった。一生に一度という非常の場合に、僕がいつも夢見ていた僕のジョコンダに出会ったのだ。そのミスティックな邂逅《かいこう》が僕を気ちがいにした。僕は闇をまさぐって、女の手を握った。相手は拒《こば》まなかった。遠慮がちに握り返しさえした。

東京全市が一とかたまりの巨大な火焔になって燃え上がり、空は煙の黒雲と火の粉の金《きん》梨地《なしじ》に覆われ、そこを颶風が吹きまくり、地上のあらゆる破片は竜巻となって舞い上がり、まっ赤な巨人戦闘機は乱舞し、爆弾、焼夷弾は驟雨《しゅうう》と降りそそぎ、天地は轟然《ごうぜん》たる大音響に鳴りはためいてるとき、一瞬ののちをも知らぬ、いのちをかけての情欲がどんなものだか、君にわかるか。僕は生涯を通じて、あれほどの歓喜を、生命を、生き甲斐を感じたことはない。それは過去にもなく、未来にもあり得ない、ただ一度のものだった。天地は狂乱していた。国は今亡びようとしていた。僕たち二人も狂っていた。僕たちは身についたあらゆるものをかなぐり捨てて、この世にただ二人の人間として、かきいだき、もだえ、狂い、泣き、わめいた。愛欲の極致に酔いしれた。

僕は眠ったのだろうか。いや、そんなはずはない。眠りはしなかった。しかし、いつのまにか夜が明けていた。壕の中に薄明《はくめい》が漂《ただよ》い、黄色い煙が充満していた。そして、女の姿はどこにもなかった。彼女の身につけたものも、何ひと品残っていなかった。

だが、夢ではなかった。夢であるはずがない。

僕はヨロヨロと壕のそとへ出た。人家はみな焼けつぶれてしまって、一面の焼け木杭《ぼっくい》と煙と火の海だった。まるで焼けた鉄板の上でも歩くような熱さの中を、僕は焔と煙をかわし、空地《くうち》を拾《ひろ》うようにして飛び歩き、長い道をやっと自分の家にたどりついた。仕合《しあわ》せにも僕の家は焼け残り、家内も無事だった。

町という町には、無一物になった乞食のような姿の男女が充満し、痴呆のように、当てどもなくさまよっていた。

僕の家にも、焼け出されの知人が三組もはいって来た。それから食料の買出しに狂奔《きょうほん》する日がつづいた。

その中でも、僕はあのひと夜のなさけを忘れかねて、辻町の杉本邸の焼け跡の附近を毎日のようにさまよい歩き、その辺を掘り返して貴重品を探している元の住人たちにたずね廻《まわ》った。空襲の夜、杉本家のコンクリートの防空壕に一人の若い女がはいっていたが、その女を見かけた人はないかと、執念ぶかく聞きまわった。

こまかい経路は省略するが、非常な苦労をして、次から次と人の噂《うわさ》のあとを追って、尋ね尋ねた末、やっと一人の老婆を探し当てた。池袋《いけぶくろ》の奥の千早町の知人宅に厄介《やっかい》になっている、身よりのない五十幾つの宮園《みやぞの》とみという老婆だった。

僕はこのとみ婆さんを訪ねて行って、根掘り葉掘り聞き糺《ただ》した。老婆は杉本邸のそばの或る会社員の家に雇われていたが、あの空襲の夜、家人は皆どこかへ避難してしまって、ひとり取り残されたので、杉本さんの防空壕のことを思い出し、一人でその中に隠れていたのだという。

老婆は朝までそこにいたというのに、不思議にも僕のことも、若い女のことも知らなかった。ひょっとしたら壕がちがうのではないかと、詳しく聞き糺したが、あの辺に杉本という家はほかになく、コンクリート壕の位置や構造も僕らのはいったものと全く同じだった。あの壕には両方に出入り口があった。それが折れ曲って中心の部屋へはいるようになっていた。とみ婆さんは壕の中心部まではいらないで、僕の出入りしたのとは反対側の出入り口の、中心部の向うの曲り角にでも、うずくまっていたのだろう。それを尋ねても婆さんは曖昧《あいまい》にしか答えられなかった。気も顚動《てんどう》していた際のことだから、はっきりした記憶がないのも無理はなかった。

そういうわけで、結局、女のことはわからずじまいだった。あれからもう十年になる。その後も、僕は出来る限りその女を探し出そうとつとめて来たが、どうしても手掛りがつかめないのだ。あの美しい女は、神隠しにあったように、この地上から姿を消してしまったのだ。その神秘が、ひと夜のなさけを、一層尊いものにした。生涯をひと夜にこめた愛欲だった。

顔もからだも、あれほど美しい女が、ほかにあろうとは思えない。僕はそのひと夜を境にして、あらゆる女に興味を失ってしまった。あの物狂わしいひと夜の激情で、僕の愛欲は使いはたされてしまった。

ああ思い出しても、からだが震え出すようだ。空と地上の業火《ごうか》に包まれた洞窟《どうくつ》のくら闇の中、そのくら闇にほのぼのと浮き上がった美しい顔、美しいからだ、狂熱の抱擁《ほうよう》、千夜を一夜の愛欲。……僕はね、「美しさ身の毛もよだつ五彩のオーロラの夢」という変な文句を、いつも心の中で呟《つぶや》いている。それだよ。あの空襲の焔と死の饗宴《きようえん》は、極地の大空一ぱいに垂れ幕のようにさがってくる五彩のオーロラの恐ろしさ、美しさだった。その下でのひと夜のなさけは、やっぱり、五彩のオーロラのほかのものではなかった。

二、宮園とみの話

こんなに酔っぱらったのは、ほんとうに久しぶりですよ。旦那さまも酔狂《すいきよう》なお方ですわね。

旦那さまのエロ話を伺《うかが》ったので、わたしも思い出しましたよ。皺《しわ》くちゃ婆さんのエロ話でもお聞きになりたいの？　ずいぶんかわっていらっしゃるわね。オホホホホホ。

さっきも云った通り、わたしは広い世間に全くのひとりぼっち、身よりたよりもない哀れな婆あですが、戦争後、こんな山奥の温泉へ流れこんでしまって、こちらのご主人が親切にして下さるし、朋輩《ほうばい》の女中さんたちも、みんないい人だし、まあここを死に場所にきめておりますの。でもせんにはずっと東京に住んでいたのでございますよ。あの恐ろしい空襲にも遭《あ》いました。旦那さま、その空襲のときですよ。じつに妙なことがありましたの。

あれは何年の何月でしたかしら。上野《うえの》、浅草《あさくさ》のほうがやられて、隅田川《すみだがわ》が死骸で一ぱいになったあの空襲のすぐあとで、新宿《しんじゅく》から池袋、巣鴨、小石川《こいしかわ》にかけて、焼け野が原になった空襲のときですよ。

そのころ、わたしは三芳《みよし》さんという会社におつとめの方のうちに、雇われ婆さんでいたのですが、そのおうちが丸焼けになり、ご主人たちを見失ってしまって、わたしは、近くの大きなお邸《やしき》の防空壕に、たった一人で隠れておりました。大塚の辻町と云って、市電の終点の車庫に近いところでした。そのお邸は辻町から三四丁もはいったところで、高い石垣の上にあったのですが、お邸のかたはみんな疎開してしまって、空き家になっておりました。コンクリートで出来た立派な防空壕でしたよ。わたしはそのまっ暗な中に、ひとりぼっちで震えていたのです。

すると、そこへ、一人の男が懐中電灯を照らしながら、はいって来ました。むこうが懐中電灯を持っているのですから、顔は見えませんが、どうやら三十そこその若いお人らしく思われました。

しばらくは、わたしのいるのも気づかない様子で、壕の中の板の腰かけにかけて、じっとしておりましたが、そのうちに、隅の方にわたしがいるのを気づくと、懐中電灯を照らして、もっとこっちへ来いというのです。

わたしはひとりぼっちで、怖くて仕方がなかったおりですから、喜んでその人の隣に腰かけました。そして、ちょうど水筒を持っておりましたので、それを男に飲ませてやったりして、それから、ひとことふたこと話しているうちに、なんとあなた、その人がわたしの手をグッと握ったじゃありませんか。

勘ちがいをしたらしいのですよ。わたしを若い女とでも思ったらしいのですよ。小さな懐中電灯ですから、わたしの顔もよくは見えなかったのでございましょう。それに、そとにはボウボウと火が燃えている。おそろしい風が吹きまくっている。そのさなかですから、気もてんどうしていたことでしょうしね。なにか色っぽいことをはじめるのですよ。オホホ……。いえね、旦那さまが聞き上手でいらっしゃるものだから、ついこんなお話をしてしまって。でもこれは今はじめてお話しますのよ。なんぼなんでも、気恥かしくって、人さまにお話しできるようなことじゃありませんもの。

エ、それからどうしたとおっしゃるの？　わたしの方でも、空襲で気がてんどうしていたのですわね。こっちも若い女になったつもりで、オホホ……、いろいろ、あれしましたのよ。今から思えば、ばかばかしい話ですわ。先方の云いなり次第に、着物もなにも脱いでしまいましてね。

いやでございますわ。いくら酔っても、それから先は、オホホホ……、で、まあ、いろいろあったあとで、男はそこへ倒れてしまって、眠ったようにじっとしていますので、わたしは気恥かしくなって、いそいで着物を着ると、夜の明けないうちに、防空壕から逃げ出してしまいました。お互に顔も知らなければ、名前も名乗らずじまいでしたわ。

エ、それっきりじゃ、つまらないとおっしゃいますの？　ところが、これには後日談があるのでございますのよ。防空壕の中では、相手の顔もわからず、ただ若い男と察していただけですが、それから半月もしたころ、わたしは池袋の奥の千早町の知り合いのところに、台所の手伝いをしながら、厄介になっておりましたが、そこへ、どこをどう探したのか、そのときの男が訪ねて来たじゃありませんか。

でも、その人がそうだとは、わたしは知らなかったのです。話しているうちにだんだんわかって来たのです。あのとき、防空壕の中に若い女がいた。お前さんは、やっぱり同じ夜、あの防空壕にはいっていたということを、いろいろたずね廻って、聞き出したので、わざわざやって来たのだ。その若い女を見なかったか。若《も》しやお前さんの知っている人じゃなかったかと、それはもう、一生懸命に尋ねるのです。

その人は市川清一と名乗りました。服装はあのころのことですから、軍人みたいなカーキ服でしたが、ちゃんとした会社員風の立派な人でした。三十を越したぐらいの年配で、近眼鏡をかけておりましたが、それはもう、ふるいつきたいような美男でございましたよ。オホホホ……。

わたしは、その人の話を聞いて、すぐに察しがつきました。その市川さんは、とんでもない思いちがいをしていたのです。そのときの相手がわたしみたいなお婆ちゃんとは少しも知らず、若い美しい女だったと思いこんでいるのです。いじらしいじゃございませんか、その女が恋しさに、えらい苦労をして、探し廻っているというのですよ。

きまりがわるいやら、ばかばかしいやらで、わたしは、ほんとうにどうしようかと思いました。若い女と思いこんでいる相手に、あれはこのわたしでしたなんて、云えるものですか。ドギマギしながら、ごまかしてしまいました。先方はみじんも疑《うたぐ》っていないのです。わたしがうろたえていることなんか、まるで感じないのです。

その美男の市川さんが、目に涙をためて、そのときの若い美しい女を懐《なつ》かしがっている様子を見ると、わたしもへんな気持になりました。なんだかいまいましいような、可哀《かわい》そうなような、なんとも云えないへんな気持でございましたよ。

エ、そんな若い美男と、ひと夜のちぎりを結ぶなんて、思いがけぬ果報《かほう》だとおっしゃるのでしょう。そりゃあね、この年になっても、やっぱり、うれしいような、恥かしいような、ほんとうに妙なぐあいでしたわ。相手が美男だけにねえ、いよいよ気づかれては大変だと、そ知らぬ顔をするのに、それは、ひと苦労でございましたよ。オホホ……。

（「文藝」昭和三十年七月号）

お勢登場

一

　肺病やみの格太郎《かくたろう》は、今日も又細君《さいくん》においてけぼりを食って、ぼんやりと留守を守っていなければならなかった。最初の程は、如何《いか》なお人好《よ》しの彼も、激憤を感じ、それを種《たね》に離別を目論《もくろ》んだことさえあったのだけれど、病《やまい》という弱味が段々彼をあきらめっぽくして了《しま》った。先の短い自分の事、可愛い子供のことなど考えると、乱暴な真似《まね》はできなかった。その点では、第三者である丈《だ》け、弟の格二郎《かくじろう》などの方がテキパキした考《かんがえ》を持っていた。彼は兄の弱気を歯痒《はがゆ》がって、時々意見めいた口を利《き》くこともあった。

「なぜ兄さんは左様《そう》なんだろう。僕だったらとっくに離縁にしてるんだがな。あんな人に憐《あわれ》みをかける所があるんだろうか」

　だが、格太郎にとっては、単に憐みという様なことばかりではなかった。成程《なるほど》、今おせいを離別すれば、文《もん》なしの書生っぽに相違ない彼女の相手と共に、たちまち其日《そのひ》にも困る身の上になることは知れていたけれど、その憐みもさることながら、彼にはもっと外《ほか》の理由があったのだ。子供の行末も無論案じられたし、それに、恥しくて弟などには打開《うちあ》けられもしないけれど、彼には、そんなにされても、まだおせいをあきらめ兼《かね》る所があった。それ故《ゆえ》、彼女が彼から離れ切って了《しま》うのを恐れて、彼女の不倫を責めることさえ遠慮している程なのであった。

おせいの方では、この格太郎の心持を、知り過ぎる程知っていた。大げさに云えば、そこには暗黙の妥協に似たものが成り立っていた。彼女は隠し男との遊戯の暇には、その余力を以《もっ》て格太郎を愛撫することを忘れないのだった。格太郎にして見れば、この彼女の僅《わずか》ばかりのおなさけに、不甲斐《ふがい》なくも満足している外《ほか》はない心持だった。

「でも、子供のことを考えるとね。そう一概《いちがい》なことも出来ないよ。この先一年もつか二年もつか知れないが、俺《おれ》の寿命は極《きま》っているのだし、そこへ持って来て母親までなくしては、あんまり子供が可哀相《かわいそう》だからね。まあもうちっと我慢して見るつもりだ。なあに、その内にはおせいだって、きっと考え直す時が来るだろうよ」

格太郎はそう答えて、一層弟を歯痒がらせるのを常とした。

だが、格太郎の仏心に引かえて、おせいは考え直すどころか、一日一日と、不倫の恋に溺《おほ》れて行った。それには、窮迫して、長病《ながわずら》いで寝た切りの、彼女の父親がだしに使われた。彼女は父親を見舞いに行くのだと称しては、三日にあげず家《うち》を外《そと》にした。果して彼女が里へ帰っているかどうかを検《しら》べるのは、無論訳《わけ》のないことだったけれど、格太郎はそれすらしなかった。妙な心持である。彼は自分自身に対してさえ、おせいを庇《かば》う様な態度を取った。

今日もおせいは、朝から念入りの身じまいをして、いそいそと出掛けて行った。

「里へ帰るのに、お化粧はいらないじゃないか」

そんないやみが、口まで出かかるのを、格太郎はじっと堪《こら》えていた。此頃《このごろ》では、そうして云《い》い度《た》いことも云わないでいる、自分自身のいじらしさに、一種の快感をさえ覚える様になっていた。

細君が出て行って了《しま》うと、彼は所在なさに趣味を持ち出した盆栽《ぼんさい》いじりを始めるのだった。跣足《はだし》で庭へ下りて、土にまみれていると、それでもいくらか心持が楽になった。又一つには、そうして趣味に夢中になっている様《さま》を装うことが、他人に対しても自分に対しても、必要なのであった。

おひる時分になると、女中が御飯を知らせに来た。

「あのおひるの用意が出来ましたのですが、もうちっと後《のち》になさいますか」

女中さえ、遠慮勝ちにいたいたし相《そう》な目で自分を見るのが、格太郎はつらかった。

「ああ、もうそんな時分かい。じゃおひるとしようか。坊やを呼んで来るといい」

彼は虚勢《きよせい》を張って、快活らしく答えるのであった。此頃《このごろ》では、何につけても虚勢が彼の習慣になっていた。

そういう日に限って、女中達の心づくしか、食膳《しょくぜん》にはいつもより御馳走《ごちそう》が並ぶのであった。でも格太郎はこの一月ばかりというもの、おいしい御飯をたべたことがなかった。子供の正一《しょういち》も家の冷い空気に当ると、外の餓鬼大将《がきだいしょう》が俄《にわか》にしおしおして了《しま》うのだった。

「ママどこへ行ったの」

彼はある答えを予期しながら、でも聞いて見ないでは安心しないのである。

「おじいちゃまの所へいらっしゃいましたの」

女中が答えると、彼は七歳の子供に似合わぬ冷笑の様なものを浮べて、「フン」と云ったきり、御飯をかき込むのであった。子供ながら、それ以上質問を続けることは、父親に遠慮するらしく見えた。それと彼には又彼丈《だ》けの虚勢があるのだ。

「パパ、お友達を呼んで来てもいい」

御飯がすんで了《しま》うと、正一は甘える様に父親の顔を覗《のぞ》き込んだ。格太郎は、それがいたいけな子供の精一杯の追従《ついしょう》の様な気がして、涙ぐましいいじらしさと、同時に自分自身に対する不快とを感じないではいられなかった。でも、彼の口をついて出た返事は、いつもの虚勢以外のものではないのだった。

「アア、呼んで来てもいいがね。おとなしく遊ぶんだよ」

父親の許しを受けると、これも又子供の虚勢かも知れないのだが、正一は「嬉《うれ》しい嬉しい」と叫びながら、さも快活に表の方へ飛び出して行って、間もなく三四人の遊び仲間を引っぱって来た。そして、格太郎がお膳の前で楊枝《ようじ》を使っている処《ところ》へ、子供部屋の方から、もうドタンバタンという物音が聞え始めた。

二

子供達は、いつまでも子供部屋の中にじっとしていなかった。鬼ごっこか何かを始めたと見えて部屋から部屋へ走り廻《まわ》る物音や、女中がそれを制する声などが、格太郎の部屋まで聞えて来た。中には戸惑いをして、彼のうしろの襖《ふすま》を開ける子供さえあった。

「アッ、おじさんがいらあ」

彼等は格太郎の顔を見ると、きまり悪相《わるそう》にそんなことを叫んで、向うへ逃げて行った。しまいには正一までが彼の部屋へ闖入《ちんにゅう》した。そして、「ここへ隠れるんだ」などと云いながら、父親の机の下へ身をひそめたりした。

それらの光景を見ていると、格太郎はたのもしい感じで、心が一杯になった。そして、ふと、今日は植木いじりをよして、子供らの仲間入りをして遊んで見ようかという気になった。

「坊や、そんなにあばれるのはよしにして、パパが面白いお噺《はなし》をして上げるから、皆《みんな》を呼んどいで」

「やあ、嬉しい」

それを聞くと、正一はいきなり机の下から飛び出して、駈けて行った。

「パパは、とてもお噺が上手なんだよ」

やがて正一は、そんなこまっちゃくれた紹介をしながら、同勢《どうぜい》を引《ひき》つれた恰好《かっこう》で、格太郎の部屋へ入って来た。

「サア、お噺しとくれ。恐《こわ》いお噺がいいんだよ」

子供達は、目白押しにそこへ坐って、好奇の目を輝かしながら、あるものは恥しそうに、おずおずして、格太郎の顔を眺めるのであった。彼等は格太郎の病気のことなど知らなかったし、知っていても子供のことだから、大人の訪問客の様に、いやに用心深い態度など見せなかった。格太郎にはそれも嬉しいのである。

彼はそこで、此頃《そのころ》になく元気づいて、子供達の喜び相《そう》なお噺を思い出しながら、「昔ある国によくの深い王様があったのだよ」と始めるのであった。一つのお噺を終っても、子供達は「もっともっと」といって諾《き》かなかった。彼は望まれるままに、二つ三つとお噺の数を重ねて行った。そうして子供達と一緒にお伽《と》噺の世界をさまよっている内に、彼は益々《ますます》上機嫌になって来るのだった。

「じゃ、お噺はよして、今度は隠れん坊をして遊ぼうか。おじさんも入るのだよ」

しまいに、彼はそんなことを云い出した。

「ウン、隠れん坊がいいや」

子供達は我意《わがい》を得たと云わぬばかりに、立処《たちどころ》に賛成した。

「じゃね、ここの家中《うちじゅう》で隠れるのだよ。いいかい。さあ、ジャンケン、ジャンケンポンと、彼は子供の様にはしゃぎ始めるのだった。それは病気のさせる業《わざ》であったかも知れない。それとも又、細君の不行跡《ふぎょうせき》に対する、それとなき虚勢であったかも知れない。いずれにしろ、彼の挙動に、一種の自棄気味《やけぎみ》の混っていることは事実だった。

最初二三度は、彼は態《わざ》と鬼になって、子供達の無邪気な隠れ場所を探し廻った。それにあきると隠れる側になって、子供達と一緒に押入れの中だとか、机の下だとかへ、大きな身体《からだ》を隠そうと骨を折った。

「もういいか」「まあだだよ」という掛声が、家中に狂気めいて響き渡った。

格太郎はたった一人で、彼の部屋の暗い押入れの中に隠れていた。鬼になった子供が

「何々《なになに》ちゃんめっけた」と呼びながら部屋から部屋を廻っているのが幽《かすか》に聞えた。中には「ワーッ」と怒鳴《どな》って隠れ場所から飛び出す子供などもあった。やがて、銘々《めいめい》発見されて、あとは彼一人になったらしく、子供達は一緒になって、部屋部屋を探し歩いている気勢《けはい》がした。

「おじさんどこへ隠れたんだろう」

「おじさあん、もう出ておいでよ」

などと口々に喋《しゃべ》るのが聞えて、彼等は段々押入れの前へ近づいて来た。

「ウフフ、パパはきっと押入れの中にいるよ」

正一の声で、すぐ戸の前で囁《ささや》くのが聞えた。格太郎は見つかり相《そう》になると、もう少しじらしてやれという気で、押入れの中にあった古い長持《ながもち》の蓋《ふた》をそっと開いて、その中へ忍び、元の通り蓋をして、息をこらした。中にはフワフワした夜具かなんかが入っていて、丁度寝台にでも寝た様で、居心地が悪くなかった。

彼が長持の蓋を閉めるのと引違いに、ガラッと重い板戸が開く音がして、

「おじさん、めっけた」

という叫び声が聞えた。

「アラッ、いないよ」

「だって、さっき音がしていたよ、ねえ何々ちゃん」

「あれは、きっと鼠《ねずみ》だよ」

子供達はひそひそ声で無邪気な問答をくり返していたが、(それが密閉された長持の中では、非常に遠くからの様に聞えた) いつまでたっても、薄暗い押入れの中は、ヒッソリして人の気勢もないので、

「おばけだあ」

と誰かが叫ぶと、ワーッと云って逃げ出して了《しま》った。そして、遠くの部屋で、

「おじさあん、出ておいでよう」

と口々に呼ぶ声が幽《かすか》に聞えた。まだその辺の押入れなどを開けて、探している様子だった。

三

まっ暗な、樟脳《しょうのう》臭い長持の中は、妙に居心地がよかった。格太郎は少年時代の懐《なつか》しい思出に、ふと涙ぐましくなっていた。この古い長持は、死んだ母親の嫁入り道具の一つだった。彼はそれを舟《ふね》になぞらえて、よく中へ入って遊んだことを覚えていた。そうしている

と、やさしかった母親の顔が、闇の中へ幻の様に浮んで来る気さえした。

だが、気がついて見ると、子供達の方は、探しあぐんでか、ヒッソリして了《しま》った様子だった。暫《しばら》く耳をすましていると、

「つまんないなあ、表へ行って遊ばない」

どこの子供だか、興ざめ顔に、そんなことを云うのが、ごく幽《かすか》に聞えて来た。

「パパちゃあん」

正一の声であった。それを最後に彼も表へ出て行く気勢《けはい》だった。

格太郎は、それを聞くと、やっと長持を出る気になった。飛び出して行って、じれ切った子供達を、ウンと驚かせてやろうと思った。そこで勢込《いきお》んで長持の蓋を持上げようとすると、どうしたことか、蓋は密閉されたままビクとも動かないのだった。でも、最初は別段何でもない事のつもりで、何度もそれを押し試みていたが、その内に恐しい事実が分って来た。彼は偶然長持の中へとじ込められて了《しま》ったのだった。

長持の蓋には穴の開いた蝶交《ちょうつがい》の金具がついていて、それが下の突出した金具にはまる仕掛けなのだが、さっき蓋をしめた時、上に上げてあったその金具が、偶然おちて、錠前を卸《おろ》したのと同じ形になってしまったのだ。昔物の長持は堅い板の隅々《すみずみ》に鉄板《てついた》をうちつけた、いやという程巌乗《がんじょう》な代物《しろもの》だし、金具も同様に堅牢《けんろう》に出来ているのだから、病身の格太郎に

は、迚《とて》も打破《うちやぶ》ることなど出来相《そう》もなかった。

彼は大声を上げて正一の名を呼びながら、ガタガタと蓋の裏を叩《たた》いて見た。だが、子供達は、あきらめて表へ遊びに出て了ったのか、何の答えもない。そこで、彼は今度は女中達の名前を連呼して、出来る丈《だ》けの力をふりしぼって、長持の中であばれて見た。ところが、運の悪い時には仕方のないもので、女中共は又井戸端《いどばた》で油を売っているのか、それとも女中部屋にいても聞えぬのか、これも返事がないのだ。

その押入れのある彼の部屋というのが、最も奥まった位置な上に、ギッシリ密閉された箱の中で叫ぶのでは、二間《ま》三間向うまで、声が通るかどうかも疑問だった。それに、女中部屋となると、一番遠い台所の側《そば》にあるのだから、殊更《ことさ》ら耳でもすましていない限り、先ず聞え相《そう》もないのだ。

格太郎は、段々上《うわ》ずった声を出しながら、このまま誰も来ないで、長持の中で死んで了《しま》うのではないかと考えた。馬鹿馬鹿しいそんなことがあるものかと、一方では寧《むしろ》ふき出し度《た》い程滑稽《こっけい》な感じもするのだけれど、それがあながち滑稽でない様にも思われる。気がつくと、空気に敏感な病気の彼には、何んだかそれが乏しくなった様で、もがいた為ばかりでなく、一種の息苦しさが感じられる。昔出来の丹念な拵《こしら》えなので、密閉された長持には、恐らく息の通う隙間《すきま》もないのに相違なかった。

彼はそれを思うと、さい前《ぜん》から過激な運動に、尽きて了《しま》ったかと見える力を更《さ》らにふりしぼって、叩いたり蹴ったり、死にもの狂いにあばれて見た。彼が若《も》し健全な身体の持主だったら、それ程もがけば、長持のどこかへ、一ケ所位の隙間を作るのは、訳《わけ》のないことであったかも知れぬけれど、弱り切った心臓と、痩《や》せ細った手足では、到底その様な力をふるうことは出来ない上に、空気の欠乏による、息苦しさは、刻々と迫って来る。疲労と、恐怖の為に、喉《のど》は呼吸をするのも痛い程、カサカサに乾いて来る。彼のその時の気持を、何と形容すればよいのであろうか。

若《も》しこれが、もう少しどうかした場所へとじ込められたのなら、病の為に遅かれ早かれ死なねばならぬ身の格太郎は、きっとあきらめて了《しま》ったに相違ない。だが、自家の押入れの長持の中で、窒息《ちっそく》するなどとは、どう考えて見ても、あり相《そう》もない、滑稽至極《しごく》なことなので、もろくも、その様な喜劇じみた死に方をするのはいやだった。こうしている内にも、女中がこちらへやって来ないものでもない。そうすれば彼は夢の様に助かることが出来るのだ。この苦しみを一場《いちじょう》の笑い話として済《すま》して了《しま》うことが出来るのだ。助かる可能性が多い丈《だ》けに、彼はあきらめ兼ねた。そして、怖さ苦しさも、それに伴って大きかった。

彼はもがきながら、かすれた声で罪もない女中共を呪《のろ》った。息子の正一をさえ呪った。距離にすれば恐らく二十間とは隔《へだ》っていない彼等の悪意なき無関心が、悪意なきが故に猶《なお》更《さら》うらめしく思われた。

闇の中で、息苦しさは刻一刻と募《つの》って行った。最早《もは》や声も出なかった。引く息ばかりが妙な音を立てて、陸《おか》に上《あが》った魚《さかな》の様に続いた。口が大きく大きく開《あ》いて行った。そして骸《がい》骨《こつ》の様な上下の白歯《しらは》が歯ぐきの根まで現れて来た。そんなことをした所で、何の甲斐もないと知りつつ、両手の爪は、夢中に蓋の裏を、ガリガリと引掻《ひっか》いた。爪のはがれることなど、彼はもう意識さえしていなかった。断末魔の苦しみであった。併《しか》し、その際《きわ》になっても、まだ救いの来ることを一縷《いちる》の望みに、死をあきらめ兼ねていた彼の身の上は、云おう様《よう》もない残酷なものであった。それは、どの様な業病《ごうびょう》に死んだ者も、或《あるい》は死刑囚さえもが、味《あじわ》ったことのない大苦痛と云わねばならなかった。

四

不倫の妻おせいが、恋人との逢瀬《おうせ》から帰って来たのは、その日の午後三時頃、丁度格太郎が長持の中で、執念深くも最後の望みを捨て兼ねて、最早や虫の息で、断末魔《だんまつま》の苦しみをもがいている時だった。

家を出る時は、殆《ほとん》ど夢中で、夫の心持など顧《かえりみ》る暇《いとま》もないのだけれど、彼女とても帰った時には流石《さすが》にやましい気がしないではなかった。いつになく開け放された玄関などの様子を見ると、日頃ビクビクもので気づかっていた破綻《はたん》が、今日こそ来たのではないかと、もう心臓が躍《おど》り出すのだった。

「只今《ただいま》」

女中の答えを予期しながら、呼んで見たけれど、誰も出迎えなかった。開け放された部屋部屋には人の影もなかった。第一、あの出不精《でぶしょう》な夫の姿の見えないのがいぶかしかった。

「誰もいないのかい」

茶の間へ来ると、甲高《かんだか》い声でもう一度呼んで見た。すると、女中部屋の方から、

「ハイ、ハイ」

と頓狂《とんきょう》な返事がして、うたた寝でもしていたのか、一人の女中が脹《は》れぼったい顔をして出て来た。

「お前一人なの」

おせいは癖《くせ》の癇《かん》が起ってくるのを、じっと堪《こら》えながら聞いた。

「あの、お竹《たけ》どんは裏で洗濯《せんたく》をしているのでございます」

「で、檀那《だんな》様は」

「お部屋でございましょう」

「だっていらっしゃらないじゃないか」

「あら、そうでございますか」

「なんだね。お前きっと昼寝をしてたんでしょう。困るじゃないか。そして坊やは」

「さあ、さい前まで、お家で遊んでいらしったのですが、あの、檀那様も御一緒で隠れん坊をなすっていたのでございますよ」

「まあ、檀那様が、しようがないわね」それを聞くと彼女はやっと日頃の彼女を取返しながら「じゃ、きっと檀那様も表なんだよ。お前探しといで、いらっしゃればそれでいいんだから、お呼びしないでもいいからね」

とげとげしく命令を下して置いて、彼女は自分の居間へ入ると、一寸《ちょっと》鏡の前に立って見てから、さて、着換えを始めるのであった。

そして、今帯を解きにかかろうとした時であった。ふと耳をすますと、隣の夫の部屋から、ガリガリという妙な物音が聞えて来た。虫が知らせるのか、それがどうも鼠などの音ではない様に思われた。それに、よく聞くと、何だかかすれた人の声さえする様な気がした。

彼女は帯を解くのをやめて、気味の悪いのを辛抱《しんぼう》しながら、間《あいだ》の襖を開けて見た。すると、さっきは気づかなかった、押入れの板戸の開《あ》いていることが分った。物音はどうやらその中から聞えて来るらしく思われるのだ。

「助けて呉《く》れ、俺だ」

幽《かすか》な幽な、あるかなきかのふくみ声ではあったが、それが異様にハッキリとおせいの耳を打った。まぎれもない夫の声なのだ。

「まあ、あなた、そんな長持の中なんかに、一体どうなすったんですの」

彼女も流石《さすが》に驚いて長持の側《そば》へ走り寄った。そして、掛け金をはずしながら、

「ああ、隠れん坊をなすっていたのですね。ほんとうに、つまらないいたずらをなさるものだから……でも、どうしてこれがかかって了《しま》ったのでしょうか」

若《も》しおせいが生れつきの悪女であるとしたなら、その本質は、人妻の身で隠し男を拵《こしら》えることなどよりも、恐らくこうした、悪事を思い立つことのす早やさという様な所にあったのではあるまいか、彼女は掛け金をはずして、一寸《ちょっと》蓋を持ち上げようとした丈《だ》けで、何を思ったのか、又元々通りグッと押えつけて、再び掛け金をかけて了《しま》った。その時、中から格太郎が、多分それが精一杯であったのだろう、併《しか》しおせいの感じでは、ごく弱々しい力で、持ち上げる手ごたえがあった。それを押しつぶす様に、彼女は蓋を閉じて了《しま》ったのだ。後に至って、無慙《むざん》な夫殺しのことを思い出す度毎《たびごと》に、最もおせいを悩ましたのは、外の何事よりも、この長持を閉じた時の、夫の弱々しい手ごたえの記憶だった。彼女にとっ

ては、それが血みどろでもがき廻る断末魔の光景などよりは、幾層倍も恐しいものに思われたことである。

それは兎《と》も角《かく》、長持を元々通りにすると、ピッシャリと板戸を閉めて、彼女は大急ぎで自分の部屋に帰った。そして、流石に着換えをする程の大胆さはなく、真青《まつさお》になって、箪《たん》笥《す》の前に坐ると、隣の部屋からの物音を消す為でもある様に、用もない箪笥の抽出《ひきだし》を、開けたり閉めたりするのだった。

「こんなことをして、果して自分の身が安全かしら」

それが物狂わしいまで気に懸《かか》った。でも、その際ゆっくり考えて見る余裕などあろう筈《はず》もなく、ある場合には、物を思うことすら、どんなに不可能だかということを痛感しながら、立ったり坐ったりするばかりであった。とは云うものの、後《あと》になって考えた所によっても、彼女のその咄嗟《とつさ》の場合の考えには、少しの粗漏《そろう》もあった訳《わけ》ではなかった。掛け金は独手《ひとりで》にしまることは分っているのだし、格太郎が子供達と隠れん坊をしていて、誤って長持の中へとじ込められたであろうことも、子供達や女中共が十分証言して呉《く》れるに相違はなく、長持の中の物音や叫声《さけびごえ》が聞えなかったという点も、広い建物のことで気づかなかったといえばそれまでなのだ。現に女中共でさえ何も知らずにいた程ではないか。

そんな風に深く考えた訳ではなかったけれど、おせいの悪に鋭い直覚が、理由を考えるまでもなく、「大丈夫だ大丈夫だ」と囁《ささや》いて呉《く》れるのだった。

子供を探しにやった女中はまだ戻らなかった。裏で洗濯をしている女中も、家の中へ入って来た気勢《けはい》はない。早く、今の内に、夫のうなり声や物音が止まってくれればいい、それればかりが彼女の頭一杯の願いだった。だが、押入れの中の、執念深い物音は、殆《ほとん》ど聞取れぬ程に衰えてはいたけれど、まるで意地の悪いゼンマイ仕掛けの様に、絶え相《そう》になっては続いた。気のせいではないかと思って、押入れの板戸に耳をつけて（それを開くことはどうしても出来なかった）聞いて見ても、やっぱり物凄い摩擦音《すりおと》は止んではいなかった。それればかりか、恐らく乾き切ってコチコチになっているであろう舌で、殆《ほとん》ど意味をなさぬ世迷言《よまいごと》をつぶやく気勢《けはい》さえ感じられた。それがおせいに対する恐しい呪いの言葉であることは、疑うまでもなかった。彼女は余りの恐しさに、危く決心を飜《ひるがえ》して長持を開こうかとまで思ったが、併《しか》し、そんなことをすれば、一層彼女の立場が取返しのつかぬものになることは分り切っていた。一たん殺意を悟られて了《しま》った今更、どうして彼を助けることが出来よう。

それにしても、長持の中の格太郎の心持はどの様であったろう。加害者の彼女すら、決心を飜そうかと迷った程である。併し彼女の想像などは、当人の世にも稀《まれ》なる大苦悶《くもん》に比して、千分一、万分一にも足らぬものであったに相違ない。一たんあきらめかけた所へ、思いがけぬ、仮令姦婦《たといかんぷ》であるとはいえ、自分の女房が現れて、掛け金をはずしさえしたのである。その時の格太郎の大歓喜は、何に比べるものもなかったであろう。日頃恨《うら》んでいたおせいが、この上二重三重の不倫を犯したとしても、まだおつりが来る程有難く、かたじけなく思われたに相違ない。いかに病弱の身とはいえ、死の間際《まぎわ》を味った者にとって、命はそれ程惜しいのだ。だが、その束《つか》の間《ま》の歓喜から、彼は更に、絶望などという言葉では云い尽せぬ程の、無限《むげん》地獄へつきおとされて了《しま》ったのである。若《も》し救いの手が来ないで、あのまま死んで了ったとしても、その苦痛は決してこの世のものではなかったのに、更に、幾層倍、幾十層倍の、云うばかりなき大苦悶は、姦婦の手によって彼の上に加えられたのである。

おせいは、それ程の苦悶を想像しよう筈《はず》はなかったけれど、彼女の考え得た範囲丈《だけ》でも、夫の悶死を憐み、彼女の残虐を悔いない訳《わけ》には行かなかった。でも、悪女の運命的な不倫の心持は、悪女自身にもどうしようもなかった。彼女は、いつのまにか静まり返って了《しま》った押入れの前に立って、犠牲者《ぎせいしゃ》の死を弔《とむら》う代りに、懐しい恋人のおもかげを描いているのだった。一生遊んで暮せる以上の夫の遺産、恋人との誰はばからぬ楽しい生活、それを想像する丈《だけ》で、死者に対するさばかりの憐《あわれ》みの情を忘れるのには十分なのだ。

彼女は、かくて取返した、常人には想像することも出来ぬ平静を以《もっ》て、次《つぎ》の間《ま》に退くと、唇の隅に、冷い苦笑をさえ浮べて、さて、帯を解きはじめるのであった。

五

その夜八時頃になると、おせいによって巧みにも仕組まれた、死体発覚の場面が演じられ、北村《きたむら》家は上を下への大騒ぎとなった。親戚《しんせき》、出入の者、医師、警察官、急を聞いてはせつけたそれらの人々で、広い座敷が一杯になった。検死の形式を略する訳《わけ》には行かず、態《わざ》と長持の中にそのままにしてあった、格太郎の死体のまわりには、やがて係官達が立並んだ。真底から歎《なげ》き悲しんでいる弟の格二郎、偽りの涙に顔を汚したおせい、係官に混ってその席に列《つらな》ったこの二人が、局外者からは、少しの甲乙もなく、どの様に愁傷らしく見えたことであろう。

長持は座敷の真中《まんなか》に持ち出され、一警官の手によって、無造作《むぞうさ》に蓋が開かれた。五十燭光《しょっこう》の電灯が、醜く歪んだ、格太郎の苦悶の姿を照し出した。日頃綺麗《きれい》になでつけた頭髪が、逆立つばかりに乱れた様《さま》、断末魔そのものの如き手足のひっつり、飛び出した眼球、これ以上に開《あ》き様のない程開いた口、若《も》しおせいの身内に、悪魔そのものがひそんででもいない限り、一目この姿を見たならば、立所《たちどころ》に悔悟《かいご》自白すべき筈《はず》である。それにも拘《かかわ》らず、彼女は流石にそれを正視することは出来ない様子であったが、何の自白をもしなかったばかりか、白々しい嘘《うそ》八百を、涙にぬれて申立てるのだ。彼女自身でさえ、どうしてこうも落ちつくことが出来たのか、仮令《たとい》人一人殺した上の糞度胸《くそどきょう》とはいえ、不思議に思う程であった。数時間前《ぜん》、不義の外出から帰って、玄関にさしかかった時、あの様に胸騒がせた彼女とは（その時も已《すで》に十分悪女であったに相違ないのだが）我ながら別人の観があった。これを見ると、彼女の身内には、生れながらに、世に恐るべき悪魔が巣喰《すく》っていて、今その正体を現し始めたものであろうか。これは、後程《のちほど》彼女が出逢ったある危機に於《お》ける、想像を絶した冷静さに徴《ちょう》しても、外に判断の下し方はない様に見えるのだ。

やがて検死の手続きは、別段の故障なく終り、死体は親族の者の手によって、長持の中から他の場所へ移された。そしてその時、少しばかり余裕を取返した彼等は、始めて長持の蓋の裏の掻き傷に注意を向けることが出来たのである。

若《も》し、何の事情も知らず、格太郎の惨死体を目撃せぬ人が見たとしても、その掻き傷は異様に物凄《ものすご》いものに相違なかった。そこには死人の恐るべき妄執《もうしゅう》が、如何なる名画も及ばぬ鮮かさを以《もっ》て、刻まれているのだ。何人《なんぴと》も一目見て顔をそむけ、二度とそこへ目をやろうとはしない程であった。

その中で、掻き傷の画面から、ある驚くべきものを発見したのは、当のおせいと格二郎の二人丈《だけ》であった。彼等は死骸と一緒に別間《べつま》に去った人々のあとに残って、長持の両端《りようたん》から、蓋の裏に現れた影の様なものに異様な凝視をつづけていた。おお、そこには一体何があったのであるか。

それは影の様におぼろげに、狂者の筆の様にたどたどしいものではあったけれど、よく見れば、無数の掻き傷の上を覆って、一字は大きく、一字は小さく、あるものは斜めに、あるものはやっと判読出来る程の歪み方でまざまざと、「オセイ」の三文字《もんじ》が現れているのであった。

「姉《ねえ》さんのことですね」

格二郎は凝視の目を、そのままおせいに向けて、低い声で云った。

「そうですわね」

ああ、このように冷静な言葉が、その際のおせいの口をついて出たことは、何と驚くべき事実であったか。無論、彼女がその文字の意味を知らぬ筈《はず》はないのだ。瀕死《ひんし》の格太郎が、命の限りを尽して、やっと書くことの出来た、おせいに対する呪いの言葉、最後の「イ」に至って、その一線を劃《かく》すると同時に悶死をとげた彼の妄執、彼はそれに続けて、おせいこそ下手人《げしゆにん》である旨《むね》を、如何程か書き度かったであろうに、不幸そのものの如き格太郎は、それさえ得せずして、千秋《せんしゆう》の遺恨《いこん》を抱《いだ》いて、ほし固って了《しま》ったのである。

併《しか》し、格二郎にしては、彼自身善人である丈《だけ》に、そこまで疑念を抱くことは出来なかった。単なる「オセイ」の三字が何を意味するか、それが下手人を指し示すものであろうとは、想像の外《ほか》であった。彼がそこから得た感じは、おせいに対する漠然たる疑惑と、兄が未憐《みれん》にも、死際《しにぎわ》まで彼女のことを忘《わす》られず、苦悶の指先にその名を書き止めた無慙《むざん》の気持ばかりであった。

「まあ、それ程私のことを心配していて下すったのでしょうか」

暫《しばら》くしてから、言外に相手が已《すで》に感づいているであろう不倫を悔いた意味をもこめて、おせいはしみじみと歎いた。そして、いきなりハンカチを顔にあてて、（どんな名優だって、これ程空涙《そらなみだ》をこぼし得《う》るものはないであろう）さめざめと泣くのであった。

六

格太郎の葬式を済ませると、第一におせいの演じたお芝居は、無論上《うわ》べだけではあるが、不義の恋人と、切れることであった。そして、類《たぐい》なき技巧を以《もっ》て、格二郎の疑念をはらすことに専念した。しかも、それはある程度まで成功した。仮令《たとい》一時だったとはいえ、格二郎はまんまと妖婦の欺瞞《ぎまん》に陥《おちい》ったのである。

かくておせいは、予期以上の分配金に預り、息子の正一と共に、住みなれた邸《やしき》を売って、次から次と住所を変え、得意のお芝居の助けをかりて、いつとも知れず、親族達の監視から遠ざかって行くのだった。

問題の長持は、おせいが強《し》いて貰い受けて、彼女から密《ひそか》に古道具屋に売払われた。その長持は今何人《なんびと》の手に納められたことであろう。あの掻き瑕《きず》と不気味な仮名《かな》文字とが、新しい持主の好奇心を刺戟《しげき》する様なことはなかったであろうか。彼は掻き傷にこもる恐しい妄執にふと心戦《おのの》くことはなかったか。そして又、「オセイ」という不可思議なる三字に、彼は果して如何《いか》なる女性を想像したであろう。ともすれば、それは世の醜さを知り初《そ》めぬ、無垢《むく》の乙女《おとめ》の姿であったかも知れないのだが。

（「大衆文藝」大正十五年七月号）

夏の夜ばなし——幽霊を語る座談会

出席者

作家　江戸川乱歩

検事 心理学者　植松正

慶大教授 随筆家　奥野信太郎

幽霊のはじまり

記者 昔から、「幽霊の正体見たり枯尾花」などと、幽霊を否定する一方では、実際に幽霊に逢ったという人がいたり、それが物語りになったり、絵になったりして、幽霊があるとも云えないかわりに、無いとも云い切れない。そこに、人間が幽霊に魅力を感ずる何かがひそんでいるような気がするんですが、今宵はひとつ思い切り凄い話をして頂いて、それにつられて幽霊が現われたら、それをカメラに収めて読者にお目にかけてもよいと思うんですが（笑声）、どうかそんなおつもりで、せいぜい怖わがらして頂きたいと思います。

江戸川 僕はとらえどころのない幽霊なんかよりも、現実の人間の方がよっぽど怖わいな（笑声）。強盗になったり、人殺しになったり、第一、今の世の中が闇じゃないですか。

植松 あんまり真っ暗闇じゃ、幽霊も見えない（笑声）。幽霊が出るにはやっぱり薄明りが必要なんですよ。

奥野　それで、牡丹灯籠の幽霊なんかは、灯りを提げて出てくるんだな。幽暗というか、ぼんやり仄暗《ほのぐら》いところが、一番幽霊の気分に叶っているようですね。

植松　日本にお化けが現われたのはいつごろでしょう。

江戸川　「日本霊異記」とか「今昔物語」とかいろいろな文献を見ると、かなり早くから出ているようですが、最もさかんになったのは、徳川期でしょうね。お岩、累、法界坊など、一流の幽霊の選手が出ております。

奥野　そう、それに、あの頃から幽霊も脚を出さなくなった。（笑声）

植松　昔の幽霊は脚があったのですか。

江戸川　あったですね。元禄時代のものでも挿絵をみるとまだ脚の生えたのがあります。文化、文政の頃から完全に脚が失くなった。あの脚が失くなった原因はどこにあるか、これは面白いと思うのですが。

奥野　あれは狩野元信の発明ですね。両手を七三に下げて、乱れ髪を面にたらして、ひゅうどろどろと出てくるところは――。狩野派の特徴で、今では日本独自のものになって居ります。怪談の本家の中国の方にはちゃんと足がありますからね。

江戸川　現に円朝の「牡丹灯籠」は、中国の「牡丹灯記」から来ているのですが、これはカランコロンという足駄の音をさせます。あの音がなんとも云えない凄味を出している。

奥野　日本では、幽霊よりも生霊の方が先きです。生きている人間の怨霊が、人にとりつく。平安朝ころはいちばんそれがさかんで、人に怖れられて居ったようですね。たとえば、源氏物語に出てくる六條御息所の生霊などは誰しも知っているとおりです。それまでの生霊が仏教と結びついて幽霊観念が一段と飛躍したんだと思います。

記者　西洋のお化けはどうでしょう。

奥野　これは中国と同じで脚のある幽霊です。

江戸川　有名なものでは、ハムレットのお父さんの亡霊、これにはちゃんと脚がある。

奥野　日本の幽霊は、いろいろ凄い因縁話があってそれが幽霊になる。中国の幽霊には、そういう因縁話がないですね。所謂《いわゆる》出方話で、できるだけ奇抜な出方をする。幽霊屋敷のことを凶宅といって、北京に四大凶宅というのがあります。終戦まで日本の近代科学図書館になっていた建物、むかしの大総統の邸宅の跡ですが、これが四大凶宅の一つで、誰でもあそこに六カ月住んでいると必ず幽霊を見るというのです。

植松　それはどんな幽霊ですか。

奥野　夜おそく帰ってくると、広い構内ですが、向うから男の子供が歩いてくる。その男の子供が、ある人は枕を抱えているというし、ある人は細長い箱だというがとにかく何か抱えている。それがスーッと歩いてきて、すれちがうとたんに、俯目《ふしめ》にしていたやつがひょいとこっちを見る。その顔が実に凄くて、震えあがって思わず後ろを振返《ふりか》えって見る。と、そのときはもう、子供の姿はかき消す如くに消え去っているというのです。それから、もう一つの四大凶宅は、これは外城の方にある大きな邸宅、そこに石垣風に積み畳んだ牡丹畑があって、牡丹の花ざかりの月夜の晩に、非常な艶麗な若い女の幽霊が出て一人で立っている。この女の幽霊も、前の子供の幽霊も、それが何者であるかということはわからない。こんな工合《ぐあい》に、中国の幽霊はみんな出方が奇抜なだけで、因縁話はあまりないようです。中国人には因縁よりは、出現の方法の方がはるかに興味があるのでしょう。

影に魅入られた男

記者　日本の幽霊は概《おおむ》ね夜中、遠寺の鐘が陰にこもってボーンと鳴る、草木も眠る丑満時《うしみつどき》と相場がきまっているようですが、真っ昼間に出るお化というのがありますか。

奥野　中国にはたくさんありますね。たとえば有名な『聊斎志異』などに出てくるお化けには昼間出てくるものがあります。古いところでは、宋人小説の西山一窟鬼、これがやはり昼間から人と交渉をもちます。

植松　ドイツの風土心理学者の書いたものを見ると、幽霊は夕方出るものだと云って居《お》ります。日本でも、上田秋成の『雨月物語』などの幽霊は夕方のようです。

江戸川　西洋でも昼間出てくるのがたくさんありますが、一体に西洋の怪談は、幽霊のもつ形よりも心理的な凄味を狙った怪談が多い。モーパッサンの目に見えない幽霊、これは花畠の、ある部分だけの花が見えなくなる。なにかそこを通っているらしいが、そのものの通る所だけ、その向側にあるものが見えなくなる。それが昼間です。こういう心理的な恐怖感をそそるものが怖いですね。それからポーの小説「ウィリアム・ウィルソン」にある自分自身がもう一つ別にあるという、あれも非常に怖いですね。日本でもあります。夜中に便所へ行って、戸をあけてひょっとみると、そこに自分がしゃがんでいたという話。

奥野　嘉慶あたりに出刊されたものですが、「奇情佳趣」という本がありますが、それに影妖という、影のお化けにみいられる話があります。或《あ》る村の学塾の若い先生ですが、ひとり者でぼんやり暮している。と、ある晩、壁にうつる自分の影が、何かふだんとちがった濃さをもってくる。それを見詰めている中に、いよいよ影が濃くなってきて、それに色がぼーっとにじんできて、その影が小さな声を出す。「お前は何か願いごとはないか。」「私はひとり者でこうやって暮しているから非常に寂しい。都の話が聞きたい。」そうすると、その影が壁からぬけ出てきて、貴公子になって現われる。こうして四五晩話をしてくれたがそれもあきて、「こんどは世界中の話を聞きたい。」というと、その貴公子が壁に吸いこまれて、そのかわりに今度は一人の老翁になって現われて、世界中の話をする。それもあきてしまった。で、結局、「自分はひとり者でさびしいから、気楽に話のできる美しい女が欲しい。」というと、影は再び美しい女になって現われた。それから毎晩のこと、先生は美しい女を相手に暮らすようになったが、仕舞《しま》いには、夜になるのが待ちきれないで、昼間のうちから戸を締め切って、あかりをつけては、影を呼び出して女と一緒になるようになった。村の年寄り連中が近頃先生がちっとも学校へ来てくれないし、素振りがおかしいというので、行ってみると先生は、戸締りをしてひとりで壁に向ってしきりに話をしている。老人達は、おどろいて、あれは影妖に魅入られたんだから放っておくと一年か二年で命をおとすというので、戸を蹴破って這入《はい》って行った。すると先生は非常に怒って、「折角自分がいとしい影と話しているのに邪魔するとは怪《け》しからん。」と、みんなを追っ払ってしまった。そうして再び影の女を呼び出すと、影の女は悲しい声を出して、「村の年寄りの云うことは本当です。あなたの命は風前の灯です。私はあなたを愛していますから、今お別れするのは非常に辛いことですけれども、あなたを助けるために去って行きます。」と、さめざめと泣きながら出てゆこうとした。先生は悲しんで、「私は命をおとしてもいいから」と、追いかけたけれども、影の女はそのまま戸の隙間からスーッと出て行って仕舞った。先生が戸を開けてみると、外には小さな砂埃が渦を巻いているばかりで女の姿はどこへ行ったのかもう見えない。それから先生は日向に立っても影の無い、いわゆる「影を失える男」になった。

江戸川　外国の探偵小説も、もとはそういう一種の怪奇小説、幽霊小説から来ています。それは十八世紀にロマンチック・リヴァイヴァルという運動が世界的に起った。このときイギリスに恐怖小説というものが流行《はや》った。ホレス・ウォルポールという人が書いた「オトラント城」その他の怪奇小説がもとです。それが、アメリカの、アラン・ポー時代になって、超自然的な恐怖に満ちたものを数学精神でもって合理的に解決するということで探偵小説の一つの型が出来上ったのです。

幽霊に自白させられた犯人

江戸川　お化小説にしろ恐怖小説にしろ、昔怖わかったものが今は怖わくないというのがありますね。徳川時代の「鶯物語」など、非常な怪談の名作ですが、我々が今読んでもそう怖わいとは思わない。

植松　それはつまり、我々の現実の生活からあまりかけ離れているものは怖わくないのでしょうな。昔の人の意識は、そう科学的でないから、今考えれば荒唐無稽なものでも相当恐怖をよび起したんだと思います。我々が現在怖わいと思うものは、或る程度現実的で、科学的にちょっと説明できないというようなものでしょうな。

記者　犯罪事件に絡んだ幽霊といったような、何かそういう話はありませんか。

植松　これはひとの経験したのを聞いたのですが、或る五十歳位の男で、窃盗の前科が二犯かあって、さらにそれより前に、二十歳位の時殺人の前科もある。この男が、大阪の或る呑み屋で酒を呑んでいた。そこへ三十歳位の見知らぬ男が這入って来た。双方呑んでいる中に口論になって、喧嘩なら表でしようと連立って表へ出たが、若い相手が如何《いか》にも強そうなので、道で拾った棍棒《こんぼう》で後ろからいきなり一撃を加えた。相手は倒れたがまたかかってきた。それを滅多やたらに殴りつけて到頭《とうとう》殴り殺して仕舞った。気がついてとんでもないことをしたと思って後悔したが後の祭りで、仕方がないから崖のような所から下の水溜りへ叩きこんで逃げ帰った。翌朝犯罪人によくある心理で、現場を見に行くと、検事や何かが出張して調べている。医者の手当でも生きない。そこで結局酔っぱらって墜死したのだということになった。事件はそのまま葬られて五年経った。その間どうしていたのか、この男がまた窃盗罪でつかまって監獄へ送られた。ところがその服役中に、監獄の中で殺した男の幽霊に悩まされはじめたのです。夜中に飛び上って騒ぎ出す。あまり毎晩のことなので同房者や看守が怪しんできいてみた。が、折角発覚していない事件を自白する気にはならない。そこで、今ではもう服役して済んでいる初犯のときの殺人事件を話して、その亡霊が出るのだと云ってとりつくろった。典獄が聞いて可哀相に思い祈禱してくれたが一向よくならない。夜になると相変らず気狂いのようになって騒ぐ。そんな有様で、一年半の刑期を送って、娑婆に出て来た。大阪の親類の家に厄介になっていたが、相変らず気持ちが悪い。或る日朝から厭な気持ちで、一升ぐらい酒をあおっていたが、いくら呑んでもさっぱり酔えない。それから風呂屋へ行った。それでもぞくぞく寒気がするようであたたまらない。やけくそになって、手拭をさげたまま近所の小料理屋へ行った。ほかに誰も客はいなかったが、お銚子を註文して待っていると、その家のおかみがお膳を二つ持ってきて、しきりにあたりを見廻わして、「あら、お連れさんはどうしました。」ときく。「お連れさんて何んだ。」「あなた、三十歳くらいのこういう男の方と一緒にきたんじゃないですか。それでお膳を二つ持ってきたのです。」そう云われてぞっとした。これはたしかに、殺したあの男が自分のわきについていたのに違いない。大へんなことになった。と真《ま》っ蒼《さお》になって、酒も呑まずにそこをとび出した。それからは夜も昼もおちおち出来ない。大阪にいるのも厭になって東京へ出てきた。そして一週間目に挙動不審で留置場へ入れられたんですが、相変らず留置場の中でも悩まされる。刑事が怪しんで追及した。追及されると、こう悩まされては自分のいのちが保たない。どうせ死ぬのなら、この際きれいさっぱり言って仕舞おうというので、五年も経っている事件を自白してしまった。まったく幽霊によって自白させられたという状況です。自白に立会った刑事の言うところによると、犯人は自白したあと一時間経って留置場へ帰したら、よい気持ちそうにぐっすり寝たという。これは一般の犯罪者の心理で、本当に自白したのなら顔色が晴々する。そんなわけですっかり自白したから大阪へ照会してやったがその当時のものは何も残っていない。何も証拠がない。が、本人の自白で傷害致死罪として東京で起訴されて刑が確定しました。

奥野　一種の因縁話ですね。新しい実話だけに凄味がある。

死刑囚の亡霊

植松　それから死刑囚の幽霊が出た話があります。市ケ谷で、或る検事が死刑を執行した。普通は刑の執行を終《おえ》るとそのまま家へ帰るのですが、その日はどうしたのか役所へ寄った。あそこは御承知のごとく、元は赤煉瓦《あかれんが》の建物でしたから陰気で昼でも底冷えのするようなところです。で、その日の夕方、検事が三階からくるっと廻ってくる階段を降りて来たら、ふっと後ろから誰かついてくるような気がした。今ごろ誰もいるはずがないのにおかしいなと思って、ひょいと振向いてみたら、そこの階段の中途に、ぼんやりした人影が立っていてスーッと動いた。はっとして立ちすくんだんですが、人影は音もなく消えてしまった。

江戸川　幻を見たわけでもないのですね。

植松　そのとき、ははあ、きょうは自分は死刑を執行してきたんだが、あれが幽霊というものかな、と思ったというんです。

江戸川　実際に刑を執行する男は気持ちが悪いでしょうな。イギリスのカーという作家の短篇に絞首刑を一度やりそこなって、それをもう一遍生かしてやり直す話がある。怖わいですね。そういうことは法律ではどうなのですか。

植松　それはよく聞かれるのですが、死刑を執行する以上、死ぬまでやるのが本当で、生き返ったらそれで放免というわけにはゆかぬ。ところが、明治初年ごろ放免した例があるのですよ。そんなことから、おそらく一般の人は、やり損なえば放免されるという風に思っているのじゃないですかね。私も、子供の時分に山田憲の死刑のことが、まことしやかに伝えられたのを聞いた。十五分間頑張っておれば放免になるところを彼は十三分まで生きておった。惜しいことをしたというのです。

江戸川　そういう制限があるのですか。

植松　何もないのです。だが一般にそんなことが流布したんです。私も、そういうものかなと思って、じゃ大いに頸のところを強くして頑張ればいいなと思った。（笑声）

奥野　死刑執行のとき、暴れたり俺は死刑になるのは厭だというようなのもあるでしょうな。

植松　そりゃあります。頸にかける縄のところに腕を差し込んで絞められないようにして騒いだり、手足がふるえて立てないのなどがあります。

奥野　死刑囚のなかには殺されたら化けるぞというのがありますか。

植松　あります。検事や判事を怨んで、最後まで祟ってやると云って死んだ例がね。だが祟られたという例は聞きません。（笑声）

幽霊の正体を発《あば》く

記者　科学的に見たら、やっぱり幽霊は絶対に無いことになりますか。

江戸川　いや、そうでもないですよ。今でも信じている者が相当あります。オリバー・ロ

左より奥野信太郎氏、江戸川乱歩氏、植松正氏（写真提供・植松薫氏）

ッジとかダーウィンと同時代の進化論の有名な学者ウォレスなど、スピリチュアリズムの信者ですからね。死後の生活があるということを信じているのですね。コナン・ドイルなどもそうです。僕等には信じられぬが、ああいう有名な科学者が信じているというところに一概に否定出来ないところがある。

植松　日本でも大分前東大の心理学教授をしていた博士が心理学現象を信じていましたが、結局それが科学者にあるまじき態度だと非難されて大学を追われた。そんな先例があるので、日本の学界では研究の対象としたがらない。私自身としても、実際にまだそういうことを一つも経験していないので、否定したい気持ちですが、しかし、他人から聞いた話ではいろいろあります。最近も、俺は確かに見たというのでちょっと客観性のある話をききました。その一つは医者の話で、萩の町に旅行して患者の家へ泊った。ところがその晩、向うの部屋に行灯の光りのようなものがボーッとさして、それが呼吸をはかるように明滅する。不思議だ不思議だと思って見ていた。ところが翌朝別室に泊っていた自分の甥が遅く起きて来て「昨夜何か変ったことはなかったか」ときくので、わけをきいてみると「実は私がこの家に前に泊ったとき幽霊が出たのです。それで、昨夜眠ると怖わいから、眠らないように一晩中起きていて、荷造をしたりそれをまた解いたりしていました」と語った。それで自分も前夜の灯のことを話し、調べてみると、その灯の見えたのは丁度仏間だったということなんです。もう一つは別の人の話で、弘前の高等学校の学生時分に、級友同志数人で或るお寺に下宿していた。友達のうちの一人が体が弱くて郷里に帰っていたが、或る時その友達が朴歯《ほおば》の下駄でカランコロンとやってくる足音を確かに聞いた。お寺の奥さんも聞いた。それからみんなで、玄関へ迎えに出てみると誰もいない。彼奴かくれたなと、五六人で探したがどこにもいない。不思議だなと云い合っていたが、その中その友人が郷里で死んだという電報が来たというんです。

奥野　それとよく似た話で、長谷川時雨女史がしていましたね。詩人の今井白楊と三富朽葉この二人は仲のよい友達で、いつも揃って時雨女史の家へ遊びに来て居った。片側が煉瓦塀になっている小路で、這入ってゆくと突当りに時雨女史の家がある。日ぐれごろ、いつものように二人の下駄の足音が小路でした。女史が玄関へ出てみると、例の煉瓦塀に二人の影がうつっていたが、まもなくスーッと消えてしまってあとは誰もいない。はておかしいと思っていたら、間もなく二人が銚子の海で溺死したという報《し》らせがはいった。

江戸川　一種のテレパシー（遠隔感応）ですね。

植松　私は自分の聞いた話をこんな風に解釈している。萩の方の話は恐らく甥が起きていて使っていた灯火が仏間に淡く反映したのだろうと思うんです。明滅したというのは、心理学の実験でこういうことがあるのです。暗室の中で、直径半糎位の極《ご》く小さな灯りを本箱の中にでも入れて周りを暗くしておく。その灯りをこっちから単眼で見る。するとそれが明かに動くのです。そして灯りが小さくなってくると明滅します。呼吸との関係もあるらしいですが、そういう現象が起る。動かない灯りがなぜ動くか今までうまく説明している学者もありませんが、同じ理屈で遠方の提灯《ちょうちん》の灯なども振っているように動いて見えることがあるだろうと思います。それからお寺で聞いた足音というのも誰か他の人が通ったんじゃないか。あまり人の通らないところだからそう感じたが、しかし全然人が通らないことはない。誰か通ったのだろう、通らないにしても、何か類似の音が客観的にあったので数人の人が聞いたのだと思う。それが偶然友人の死んだときと合致した一種の暗合だろうという風に考える。私は否定に傾いているからそう思うんですね。前に話した殺人犯にとりついた幽霊も、実はおかみがお膳を二つ持って来たというのも犯人の夢か幻覚だったに違いないと思うのです。それには、そのおかみを調べられれば非常に面白いと思うのですが。よくあることで実際犯罪をやっていないのに、問いつめられてやったと虚偽の自白をした場合、だんだん自分がやったような気がしてくる。反対に実際の犯人でもやらないやらないと頑張っている中にやらなかったような確信を得てくる場合もある。

霊魂は不滅か

記者 霊魂不滅が確認されれば、幽霊説も合理化してくるのでしょうが、そこがまた未知数ですね。未知数なだけに謎が残っているというわけで——。

江戸川 霊魂を信ずるのは、たいていテレパシーが動機です。それからだんだん深入りする。子供などによく現われます。雑念の多い人には現われない。そういう解釈ですね。今から百年前にアメリカのニューヨーク州の或る村にこういうことがあった。それはフォクスという一家ですが娘が二人居って、姉娘に妙な音が聞えた。壁をコツコツ叩く音です。音のお化け、まァ霊魂ですね。それから不思議に思って娘の母親がその音に向って話しかけた。「お前さんが誰かの魂だったら二つ叩け」するとコツコツと叩いて答える。「どういう魂か、何か悲惨な死に方をしたのなら二つ叩け」というと二つ叩く。それから評判になって、村のインテリなども集まって来て、この魂と問答を始めた。ABCを順に読んで行って必要な字が来たら音を聞かせてくれと魂に頼んでおいて、何度もABCを読み上げて、一つの言葉を綴る。そういう風にして魂と問答をして見ると、「私は行商人で、五年前にこの家で殺された。行商の品物を盗《と》られ、私のからだは穴倉へ埋められた」という言葉になったのです。それから大騒ぎして穴倉を掘ったが何も出て来ない。あれは嘘だったということになったのですが、この話はアメリカ中に伝わった。ところがそれから二十何年か経って、その家の娘が結婚して子供を持って相当の年配になった頃、問題の穴倉で近所の子供達が遊んでいて、そこの壁にどしんとぶつかった。するとそこのところの壁がもろくなっておって壊れたのですが、それはあとから作った二重の壁だということが分った。こいつは怪しいというので調べてみたところ、その壁の中から白骨と行商人の荷物らしいものが出てきた。これは作り事にしてはあまりに年代が隔りすぎているので信ぜられたのですが、これが近代のスピリチュアリズム(心霊学)の元祖になったのです。しかしこれも疑えば何者かの作為であったかも知れません。

植松 どうもテレパシー的な現象は、時折その経験があるという人が出て来るが、そういうことは丁度暗合したときにだけ大袈裟にいわれ、当らなかった時には黙っているからわからないんです。実は当ることと当らないことが半々にあるんでしょう。

奥野 コナン・ドイルは、霊魂にも若い古いがあって、死んで三十年位の間がいちばん出易いと云っていますね。古くなったもの、百年位たったものが出るのは非常に稀だと云ってる。

江戸川　ドイルが心霊学を熱心に提唱したのには一つの根拠がある。あの頃は丁度第一次大戦後で、戦死者の母親達のために、霊魂不滅説をとなえて、肉体は死んでも霊魂は他界で幸福な生活を送っているということを説いたものです。他界で無事に暮しているというので安心するわけですね。

奥野　他界の生長ということを云ってますね。

江戸川　そういう意味で、現在の人間の心理状態は前の大戦後の状態とよく似ていますね。死後の生活というものが気になる。死んで霊魂はどこへ行くのかと思う。この頃占いなどが流行するのもそうですね。人心の不安から来ている。いろいろな疑似宗教が現われるのもそうです。

記者　今まで非常に怖わかったという経験はありませんか。

江戸川　私は鏡が怖わい。つまり自分自身が怖わいんだね。それで「鏡地獄」というのを書いたことがあります。自分と寸分違わない人間がもう一人どっかにいるという怪談が一番怖わいですね。それから僕はこういう経験がある。今から十七八年前、小酒井不木、長谷川伸などという人々と耽奇社という会を作って毎月名古屋に集まったことがある。その時の僕の定宿がもと名古屋の一流の女郎屋で、しかも花魁《おいらん》のお職の部屋でした。古い女郎屋ですから昔は心中なんかもあったろうなどという話がさかんに出た。そのあとで僕はその部屋に一人でねたのですが、なんとなく薄暗い部屋で、隅の方に二枚折りの屏《びょう》風《ぶ》が置いてある。芙蓉の花が咲いているところに支那の女が水色の衣服で立っている絵。それを見ている中に神経がスーッと冴えてきて、非常に怖わくなった。するとそのときどこからともなくザーッというやな音がしたのです。ギョッとして思わず首をもたげましたね。そしてよく考えて見ると、それは怖わいと思った時毛が逆立った。少しのびていた髭《ひげ》が立ったのですね。それが蒲団《ふとん》の襟《えり》にさわってザーッという音がしたと分ったのですが、あのときなどはもう一歩でお化けを見る心理状態だった。

植松 僕もお化けがいるなら見たいと思うのだがまだ見ない。残念ですな。（笑声）

記者 もうそろそろお化けの出る刻限かも知れません。ではこのへんで——。どうも有難うございました。

（「トップライト」昭和二十二年八・九月合併号）

編者解説

東 雅夫

本書『猟奇と妖美の江戸川乱歩』は、先月発売された『幻想と怪奇の夏目漱石』につづく〈文豪怪奇コレクション〉の第二弾である。

漱石が近代日本文学のメイン・ストリームを代表する大文豪だとすれば、乱歩は、いわゆる〈大衆文学〉草創期の花形であり、戦前・戦後を通じて息長く活動した、日本におけるミステリー（推理小説）の育ての親であった。少年少女時代、『怪人二十面相』をはじめとする乱歩の年少者向け読物に熱中し、やがて漱石の『坊ちゃん』や『吾輩は猫である』などから、文学の沃野へと分け入った読者は少なくないに違いない。すなわち漱石と乱歩は、多くの日本人にとって、純文学とエンターテインメントそれぞれの〈入門〉役となった作家の筆頭と称しても差し支えないのではあるまいか。文豪たちの怪奇幻想系の中・短篇のみを一冊に集成するという本叢書の幕開けに、両作家を配した由縁である。

乱歩作品のアンソロジーは、これまでにも幾度となく編まれているが（たとえば創元推理文庫版『人でなしの恋』巻末に掲載された新保博久氏の「解説」には、実に二十五種類の乱歩アンソロジーと収録作が表形式で掲げられている。乱歩の著作権が消滅した二〇一五年以降、その数はさらに増加している）、実のところ、純粋な怪奇幻想小説のみを収録する試みは、さほど多くはない。これはおそらく乱歩自身の作風のベースが、推理と怪奇の融合を志向する犯罪小説的なものであり、掲載誌の多くが「新青年」をはじめとするミステリー系雑誌であったりといった、内的・外的両面の理由によるものと思われる。

ただ小生のように、〈推理〉や〈名探偵〉方面にはあまり興味がなく、大乱歩の〈怪奇幻想〉方面にのみ関心を抱く偏頗な読者にとっては、既成の乱歩アンソロジーには、正直いって不満を抱くことが再々あった。その結果、双葉文庫編集部の御理解を得て誕生したのが、つまりは本書ということになる。

幻惑の火星や鏡面世界、蜃気楼や白昼の幻、人形綺譚や屍体愛……本書に収められた十二篇の作品は、乱歩の抱く特異な幻想が、最も向こう側（彼岸、あの世、狂気や空想裡の世界）へと接近した物語群である。

また巻末に収めた鼎談「夏の夜ばなし」は、商業媒体では初となる復刻企画。こうしたアンソロジーを編む場合、他では読めない作品を何かしら加えたいと、商業アンソロジストとしては常々考えているのだが、さすがに文庫版全集が何度も出ている乱歩先生の場合は難しく、思いあまって同篇に注目した次第である（詳しくは後述）。

さて、平井太郎（本名）こと江戸川乱歩は、明治二十七年（一八九四）十月二十一日、三重県の那賀郡名張町（現在の三重県名張市）に生を享けた。四男二女の長兄（三男の通《とおる》は、作家で風俗史研究家の平井蒼太）。父・繁男は士族の出で、地元の名張郡役所書記を振りだしに種々の職業に就き、一時は家族で朝鮮に渡っている。乱歩自身も父に似て様々な職種を転々とし、苦学生として早稲田大学政治経済学部を卒業後も、古書店（本郷の三人書房）や学生下宿（戸塚町の緑館）の経営に携わったりしている。

すでに十歳の頃から菊池幽芳や黒岩涙香の翻訳翻案小説、さらには漱石や鏡花を読み始めていた太郎少年は、やがてコナン・ドイルをはじめとする欧米のミステリー作品を濫読するようになる。そして大正十二年（一九二三）、前年暮れに「新青年」編集長・森下雨村宛てに送りつけた小説原稿が採用され、同誌の四月増大号に「二銭銅貨」が〈江戸川乱歩〉の筆名で掲載され、念願の作家デビューを果たす。大正十四年には最初の短篇集『心理試験』（春陽堂）が刊行されている。

大正末から昭和初頭にかけて、密度の濃い中・短篇の犯罪小説を次々と発表して注目をあつめた乱歩だが、その後は長篇スリラーの連載へと軸足を移すかたわら、休筆・放浪生活を繰りかえすに至る。また軍国主義の高まりとともに主要作品が出版差止となる奇禍にも遭遇した。戦後は『幻影城』に代表される批評活動や、日本探偵作家クラブ（現・日本推理作家協会）の創立、雑誌「宝石」の責任編集など、日本ミステリー界の重鎮・世話役として大いに尽力した。昭和四十年（一九六五）七月二十八日、脳出血により逝去。

私が乱歩作品のアンソロジーを編纂するのは、本書が三冊目となる。一度目は角川ホラー文庫の『火星の運河　江戸川乱歩のホラー読本』（二〇〇五）、二度目は前書を大幅に改訂増補した平凡社ライブラリーの『怪談入門　乱歩怪異小品集』（二〇一六）で、ともに小説ではなく怪奇幻想系のエッセイと評論に、編纂の重点が置かれていた。したがって、本書と『怪談入門』の二冊を併せ読めば、乱歩による怪奇幻想系の作物は、そのほぼすべてを総覧できるかと思われる（なお、編者としてではなく、作品選定のみに私が関与した乱歩アンソロジーに、河出文庫の『不気味な話1　江戸川乱歩』があることを付言しておく）。

それでは以下に、個々の収録作品について、必要なことを記しておきたい。

◆火星の運河

本篇の初出は「新青年」大正十五年／昭和元年（一九二六）四月号だが、第一稿が執筆されたのは、それより十年近く前の大正六年（一九一七）だった。作家デビュー以前、最初期の創作のひとつである。作者自身は〈私の夢を散文詩みたいに書いたもの。そのころの私は、こういう風景を最も美しく感じていたのである〉（「自註自解」より）と記している。乱歩にしては珍しく、犯罪的な要素が全くない作品であり、冒頭近くの〈くちなわのような山蛭が、まっくらな天井から、雨垂をなして、私の襟くびに降りそそいでいる〉といった描写には、泉鏡花「高野聖」の魔の森の光景を彷彿せしめるものがあろう。蠱惑的な女体と化して幻想の火星で踊り狂うという趣向も含めて、乱歩という特異な作家の幻想質が、素のままの形で顕われた作品であり、あえて本書の巻頭に据えた次第である。

◆鏡地獄／押絵と旅する男／白昼夢／人間椅子／人でなしの恋

本書の前半には、乱歩的な怪奇幻想の極みとして異彩を放つ五作品を並べてみた。

「鏡地獄」（初出は「大衆文芸」一九二六年十月号）は、創元推理文庫版『日本怪奇小説傑作集』を紀田順一郎先生と共編した際、紀田先生が乱歩流怪奇小説の代表作として、言下にチョイスされた作品である。作者自身も〈短篇では大正十五年度の私の最上作であったように思われる〉（『探偵小説四十年』より）と自負のほどを述べている。

乱歩は幼い頃から〈鏡〉や〈レンズ〉といった光学器機に、異様なまでの憧れと怖れを抱いていたとおぼしい。そうした想いは「鏡怪談」「レンズ嗜好症」（ともに前掲『怪談入門』収録）などのエッセイに吐露されているが、小説作品としては「鏡地獄」と次の「押絵と旅する男」（初出は「新青年」一九二九年六月号）が、双璧だろう。静謐な室内劇を思わせる前者に対して、後者は北陸の海沿いをはしる侘しい鉄路と、華やかな浅草の盛り場という対比が何とも鮮やかで、冒頭の蜃気楼をめぐる幻想（本篇とはほぼ関係がない！）も含めて、これぞ乱歩美学と呼びたくなるような名シーンが連続する。そう、見世物小屋の方へ！　個人的に、私が最も愛する乱歩作品である。

一方、「白昼夢」（初出は「新青年」一九二五年七月号に「小品二篇」として「指環」とともに発表）は、乱歩が手がけた掌篇（現在は〈ショートショート〉と称される）の最高傑作ではなかろうか。〈晩春の生暖い風が、オドロオドロと、火照った頰に感ぜられる、蒸し暑い日の午後であった〉云々という冒頭近くの文章など、いまなお多くのファンを魅了してやまない、いわゆる〈乱歩調〉の語り口の定番といってよろしかろう。

「人間椅子」（初出は「苦楽」一九二五年十月号）も、発表当時から傑作の呼び声高く、短篇の代表作に推すものも少なくない作品である。詩人の萩原朔太郎は、発表されてまもない同篇について、「探偵小説に就いて」（「探偵趣味」一九二六年六月号掲載）と題するエッセイの中で〈就中、最近「人間椅子」を読んで嬉しくなった。「人間椅子」はよく書けている。実際、これ位に面白く読んだものは近頃無かった〉と絶讃している（乱歩と朔太郎の関係については、二〇一六年に前橋文学館で開催された『パノラマ・ジオラマ・グロテスク』展図録に、監修の安智史さんが詳説されているので御参照いただきたい）。〈鏡〉や〈レンズ〉と並んで、幼い乱歩の幻想を育んだのが〈人形〉である。「人形」「瞬きする首」「お化人形」（いずれも前掲『怪談入門』所収）などのエッセイ、そして小説「人でなしの恋」（初出は「サンデー毎日」一九二六年秋季特別号〈小説と講談〉）を読めば、乱歩がいかに深く、熾烈に、この〈人間はうつし世の影、人形こそ永遠の生物〉（「人形」より）に魅了されていたかが歴然だろう。ちなみに右の警句は〈うつし世はゆめ　よるの夢こそまこと〉という、乱歩が好んで揮毫した言葉のバリエーションである。

以上の五篇および巻頭の「火星の運河」を読めば、〈乱歩幻想〉の精髄を、とにもかくにも窺い知ることができるように思う。

◆踊る一寸法師／目羅博士の不思議な犯罪／蟲／芋虫／防空壕／お勢登場

後半には、乱歩が生みだした〈怪奇幻想文学〉の世界を、よりいっそう味読するために必読と思われる作品、そして乱歩の人生に昏い翳を投じた戦争との関わりをめぐる作品などを収録してみた。探偵作家・乱歩の文名を高めたのが、大正末から昭和初頭に発表された中・短篇群であることは疑いないが、一般読者にその名を広く知らしめたのが、『蜘蛛男』を皮切りに、昭和期に入って量産された長篇スリラーであることもまた事実である。みずから〈虚名大いにあがる〉などと記すほど（『探偵小説四十年』より）、乱歩自身はそうした評価に冷ややかで、以後〈休筆宣言〉を繰りかえすこととなる。

そうした長篇スリラー群のひとつの原型ともいえる怪作が、「踊る一寸法師」（初出は「新青年」一九二六年一月号）だった。幾多の怪奇探偵物語の源流に「郷愁としてのグロテスク」や「残虐への郷愁」（ともに前掲『怪談入門』所収）が潜むことを喝破した乱歩だからこそ書きえた、このうえなくグロテスクにしてリリカルな異形譚と申せよう。

「目羅博士の不思議な犯罪」（初出は「文藝倶楽部」一九三一年第五号）は、後に「目羅博士」と改題されたが、今回は初出タイトルへの愛着から、こちらを採った。乱歩の〈浅草幻想〉ものの掉尾を飾るような作品だが、実は本篇には、ネタ元となった海外作品がある。ドイツの作家ハンス・ハインツ・エーヴェルス（一八七一〜一九四三）の「蜘蛛」（創元推理文庫『怪奇小説傑作集5』ほか所収）という短篇で、乱歩自身、長篇エッセイ「怪談入門」の中で、本篇が「蜘蛛」の改作であることを明かしている。入手の容易な作品なので、乱歩が原典の何を活かし、何を省いたか、ぜひ読み較べてみていただきたい（詳しくは森英俊&野村宏平編『乱歩の選んだベスト・ホラー』ちくま文庫を参照）。

大正デモクラシーが潰え、軍靴の響きが刻々と高まるにつれて、国家権力による検閲が強化され、犯罪をテーマとする探偵小説は、迫害の矢面に立たされることになる。「蟲」（初出は「改造」一九二九年六月号〜七月号）や「芋虫」（初出は「新青年」一九二八年一月号／初出時の題は「悪夢」）の初出に認められる大量の〈伏字〉は、その明らかな例証だった（今回は戦後、作者により伏字部分の復旧がなされた版を使用）。『探偵小説四十年』より引用すれば――〈私は昭和十四年春ごろから既に、わたし流の怪奇小説がその筋から睨まれていることは察していた。そのころ、内務省図書検閲室には私の筆名も大きく貼り出してあり、最も注意すべき作者の一人として監視の的になっている由、人づてに聞いたこともあった。やはり十四年度、旧作「芋虫」が公然絶版を命じられたほか、「猟奇の果」「蜘蛛男」などの一部削除を命じられた〉〈私は元来大衆作家風な器用な腕があるわけでなく、心理の底を探ろうとする精神分析的な気質、論理好き、怪奇幻想の嗜好など、身についたものによって、探偵小説、怪奇小説をこころざしたのであるから、他の探偵作家の如く早急に他の分野に転ずることは、性格として出来ないのである。この種の身についたものがいけないとすると、ただ沈黙しているほかないのである〉。

戦後になって書かれた珍しい短篇「防空壕」（初出は「文藝」一九五五年七月号）には、そんな乱歩自身の奇妙な戦災体験が克明に記されている。空襲の惨禍よりも上空の〈美〉に目を向け、防空壕で一緒になった女性にも〈美〉を見いだす、天性のファンタジスト乱歩！　その姿勢には「火星の運河」の時代と、なんら異なるところはないように映る。ちなみに掲載号には、H・P・ラヴクラフトの本邦初訳（加島祥造訳「壁の中の鼠群」）や小泉八雲「貉」なども掲載され、怪奇幻想文学特集の観があることを付言しておこう。

「お勢登場」（初出は「大衆文藝」一九二六年七月号）は、本書の担当編集者（みずからも閉所恐怖症気味とか）が収録を切望した作品である。暗くて狭い空間を偏愛してやまない乱歩の真髄に、リアルに肉迫する逸品といえようか。

◆夏の夜ばなし——幽霊を語る座談会

乱歩は特に戦後になって、多くの著名人と対談や座談会を開催している。先の『怪談入門』には、その中から「幽霊インタービュウ」（長田幹彦と）「樽の中に住む話」（佐藤春夫、城昌幸と）「狐狗狸の夕べ」（三島由紀夫、杉村春子、芥川比呂志ほかと）の三本を収録したが、今回は戦後まもない昭和二十二年（一九四七）、大判のグラフ雑誌「トップライト」の八月・九月合併号に掲載された「夏の夜ばなし——幽霊を語る座談会」を再録することにした。相手役を務めたのは、一橋大学名誉教授で検察官や裁判官なども歴任した刑法学者の植松正と、慶大教授・エッセイストで中国文学研究の大家だった奥野信太郎である（再録に御同意いただいた植松氏の著作権継承者・植松薫氏に御礼申し上げます）。作家相手だと懐疑主義者としての本領を発揮しがちな乱歩だが、ここでは控えめな姿勢で、和洋の幽霊譚に関する博識を披瀝している。専門を異にする三者が三様の姿勢で、幽霊現象に対する蘊蓄を傾けた、まとまりのよい鼎談である。

さて、最後にもう一度、当代における乱歩研究の泰斗のお一人である新保博久氏に御登場いただこう。氏が「ミステリマガジン」の二〇一六年九月号に寄稿された「伝説の作家たちはアンドレーエフの夢を見るか？」は、夏目漱石と江戸川乱歩が、偶然にも共通して関心を示したロシア作家アンドレーエフの作品（一九〇九年に上田敏が『心』の邦題で仏訳から重訳した短篇「思想《ムイスリ》」）があることを指摘し、その実証となる作品自体の新訳や、漱石『彼岸過迄』抄録、乱歩による試訳「彼狂せり哉」やエッセイ「スリルの説」などを小特集「幻想と怪奇――乱歩と漱石をつなぐ」として併せ収めた、貴重な論考である。この論考を突破口に、両作家の知られざる関係が明かされる日が来ることを期待したい。

本書には、今日の観点からすると、偏見や差別的、及び考慮すべき表現が含まれておりますが、本書収録の作品は執筆当時の時代を反映しており、その制約から逃れられない、また、削除改変することが差別意識の解消にはつながらない、との観点から、底本のままとしました。よろしくご理解のほどお願いいたします。

（編集部）

双葉文庫

ふ-32-02

文豪怪奇《ぶんごうかいき》コレクション
猟奇《りょうき》と妖美《ようび》の江戸川乱歩《えどがわらんぽ》

2020年12月13日　第1刷発行

【著者】
江戸川乱歩《えどがわらんぽ》
【編者】
東雅夫《ひがしまさお》
【発行者】
箕浦克史
【発行所】
株式会社双葉社
〒162-8540 東京都新宿区東五軒町3番28号
［電話］03-5261-4818（営業）　03-5261-4831（編集）
www.futabasha.co.jp（双葉社の書籍・コミックが買えます）
【印刷所】
大日本印刷株式会社
【製本所】
大日本印刷株式会社
【カバー印刷】
株式会社久栄社
【DTP】
株式会社ビーワークス

【フォーマット・デザイン】
日下潤一

落丁・乱丁の場合は送料双葉社負担でお取り替えいたします。「製作部」宛にお送りください。ただし、古書店で購入したものについてはお取り替えできません。［電話］03-5261-4822（製作部）

ISBN978-4-575-52429-1 C0193
Printed in Japan

文豪怪奇コレクション

幻想と怪奇の夏目漱石

東雅夫 編

国民的文豪の知られざる魅力を、この一冊に凝縮。妖怪俳句や怪奇新体詩などレアな作品も多数収録！

怪談と名刀

本堂平四郎 著
東雅夫 編

名刀妖刀にまつわる怪談奇聞の数々を、物語的興趣を湛えて活写。昭和十年初刊行以来、史上初の再編復刊！